新闻出版总署优秀畅销书奖
全国优秀古籍图书普及读物奖
第十七届山西省优秀图书一等奖
第 二 届 山 西 出 版 政 府 奖
山西出版集团2008年度十种好书

全套藏书累计销售500万册

诸子百家卷

《诗经》《尚书》《礼记》《楚辞》《论语·大学·中庸》《孟子》
《老子》《庄子》《荀子》《韩非子》《孙子兵法·尉缭子·鬼谷子》
《墨子》《周易》《山海经》《吕氏春秋》《三十六计》

名家选集卷

《三曹诗集》《陶渊明集》《王勃集》《王维集》《孟浩然集》
《高适集》《岑参集》《李白集》《杜甫集》《白居易集》
《刘禹锡集》《元稹集》《李商隐集》《李贺集》《杜牧集》
《韩愈集》《柳宗元集》《李煜集》《欧阳修集》《王安石集》
《苏轼集》《黄庭坚集》《柳永集》《秦观集》《周邦彦集》
《李清照集》《辛弃疾集》《陆游集》《范成大集》《杨万里集》
《姜夔集》《文天祥集》《元好问集》《唐寅集》《张岱集》
《三袁集》《李贽集》《傅山集》《纳兰性德集》《袁枚集》
《郑板桥集》《龚自珍集》

史著选集卷

《左传》《国语》《战国策》《史记》《汉书》《后汉书》《三国志》
《资治通鉴》

综合选集卷

《唐诗三百首》《宋词三百首》《元曲三百首》《千家诗》《古文观止》
《汉魏六朝小赋骈文选》《唐宋八大家文选》《明清小品文选》

笔记杂著卷

《蒙学六种——三字经·百家姓·千字文·增广贤文·幼学琼林·格言联璧》
《颜氏家训·朱子家训》《世说新语》《金刚经·坛经·心经·地藏经》
《曾国藩家书》《菜根谭·小窗幽记·幽梦影》《浮生六记》《闲情偶寄》
《近思录》《徐霞客游记》《古代书信精选》

戏曲小说卷

《元杂剧精选》《西厢记》《牡丹亭》《长生殿》《桃花扇》《今古奇观》
《三国演义》《水浒传》《西游记》《红楼梦》《聊斋志异》《儒林外史》
《封神演义》《话本小说选》《文言小说选》

中国家庭基本藏书·名家选集卷

元稹集

[唐]元稹 著
孙安邦 孙翰钺 解评

山西出版集团
三晋出版社

博学工作室

智慧之库　经验之林　哲论之藏　鉴证之册

九五夏 姚奠中

· 山西大学教授姚奠中先生为《中国家庭基本藏书》题词

前言

名家选集卷
元稹集·前言

元稹(779—831),字微之,河南(今河南洛阳)人。十五岁时以明经擢第,元和元年(806)登才识兼茂明于体用科第一名,授左拾遗,历仕监察御史,后因触怒宦官被贬。长庆二年,曾短期任宰相。此后历任浙东观察使、尚书左丞、武昌军节度使等。大和五年卒于武昌任上,享年五十三岁。著有《元氏长庆集》。

本书是为一般读者提供的一个选本。原诗文以《全唐诗》《全唐文》《唐人小说》为底本,选择了70馀首(篇)。遇有异文,参考中华书局《元稹集》及《元氏长庆集》等,择善而从。同时在解评中注明"一作×"。对各本中的不同字词,据解评者的见解,择其一而从之。

元稹在其《叙诗寄乐天书》中,将他的诗分为古讽、乐讽、古体、新题乐府、律诗、律讽、艳诗等十体。其所重者在古讽、乐讽。实际上其主要成就在乐府诗、艳体诗。故本集所选亦侧重艳体诗、乐府诗。对于元稹文,选了《乐府古题序》《白氏长庆集序》。传奇则选了《莺莺传》。为解评、阅读方便起见，"新题乐府序"随诗编排，《莺莺传》作为"传奇"排在诗文后，"两序"作为"文"排在"传奇"之前。

对于"题解""新解""新评"，须特别说明的是："题解"尽量交代清楚创作时间、地点和背景材料及其他需要说明的情况。"新解"言必有据。除疑难字、词、句外，对于今天看似容易而在唐代别具意义，或者与现在词义大相径庭者，详加释解；为了帮助读者理解疑难字、词、句，在注释后，尽量选择题旨相同、用法相同、词义一致的古诗文例证。首先是元稹本人在别的诗篇中的例证（意义一致的或意义不同的）；其次是唐代，特别是中晚唐诗人诗章中的例证；再次是唐前诗文的例证（不选唐以后诗文的例证，说明字词意义沿袭变化的有少许例外）。引诗注文出处具体到章节，如《周礼·天官·小宰》《诗·小雅·青蝇》、元稹《赋得数蓂》、白居易《中和节颂》《左传·成公九年》《尔雅·释天》、刘恂《岭表录异》、段成式《酉阳杂俎》，等等，以便于读者核查原书。"新评"力求公允、客观、公正，针对每首（篇）诗文，引述历代名家数百种诗论、文论点评。每篇诗文力求做到解评的思想性与艺术性统一，既注意到提高，又照顾到普及。有争议、有异解处，必加辨析。

为方便读者，后附"元稹年表简编""元稹研究主要参考文献"及"《元稹集》名言警句"（在正文中用着重号标出）。

元稹除诗文集、年谱（笔记未找到）外，很少有解评参考资料。尤其注释，颇费周折，查阅了数百种资料，集评耗尽翻检查找之力。加之时间仓卒，不当之处，恳请方家、师友、同道赐教！

孙安邦
2008年4月

中国诗史·唐诗·元稹（代序）

名家选集卷
元稹集·代序

陆侃如　冯沅君

当时与白居易抱同一主张，而努力于讽喻诗的创作者，实不在少数。元稹(779—831)是其中最重要最著称的一个，所以习惯上总是"元白"并称，好像"王孟""高岑""韩孟"一样。元稹以外，如张籍，如李绅，也都与元、白相接近，甚至时代较早的元结、顾况等也和他们走的是一条路。

元稹是北魏昭成皇帝的后裔。生八岁，父死，他——

> 蒙騃孩稚，昧然无识，遗有清白，业无樵苏。（《告赠皇考皇妣文》）

在这时，靠着他的母亲——

> 备极劳苦，躬亲养育；截长补败，以御寒冻；质价市米，以给晡旦。（同上）

他从艰难困苦中奋斗出来，登才识兼茂明于体用科，列第一，除左拾遗。那时他年岁还很轻。寻以忤中人贬江陵府士曹参军，移通州司马。

819年，监军崔潭峻以他的《连昌宫词》进呈，帝大悦，召回为祠部郎中，知制诰，俄迁中书舍人、翰林学士。822年，与裴度一同拜相，因二人不能相容，不久便一同罢相。他出为同州刺史，转越州刺史。829年，回京为尚书左丞。830年，检校户部尚书，兼鄂州刺史、御史大夫、武昌军节度使。次年七月卒于武昌。

他是白居易的最忠实的朋友，尝自述两人交谊说：

> 始予与乐天同校秘书之名，多以诗章相赠答。会予谴掾江陵，乐天犹在翰林，寄予百韵律诗及杂体，前后数十章。是后，各佐江、通，复相酬寄。（《白氏长庆集序》）

又说：

> 顷年城南醉归，马上递唱十馀里不绝。长庆初，俱以制诰侍宿南郊斋宫，夜后偶吟数十篇，两披诸公洎翰林学士三十馀人惊起就听，逮至卒吏莫不众观。群公直至侍从行礼之时，不复聚寐，予与乐天吟哦竟亦不绝。（《为乐天自勘诗序》）

而他论诗的主张尤其与白居易吻合。

> 予友李公垂贶予《乐府新题》二十首，雅有所谓，不虚为文。予取其病时之尤急者，列而和之，盖十二而已。昔三代之盛也，士议而庶人谤。又曰：世理则词直，世忌则词隐。予遭理世，而君盛圣，故直其词以示后，使夫后之人谓今日为不忌之时焉。（《和李校书新题乐府序》）

论到过去的诗人时，与白居易同样地尊杜而抑李：

> 至于子美，盖所谓……尽得古今之体势，而兼人人之所独专矣。……诗人以来，未有如子美者。时山东人李白亦以奇文取称，时人谓之"李杜"。……李尚不能历其藩翰，况堂奥乎？（《唐故工部员外杜君墓系铭序》）

所以，我们即使未读元稹诗，也可大略推知他的诗的内容与风格是什么样子。但为更明了计，我们要举一点实例。

　　首先提出来讨论的，应该是这三十一首：《乐府古题》十九首及《新题乐府》十二首。它们完全是白居易"新乐府"一流的作品。那十九首是和刘猛及李馀的，我们举《田家词》为例：

　　　　姑舂妇担去输官，输官不足归卖屋。愿官早胜雠早覆，农死有儿牛有犊，誓不遣官军粮不足。

那十二首是和李绅的，我们举《上阳白发人》为例：

　　　　天宝年中花鸟使，撩花狎鸟含春思。满怀墨诏求嫔御……闺闱不得偷回避。良人顾妾心死别，小女呼爷血垂泪。十中有一得更衣，永配深宫作宫婢。御马南奔胡马蹙，宫女三千合宫弃。宫门一闭不复开，上阳花草青苔地。

这三十馀首以外，尚有不少的"古讽""乐讽""律讽"等。我们再举两首看：

　　　　有鸟有鸟如鹳雀，食蛇抱岩天恣恶。行经水浒为毒流，羽拂酒杯为死药。汉后忍渴天岂知？骊姬坟地君宁觉？呜呼为有白色毛，亦得乘轩谬称鹤！（《有鸟》之三）

　　　　开元之末姚宋死，朝廷渐渐由妃子。禄山宫中养作儿，虢国门前闹如市。弄权宰相不记名，依稀忆得杨与李。庙谟颠倒四海摇，五十年来作疮痏。（《连昌宫词》）

从这些实例上，我们很可相信他是与白居易走一条路的。他总是白居易的一位有力的助手。

　　陆侃如(1903—1978)，1927年毕业于清华大学研究院，曾任燕京大学中文系主任、东北大学文学院院长、山东大学副校长等职及全国政协委员。著有《楚辞选》《文心雕龙译注》等。同冯沅君伉俪合著《中国诗史》，是中国诗歌史研究的开山之作。

冯沅君(1900—1974),1917年考入中国第一所女子高等师范学校,1922年入北京大学研究所。曾任教于金陵女子大学、北京大学、东北大学等。曾任山东大学副校长。同陆侃如夫妇双双获巴黎大学文学博士学位,都是国家一级教授。她著有《古剧说汇》《古典文学论文集》等,主编有《中国历代诗歌选》等。

以上"代序"选自陆、冯二先生合著之《中国诗史》,题目为编者所加。

目录

名家选集卷
元稹集·目录

前言 /001
中国诗史·唐诗·元稹(代序)
　　(陆侃如　冯沅君) /001

◎ 诗

春鸠 /001
松树 /002
大觜乌 /004
青云驿 /008
和乐天感鹤 /013
种竹并序 /015
楚歌十首(选二) /017
红芍药 /019
三月二十四日宿曾峰馆夜对桐花
　　寄乐天 /021
遣悲怀三首 /022
江陵三梦(其一) /027
六年春遣怀(选四) /031
酬乐天东南行诗一百韵并序 /035
早归 /053
行宫 /054
生春 /056
菊花 /058

智度师二首 /060
西明寺牡丹 /062
梁州梦 /063
江楼月 /065
酬孝甫见赠十首(其二) /066
早春寻李校书 /068
岳阳楼 /069
桐孙诗并序 /071
西归绝句十二首(选二) /073
闻乐天授江州司马 /075
得乐天书 /077
酬乐天频梦微之 /079
酬乐天得微之诗知通州事因成四首(选二) /080
重赠乐天 /083
以州宅夸于乐天 /085
重夸州宅旦暮景色兼酬前篇末句 /087
将进酒 /088
夫远征 /090
织妇词 /093
田家词 /095
连昌宫词 /097
和李校书新题乐府十二首并序（选三）/105
　上阳白发人 /107
　五弦弹 /110

缚戎人 /114
琵琶歌 /119
梦游春七十韵 /126
古决绝词（其一）/132
刘阮妻 /134
春晓 /136
明月三五夜 /136
寄诗 /138
莺莺诗 /139
离思五首（选三）/140
会真诗三十韵 /143
古艳诗二首 /148
赠柔之 /150
寄赠薛涛 /152
游云门 /154

◎ 文

乐府古题序 /156
白氏长庆集序 /163

◎ 传奇

莺莺传 /168

◎ 附录

元稹年表简编 /183
元稹研究主要参考文献 /185
《元稹集》名言警句 /185

◎诗

春　鸠

春鸠即斑鸠，又作班鸠，是各类斑鸠属鸟的通称。体形似鸽，因种类不同，羽色各异。我国常见的有"山斑鸠""珠颈斑鸠""火斑鸠""灰斑鸠"等。"山斑鸠"，又称"棕背斑鸠""金背斑鸠"，上背羽毛为淡褐色、羽缘微带棕色，下背、腰及尾下均蓝灰色，下体棕色。多栖息于平原山地林中，以植物果实及种子为食，几乎分布全国，主要在北方地区。"珠颈斑鸠"，又称"花斑鸠""珍珠鸠"，常栖于平野，分布在四川以东广大地区。"火斑鸠"多栖息于山林之间，终年留居江南。"灰斑鸠"栖息于我国北部丛林之中。据说斑鸠性拙，不善营巢，而居鹊巢，故有"维鹊有巢，维鸠居之"（《诗·召南·鹊巢》）之说。"鸠占鹊巢"（亦作"鸠僭鹊巢"）今多喻安享其成或强占人之所居。

春鸠与百舌，音响讵同年？
如何一时语，俱得春风怜？
犹知造物意，当春不生蝉。
免教争叫噪，沸渭桃花前。

春鸠与百舌，音响讵同年——写春鸠和百舌两种鸟的鸣叫声不可同日而语。以问句出之，直接表明了诗人的看法。百舌：善鸣，其声多变化。《淮南子·说山训》"百舌"高诱注："鸟名，能易其舌效百鸟之声，故曰百舌也。以喻人虽多言无益于事也。"一说即"百舌鸟"，又称"百舌子""百舌儿"，又名乌鸫，喙尖，羽毛黑黄相间，鸣声圆滑，是一种益鸟。诗中似以后者为是。讵：难道、哪里。同年：相同，相等。

如何一时语，俱得春风怜——是说斑鸠、百舌两种不可同日而语的鸟，怎能同一时节齐鸣，都得到春风的怜爱！显然对两种鸟有褒贬之分，贬斑鸠，褒百舌。一时：同一时节。语：鸣叫。怜：爱怜、爱惜。

犹知造物意，当春不生蝉——是说上天毕竟还是有分寸、有区别的，因为它并未让那些争噪不休的蝉生在春天加入春的合唱。系退一步的说法，说明斑鸠总还比蝉叫声要好些。造物:《全唐诗》作"化工"。诗中"造物"指天。古代以为天生万物,天是造物主。

免教争叫噪,沸渭桃花前——紧承上句"蝉",是说老天没让它生在春天,免得它也同百舌鸟一起争着叫噪。诗人似乎感到一丝欣慰,因为蝉毕竟没有喧腾叫噪在春天桃花盛开的时候。噪:本指鸟叫。诗中引申为嘈杂。"沸渭",喧腾、喧闹的样子。

诗中将斑鸠和百舌比并,发出了"如何一时语"的疑问。接着笔锋陡转,欣慰"当春不生蝉",避免了"争叫噪",避免了在"桃花前"的沸渭喧闹。

"斑鸠""百舌""蝉",似有所指。但究竟指什么,给读者留下了思考的空间。隐寓褒贬,爱憎分明,个中包含着难言之隐。

历代"咏鸠""喻鸠""闻鸠"诗很多,如宋·梅尧臣的《咏鸠》,宋·洪迈的《鸣鸠》,宋·葛天民的《闻鸠》,元·吴景奎的《喻鸠》,元·王恽的《繁杏锦鸠图》,明·胡俨的《题鸣鸠拂羽图》,清·蒋梦兰的《鹁鸠啼》等,或咏唱、或题画,有的写拂羽林间、拥头双栖;有的写呼晴唤雨、俯啄禾种;有的写缺情少义、强占鹊巢,等等,含蕴不同,褒贬分明。而元稹诗却别具机杼:以之比百舌,埋怨其鸣声不像百舌那样婉转动听;以之比秋蝉,欣慰蝉当春未生以免争噪不休。总之,诗中寄托着诗人的人生感慨。构思巧妙,颇为别致有趣!发人深思,耐人寻味。

松　树

松树岁寒不凋,"吟风振雪,森梢峻节,磊落殊状,不改枝叶",给人以高洁坚毅之感,为世人所喜爱,所以历代诗人多咏松诗篇。元稹这首诗以松树自比,以槐树喻当时朋党,以比兴手法抒发感愤之情,寓意深沉,风格独特。

　　　华山高幢幢,上有高高松。
　　　株株遥各各,叶叶相重重。
　　　槐树夹道植,枝叶俱冥蒙。
　　　既无贞直干,复有冒挂虫。
　　　何不种松树,使之摇清风。
　　　秦时已曾种,憔悴种不供。

可怜孤松意,不与槐树同。
闲在高山顶,樛盘虬与龙。
屈为大厦栋,庇荫侯与公。
不肯作行伍,俱在尘土中。

"华山高幢幢"至"叶叶相重重"——写华山之顶青松,枝干高大,傲然挺立,株株遥遥相距,叶叶如针,层层覆盖,充满生机。华山:在今陕西省华阴市,因其西有少华山,故又名太华山,为五岳之西岳。幢幢:又作"憧憧",读音不同,"幢"读tóng,"憧"读chōng。"幢幢",摇曳貌,"憧憧",往来不绝貌,引申为摇曳不定貌。遥各各:各各遥相为距。重重:形容树叶浓密重叠。

"槐树夹道植"至"复有罥挂虫"——写道路两旁的槐树,枝叶繁密阴暗,既没有贞直的树干,又吊满吐丝的挂虫。冥蒙:繁密阴暗的样子。贞直:忠贞正直。《后汉书·吴延史卢赵列传》:"仁柔多情,多乏贞直。"干:诗中指树干。复:又,作副词,没有数量的限制。罥(juàn):结,系(系)。

"何不种松树"至"憔悴种不供"——说为何不种松树,松树风姿神态,"劲节""贞心",正所谓"难与夏虫语,永无秋实悲"(苏轼),"风声一何盛,松枝一何劲。风霜正惨凄,终岁常端正"(刘桢)。不畏霜雪,正是松之本性。但是早在秦时就种的松树,已经枯槁萎靡。使之:《全唐诗》注一作"种之"。憔悴:又作"颠领",枯槁瘦弱的样子。供:供给。

"可怜孤松意"至"樛盘虬与龙"——写孤松与槐树不同,闲在高山顶上,向下弯曲盘结如同虬与龙一样,而毫无用处。樛(jiū):《诗经·周南·樛木》毛传:"木下曲曰樛。"虬(qiú):虯的俗体。古代传说中的一种龙。《离骚》王逸注云:"有角曰龙,无角曰虬"。

"屈为大厦栋"至"俱在尘土中"——言其当时的处境,不畏权势,直言极谏,而被贬斥,如在尘土之中。屈:委屈,冤屈。栋:房屋正中的大梁,比喻重要的人和事。庇荫:亦作"庇庥"和"庇阴",均为庇护、保护的意思。行伍:本为古代兵制,诗中指排列的行列。

诗人采取以物喻人的比兴手法,以"株株遥各各,叶叶相重重"的华山之松自比,以"既无贞直干,复有罥挂虫"的夹道之槐喻朋党,曲折婉转地反映被贬斥、被压抑的情感。从松树与槐树的比喻,两相形容,已褒贬自见,不需任何解释,诗人的爱憎情感已表现出来。

《论语》曰:"岁寒,然后知松柏之后凋也。"历代诗人咏松诗很多,白居易的《题遗爱寺前溪松》笔触细腻,神思独具;诗人笔下的松树,无论实笔描写,还是虚笔烘托,将松树的情、姿、神、貌描摹得形神毕肖、清新深致。李群玉的《小松》有意笔虚写、有工笔实描,绘形绘色,极富韵味,颇具形、声、色之美。

正因为松树的高尚品格,历代那些胸怀壮志、渴望用世的诗人,常常以松自喻,借咏松寄托各自不同的思想情感。李商隐的《孤松》抒写孤标不羁、卓然俊逸的风度气韵和流落荒僻、不为世用的感慨。那高松"凌越众木,形寄云端,临风怀音,幽居独处"的横放豪迈之气,可谓"风神超迈"!柳宗元的《孤松》是他参加王叔文集团革新运动失败后被贬柳州途中,有感于来往人斫砍松枝以燃明所作。暗喻因为革新运动没有防备守旧派的阴谋诡计而致失败。全诗借咏孤松表现出坚强不屈、乐观无畏的精神风貌。元稹的《松树》是有感于朋党之争,有感于被贬斥,因此以松树的"千尺蟠空,黛色犹浓""不受令于霜威,不凋贞于寒暮"的劲节风格,比之于槐树的"枝叶俱冥蒙""复有胃挂虫"的猥亵低俗,在比兴之中,深寓其褒贬之旨。其议论虚实相间,立论深远,讥讽有致,颇耐人寻味!

大觜乌

题解

题作《大觜乌》,以喻指权奸大臣。诗中写到此权奸出于群臣之中,而独与群臣不同:独得君宠,蛊惑人君,弄权贪残,欲惑少主,党同伐异,迫害谏者;后写终遇明君,廓清政治,扫尽阴霾,废除权奸,肃清馀党,朝廷之上,登进贤士。具体何指,其本事已难考。元稹本正直官吏,或者暗喻敌党而曰大觜乌。

阳乌有二类,觜白者名慈。
求食哺慈母,因以此名之。
饮啄颇廉俭,音响亦柔雌。
百巢同一树,栖宿不复疑。
得食先返哺,一身常苦羸。
缘知五常性,翻被众禽欺。
其一觜大者,攫搏性贪痴。
有力强如鹘,有爪利如锥。
音声甚咶嘈,潜通妖怪词。

受日馀光庇,终天无死期。
翱翔富人屋,栖息屋前枝。
巫言此乌至,财产日丰宜。
主人一心惑,诱引不知疲。
转见乌来集,自言家转孳。
白鹤门外养,花鹰架上维。
专听乌喜怒,信受若神龟。
举家同此意,弹射不复施。
往往清池侧,却令鹓鹭随。
群乌饱粱肉,毛羽色泽滋。
远近恣所往,贪残无不为。
巢禽攫雏卵,厩马啄疮痍。
渗沥脂膏尽,凤皇那得知?
主人一朝病,争向屋檐窥。
呦鹭呼群鹏,翩翩集怪鸱。
主人偏养者,啸聚最奔驰。
夜半仍惊噪,鸺鹠逐老狸。
主人病心怯,灯火夜深移。
左右虽无语,奄然皆泪垂。
平明天出日,阴魅走参差。
乌来屋檐上,又惑主人儿。
儿即富家业,玩好方爱奇。
占募能言乌,置者许高赀。
陇树巢鹦鹉,言语好光仪。
美人倾心献,雕笼身自持。
求者临轩坐,置在白玉墀。
先问乌中苦,便言乌若斯。
众乌齐搏铄,翠羽几离披。
远掷千馀里,美人情亦衰。
举家惩此患,事乌逾昔时。
向言池上鹭,啄肉寝其皮。
夜漏天终晓,阴云风定吹。
况尔乌何者,数极不知危。

会结弥天网,尽取一无遗。
常令阿阁上,宛宛宿长离。

【新解】

"阳乌有二类"至"翻被众禽欺"——说明乌分两类,名曰"慈乌"者习性慈爱、廉俭、柔顺、返哺、苦嬴,又曰"孝乌",因为慈孝,属于五常,反而遭受众禽欺凌。阳乌:传说日中有乌,故有是称。诗中通指乌。由于能返哺慈母,故曰慈乌。觜(zī):《说文》:"鸱旧头上角觜也。"饮啄:饮水,啄食。啄,乌嘴,诗中指用嘴啄食。音响:诗中指叫声、鸣声。柔雌:形容柔和的鸣叫声。返哺:乌鸦长成,能够觅食喂养母乌。苦嬴(léi):辛苦、劳苦;困惫、瘦弱。缘:因为,由于。五常:即五伦,旧时的五种伦常道德。《书·泰誓下》:"今商王受,狎侮五常。"孔颖达疏:"五常即五典,谓父义、母慈、兄友、弟恭、子孝,五者人之常行。"翻:同"反"。

"其一觜大者"至"财产日丰宜"——说另一类名曰"大觜乌"者习性贪痴、凶猛,爪利而声恶,出于群乌之中,而独与群乌不同。攫搏:鸟兽以爪翅猎取食物。贪痴:佛教语,贪欲、痴愚。鹘(hú):鹰属鸷鸟,凶猛。吰啀(āo wā):形容大觜乌鸣叫声。潜通:暗通;私通。妖怪词:妖怪言词,犹阴谋诡计。庇:庇荫;庇护。终天:犹终身、一生。翱翔:回旋而飞。巫:古时能以舞降神的人。丰宜:丰厚而相称。

"主人一心惑"至"凤皇那得知"——写人君为其所蛊惑,文武大臣任其所为,于是贪残剥削,为所欲为。主人:喻人君、皇帝。"主人一心惑"说人君为其所惑。诱引:诱骗引导、引诱,诱惑。转:逐渐,更加。挚:繁殖、滋生。《书·尧典》:"鸟兽挚尾。"伪孔传:"乳化曰挚,交接曰尾。""白鹤"及"花鹰",喻文武大臣。维:维系、拴系。信受:信仰、相信并接受。神龟:传说中有灵异的龟。《庄子·秋水》:"楚有神龟,死已三千岁矣。"举家同此意:犹举朝无人不同意。弹射:弹劾、射仪。施:施行、推行。清池:喻朝廷。鹓鹭:鹓鹭飞行有序,诗中比喻班行有序的朝官大臣。鹓鹭随:指朝廷翰苑文臣谏官之流亦为权奸所用。梁肉:以梁为饭,以肉为肴,比喻精美的饭食,正如《管子·小匡》所说"食必梁肉,衣必文绣"。泽滋:光泽,光润,润泽。恣:恣意,放纵,任凭。贪残:贪婪残暴。无不为:无所不为,为所欲为。"巢禽"二句,喻权奸之贪残剥削。攫:抓取,夺取。雏卵:幼鸟及鸟卵。疮痍:本痈疽之类。诗中比喻人民疾苦。渗沥:滴漏的样子。脂膏:民脂民膏。凤皇:诗中比喻贤人。犹言贤明之人也不知其奸。

"主人一朝病"至"又惑主人儿"——写人君行将垂危之际,权奸之辈处处窥伺,又想迷惑少主。一朝:犹一旦。窥:窥伺,窥探。呦鹭(yōu yǎo):呦,鹿鸣声;鹭,雌雉鸣声。诗中即指鸮鸣声。鹏:又名山鸮,其声似鸮叫。翾翾:飞动,上下疾飞。

怪鸱：指传说中的怪鸟。偏：本不正，偏斜，诗中带贬义。啸聚：相互招呼着聚集起来。奔驰：奔行、急行。惊噪：即惊谑，惊异鼓噪。鸺鹠：鸱鸮的一种，但头部无角状的羽毛，捕食鼠类的益鸟，古书中常视之为不祥之鸟。狸：即狸猫、狸子。奄然：相同，一致。平明：黎明。阴魅：犹鬼魅。参差：不整齐，不一致。

"儿即富家业"至"美人情亦衰"——写少主新立，特别采纳敢言之士的意见，即所谓"占募能言鸟"。于是谏臣多敢言者（鹦鹉），直诉权奸惑主胁迫臣僚的事（即"便言乌若斯"），终于触怒权奸，便唆使群党起而攻之（即"众鸟齐搏铄"），驱逐谏臣于千里之外。玩：长时间沉浸于某个方面而不能自拔。占募：招募；招集。高赀：多财，资财雄厚。陇树：指边塞或墓地的树木。鹦鹉：指谏臣敢言者。光仪：光彩仪容，诗中指言语。雕笼：指雕刻精致的鸟笼。自持：自我克制，自我维持。临轩：指皇帝不坐正殿而御前殿，殿前堂陛之间近檐处两旁有槛楯，似车之轩，故称之临轩。玉墀：宫殿前的石阶。若斯：如此。搏铄：言众鸟搏击鹦鹉，群起而攻之。离披：纷乱散落貌。

"举家惩此患"至"啄肉寝其皮"——写举朝上下惩于谏者被逐之患，事权奸更超过故君主之时；而翰院谏官即池上鹭也因为与谏者同类之缘故而受到斥逐和打击。池上鹭：翰院谏官之辈。啄：鸟用嘴取食。寝：睡觉。

"夜漏天终晓"至"宛宛宿长离"——写终于遇到明君，扫除阴霾，廓清政治，肃清了权奸众党，朝廷上下，进贤用能。夜漏：漏壶，古代的一种计时器。诗中"夜漏"及下文"阴云"均指权奸众党之流，意思是"夜漏"滴滴，天气终要破晓；"阴云"笼罩，风一定会吹走。何者：何物，什么东西。数：天命，命运。极：顶点，尽。弥天：满天，极言其大。一无遗：一点也无遗漏和馀留。阿阁：四面均有檐溜的楼阁。宛宛：盘旋屈曲貌。长离：指诗中的"凤皇"，喻贤士。

《大觜乌》托物兴辞，尤其富有教育意味。

元稹一生经历了唐德宗、顺宗、宪宗、穆宗、敬宗、文宗六个朝代，在这半个世纪之中，唐王朝已由开元、天宝盛世转而低落衰败。藩镇割据，宦官专权，宦官与朝臣相互倾轧，社会经济日趋凋敝，对外与吐蕃争战，兵连祸结，民族矛盾尖锐，广大民众处于水深火热之中。在这复杂多难的时代，一些关心民生疾苦的知识分子、开明官吏，如元稹、白居易等，一方面在政治上要求改革，一方面在诗歌创作上努力反映民间疾苦。这首题作《大觜乌》的长诗，亦以"长篇擅胜"，以比喻见长，诗人使用一系列的意象，暗斥政敌，题以"大觜乌"指一权奸大臣；"白鹤""花鹰"指文武放闲大臣；"鹓鹭"指翰院文臣谏官为权奸所用者；"凤皇"指不知权奸之奸的贤人;"主人"指人君;"主人儿"指少主;"鹦鹉"指谏臣多敢言者;"众鸟"指权奸党群党羽;"池上鹭"指翰院谏官……如同鸟类寓言诗,非常隐讳地表达了诗人对"大觜乌"之流的透彻认识和评判,既富逻辑力量,又具有很强的启发性,使人读后不能不疾斥"大觜乌"之流的卑劣、阴毒和无耻。

有的评论者索性以诗中的大觜乌、众乌、鸲鹭等,直指元稹、白居易、韩愈、柳宗元及刘禹锡、李贺、李商隐诸人的政敌:"微之此诗盖指王伾、王叔文、仇士良、李逢吉辈也。微之以宪臣贬江陵(士曹)参军,李绛、崔群、白居易皆论其枉,故香山和此诗尤为激直云。"(《放胆诗》)香山和诗即《和大觜乌》,讽喻之意更明确,正像《唐诗别裁》所谓:"乌之残恶,巫之奸计,主人之昏愚,三者合而慈乌自不能容身矣。大觜乌何代无之?要在主人之明,分别种类。"可惜主人不明,"谁辨其雌雄"?最终"胡然大觜乌,竟得天年终!"这就是当时残酷的现实!真是"天地之所不容"!"诗不可无为而作",诗以足言,诗以述志,诗人以鸟喻人,曲折地传达了其心声!

青云驿

题解 青云驿,具体不知何指。从诗人官位所历,疑青云驿在青云岭,或在蓝田山,或在荆楚。"青云",往往喻高位,或许诗人借以另有所指。《青云驿》写诗人初志在登高位,高位既不易登,归而与妻室叙欢,并以众仙之乐,暗指当朝得意者气焰嚣张、兴云布雨,以致朝廷混乱,自言以道自守,虽居穷乏食亦无所惭,潜居在野亦不凄凄自悲,故以青云为喻,终不迷溺于得失升沉之中。

岧峣青云岭,下有千仞谿。
裴回不可上,人倦马亦嘶。
愿登青云路,若望丹霞梯。
谓言青云驿,绣户芙蓉闺。
谓言青云骑,玉勒黄金蹄。
谓言青云具,瑚琏杂象犀。
谓言青云吏,的的颜如珪。
怀此青云望,安能复久稽?
攀援信不易,风雨正凄凄。
已怪杜鹃鸟,先来山下啼。

才及青云驿,忽遇蓬蒿栖。
延我开荜户,凿窦宛如圭。
逡巡吏来谒,头白颜色黧。
馈食频叫噪,假器仍乞醯。
向时延我者,共舍藿与藜。
乘我牂牁马,蒙茸大如羝。
悔为青云意,此意良噬脐。
昔游蜀门下,有驿名青泥。
闻名意惨怆,若坠牢与狴。
云泥异所称,人物一以齐。
复闻阊阖上,下视日月低。
银城蕊珠殿,玉版金字题。
大帝直南北,群仙侍东西。
龙虎俨队仗,雷霆轰鼓鼙。
元君理庭内,左右桃花蹊。
丹霞烂成绮,景云轻若绨。
天池光潋潋,瑶草绿萋萋。
众真千万辈,柔颜尽如荑。
手持凤尾扇,头戴翠羽笄。
云韶互铿戛,霞服相提携。
双双发皓齿,各各扬轻袿。
天祚乐未极,溟波浩无隄。
秽贱灵所恶,安肯问黔黎。
桑田变成海,宇县烹为齑。
虚皇不愿见,云雾重重翳。
大帝安可梦,阊阖何由跻?
灵物可见者,愿以谕端倪。
虫蛇吐云气,妖氛变虹蜺。
获麟书诸册,豢龙醢为醯。
凤皇占梧桐,丛杂百鸟栖。
野鹤啄腥虫,贪饕不如鸡。
山鹿藏窟穴,虎豹吞其麑。
灵物比灵境,冠履宁甚睽?

道胜即为乐，何惭居稗稀。
金张好车马，於陵亲灌畦。
在梁或在火，不变玉与鹅。
上天勿行行，潜穴勿凄凄。
吟此青云谕，达观终不迷。

【新解】

"岩峣青云岭"至"安能复久稽"——写自己起初志在登上高位，不甘沉沦栖迟。由青云岭攀登之难，联想到"青云路""青云驿""青云骑""青云具""青云吏""青云望"，一连排比，但一切都"裴回不可上，人倦马亦嘶"。官场哪里是久留之地？岩峣：山岭高峻的样子。千仞：八尺（或七尺）为仞。千仞，喻山岭之高峻。谿：山间小河沟。裴回：同"裴徊"，通"徘徊"，往返地走。丹霞：红霞，比喻红艳的色彩。绣户：雕饰华美的门户。多指妇女居室。诗中指驿之门户。芙蓉：荷花之别名。闱：本指宫中小门。特指妇女居室。玉勒：玉饰的马衔。黄金：比喻金黄色。瑚琏：瑚、琏均为宗庙礼器，比喻治国安邦之才。象犀：象牙与犀角，比喻贵重的用具。的的：鲜明、光亮的样子。珪：古代封爵时，赐珪以为信，代指官位或官员。稽：留止；至。《全唐诗》注："一作栖。"

"攀援信不易"至"此意良噬脐"——写高位既不易得，便归来与妻子团聚，共拾藿藜，以享天伦之乐，追悔以前欲登高位，徒劳辛苦，悔之无及。攀援：《全唐诗》注："一作路途。"杜鹃鸟：又名杜宇、子规。传说古蜀国国王名杜宇，号望帝，后来亡国身死，魂魄化为杜鹃，悲啼不已。才及青云驿：《全唐诗》注："一作归家尘雾暗。"蓬蒿栖：《全唐诗》、宋蜀本均作"蓬蒿妻"，乃贫贱夫妻之意。蓬蒿：犹言身处茅屋之中，在蓬蒿之间。荜户：柴扉、柴门。窦：小门如穴。宛如：活像，恰如。圭：土圭，古代用来测影定四时和测量地形的器具，上尖下方如窦。逡巡吏来谒：《全唐诗》一作"逡巡来叙别"。逡巡：缓步而行。谒：拜见，谒见。黧：黑黄色。馈(kuì)：进食于人；赠食物于人。叫：大声喊。噪(zào)：本指鸟叫，引申为嘈杂。假器仍乞醯：临时向人借饭具及醋。醯(xī)，醋。向：原来，从前。延：延请；接待、引进。舍：《全唐诗》注"一作拾"；藜："一作梨"。牂牁(zāng gē)：汉置郡名，在今贵州省遵义、石阡、思南一带，临牂牁江，地出小马与大羊，即四川果下马。蒙茸：葱茏；杂乱。羝：牡羊，即公羊、大羊。良：副词，表示肯定，相当于"确实"。噬脐：亦作"噬齐"。《左传·庄公六年》"若不早图，后君噬齐"注："若啮腹脐，喻不可及。"啮，咬。意思是后悔已迟、后悔莫及。

"昔游蜀门下"至"人物一以齐"——说自己被贬逐之后，产生了"人物一以齐"

的贵贱等观的思想。蜀门：《全唐诗》："一作蜀关。"青泥：驿站名。惨怆：忧伤凄楚。狴(bì)：古兽名，传说此兽好讼，狱门狮子即其遗像(《怀麓堂集》)。一说"龙生九子，四曰狴犴，形似虎，有威力，故立于狱门"(《升庵外集》)。后人附会，以为立于狱门的神兽。诗中指牢狱。云泥：《后汉书·遗民传·矫慎》："(吴苍)遗书以观其志曰：'仲彦足下，勤处隐约，虽乘云行泥，栖宿不同，每有西风，何尝不叹！'"云在天，泥在地，后因以"云泥"比喻两物相去甚远，差异很大，即所谓"云泥之别""云泥之异"，高下差别悬殊。一以齐：一以齐观，贵贱等观。

"复闻闾阖上"至"各各扬轻袿"——描写天上众仙之乐，暗喻当朝权豪势要得意之人。闾阖：传说天上门名，诗中喻朝廷。蕊珠殿：传说为天上宫殿名。玉版：亦作玉板，古代用以刻字的玉片；一种光洁坚致的宣纸，叫玉版纸。大帝：天帝，皇天大帝。直：当值；值勤。侍：陪从左右。俨：俨然。队仗：仪仗队。雷霆：霹雳，震雷。鼓鼙：即鼓鞞，古代军中常用乐器，分别指大鼓小鼓。元君：贤能的国君。诗中指上文"大帝"。庭：通"廷"，朝廷；官署。蹊：小路。烂：诗中形容色彩绚丽。绮：华丽，艳丽。景云：祥云，瑞云。一作素云。绨：厚绨，当时一种粗厚的棉织物。天池：天上仙界之池。灎灎：水浮动盈溢光耀的样子。瑶草：传说仙境中的香花。萋萋：草木茂盛貌。《诗经·周南·葛覃》毛传："萋萋，茂盛貌。"众真：众仙人，群仙，真即仙。柔颜：柔嫩的容颜。黄：草木初生的嫩芽。翠羽：翠鸟的羽毛，古人多以之作装饰物。笄：古时用以盘发或别住帽子的簪子。云韶：旧传虞舜所制乐曲名。诗中指开成年间唐文宗始制《云韶》诸法曲。铿戛：犹言铿金戛玉的金石之声。霞服：指轻柔艳丽的舞衣。提携：携手，合作。皓齿：洁白的牙齿。《汉书·司马相如传上》有"皓齿粲烂"之句。袿(guī)：《广雅·释器》："袿，长襦也。"《释名·释衣服》："妇人上服曰袿(上等之服)，其下垂者，上广下狭，如刀圭也。"

"天祚乐未极"至"闾阖何由跻"——写一旦发生变乱(政变)，这些权豪势要当权得意之人都会遭到贬斥，想再见君王，就永远无可能了。天祚：皇上的天禄。极：极限、极端。溟波：海涛。隄：拦水的堤坝，亦作堤。秽贱：犹鄙贱。黔黎：黔首黎民，即庶民百姓，同"黔鳌"。桑田变成海：《神仙传》记载，麻姑在王方平筵席上说："接侍以来，已见东海三为桑田……"比喻世事变化巨大，桑田、沧海不断发生巨变。宇县：一作寓县，泛指海内、神州。齑：切碎的酱菜及肉等，细切为齑。虚皇：玉皇大帝，即诗中之大帝。

"灵物可见者"至"冠履宁甚睽"——写朝廷极端的混乱状况。诗人用一连串的拟人、暗喻，表现了当时那些当权得意的权豪势要一帮群小的兴云布雨，气焰嚣张。灵物：喻指天上物，亦即暗指朝廷群小、杂类。端倪：本顶头、头端。引申为开头、发端。诗中犹大概。云气：云雾、雾气。妖氛：不祥的云气，喻凶灾、祸乱。虹蜺：雨后或日出、日落之际天空中所出现的七色圆弧。获麟：用孔子作《春秋》绝笔于获麟的事。册：简书，简册(犹青史)。豢龙：养龙，《左传》载"刘累豢龙"。醢(hǎi)：本是一种酷刑，剁成肉酱。臡(ní)：肉酱。凤皇占梧桐：传说凤凰非梧桐不栖。《诗经·大雅·卷阿》："凤皇鸣矣，于彼高冈；梧桐生矣，于彼朝阳。"凤凰乃古代传说中的百鸟之王，雄鸟曰凤，雌鸟曰皇(亦作凰)，羽毛五色，声如箫乐，常用以象征瑞应，于是"凤皇弓""凤凰木""凤凰竹""凤凰车""凤皇门""凤皇琴""凤凰阁""凤凰来仪""凤凰衔书"各种有关名词车载斗量，应有尽有。梧桐：本是一种落叶乔木。种子可食、可榨制肥皂和润滑油；木质轻韧，可制家具及乐器。几乎成为一种神木。梧桐、凤凰在古人诗词中多有赞咏，几于家喻户晓、妇孺皆知。丛杂：混杂，杂乱。腥虫：带有腥臭气味的小虫。饕(tāo)：极其贪婪。《汉书·礼乐志》"贪饕险诐"颜师古注："贪甚曰饕。""饕餮"成为传说中的一种贪残的怪物。窟穴：动物栖身的洞穴。麑(mí)：幼鹿。《说文》："麑，鹿子也。"灵物比灵境：《全唐诗》注："比，一作此。"睽(kuí)：乖离；违背。本《周易》卦名，引申为离散、反目或怒目而视。

"道胜即为乐"至"达观终不迷"——写自己以道自守，知足为乐，虽居穷乏食，亦无所惭。道：先秦时候有道家，魏晋以后有道教，简称"道"。《史记·太史公自序》："道家无为，又曰无不为。"元代陶宗仪《辍耕录·三教》："上问曰：'三教何者为贵？'对曰：'释如黄金，道如白璧，儒如五谷。'"道，也释作道理、规律。稗稊：稗草、稊草。诗中比喻卑微。金张：指西汉金日磾、张汤子孙贵盛之家，诗中作豪门的代词。於陵：地名，诗中借指陈仲子。因居於陵，故称。"匡章曰：'陈仲子岂不诚廉士哉？居於陵，三日不食，耳无闻，目无见也。'"所谓"於陵子""於陵子仲""於陵子终"，均指陈仲子，乃战国时隐逸之士。灌畦：犹灌园。《史记·鲁仲连邹阳列传》："於陵子仲辞三公为人灌园。"裴骃集解："《列士传》曰：楚於陵子仲，楚王欲以为相，而不许，为人灌园。"在梁或在火：梁指桥梁，"在梁"指下句之"鹈"，《诗》曰："维鹈在梁。"鹈：水鸟。"在火"指下句之"玉"，玉入火不变。上天：升天，登天。行行(hàng)：刚强负气的样子。潜穴：深穴；暗穴。诗中指深居。凄凄：悲伤、凄凉貌。达观：随遇而安，一切听任自然。

《青云驿》借题发挥，矛头直指"大帝""元君""虚皇"。诗人抒写自己由"愿登青云路"的欲登高位，到归与妻室叙欢，共拾藿藜，自得其乐；到追悔欲登高位，徒劳无益的悔之无及；到以道自守，知足为乐。并预言当朝群小如今得意，一旦政变，都逃不脱悉遭贬斥的可耻下场。在艺术手法上，前半比而兼赋，后半赋而兼比。以"灵物"喻当朝的小人，以"灵境"喻朝廷，指出其"冠履倒置"。以"百鸟"喻小人，以"虎豹"喻凶徒,"虫蛇吐云气","妖氛变虹蜺",作恶多端,为害匪浅!写麒麟、写神龙、写凤凰——贤人君子,或被"束置高阁",或被"醢为肉酱",或被"夺去栖树";写野鹤、写山鹿——高人逸士,或"但求温饱",或"逃藏未尽",为灵物所害,为虎豹所吞,遭受迫害,悉被贬逐!结以金张豪门虽有好车马,而我安贫守道如於陵之灌园种菜亦足自乐;如玉如鹅,不因在梁在火而变其节;往日当路在朝固不行行自得,今日潜居在野亦不凄凄自悲……正因为如是,所以吟此青云为喻,早已知足达观,终不沉溺于得失出处升贬之中!"诗无达诂"(董仲舒《春秋繁露·精华》),而"诗之外有事,诗之中有人"(黄遵宪《人境庐诗草·自序》),本诗或另有所指,读者尽可自己训解,也可以从中推知社会风貌,并察出作者的思想感情与写作之目的、动机。

和乐天感鹤

元和五年(810)前后,白居易(字乐天)上疏请罢讨王承宗兵,又论元稹不当贬,唐宪宗均不听。白氏创作了《感鹤》。这首诗是元稹的和诗,以自喻孤高。和诗,白乐天《和答诗十首序》云:"……其间所见,同者固不能自异,异者亦不能强同,同者谓之和,异者谓之答。"为解评本诗,似有必要将白乐天《感鹤》诗抄录如后:"鹤有不群者,飞飞在野田。饥不啄腐鼠,渴不饮盗泉。贞姿自耿介,杂鸟何翩翩。同游不同志,如此十馀年。一兴嗜欲念,遂为矰缴牵。委质小池内,争食群鸡前。不惟怀稻粱,兼亦竞腥膻。不惟恋主人,兼亦狎乌鸢。物心不可知,天性有时迁。一饱尚如此,况乘大夫轩。"白乐天《感鹤》,有的评论家认为:"讽志在温饱的人,不能坚持操守。"而元微之和诗,别有一种情调。

　　　　我有所爱鹤,毛羽霜雪妍。
　　　　秋望一滴露,声闻林外天。
　　　　自随卫侯去,遂入大夫轩。
　　　　云貌久已隔,玉音无复传。
　　　　吟君《感鹤操》,不觉心惕然。
　　　　无乃予所爱,误为微物迁。
　　　　因兹谕直质,未免柔细牵。
　　　　君看孤松树,左右萝茑缠。
　　　　既可习为饱,亦可薰为荃。

期君常善救,勿令终弃捐。

"我有所爱鹤"至"声闻林外天"——写我所爱的鹤,毛羽雪白艳丽,鸣声冲天。毛羽:羽毛。霜雪妍:霜雪形容其白,"妍"描写其美,本指女子的貌美,诗中指鹤的洁白妍翎。"秋望(《全唐诗》作宵)一滴露"的比喻更绝妙。声闻(一作洞)林外天:那鹤唳的清音冲天。从形到声,把那"丹颊朱顶,龟背凤翼,素羽黝睛",丹顶清音"犹冀一闻天"的白鹤描摹得活灵活现,如在眼前。

"自随卫侯去"至"玉音无复传"——写因为卫侯爱鹤,一至久与云貌隔离,那如玉音般的鸣声也不再传来。卫侯:指春秋初期卫国国君卫懿公。此君一向喜欢养鹤,有些鹤甚至乘坐高敞的大夫车子,与大官的排场一模一样。《左传》:"卫懿公好鹤,鹤有乘轩者。"北方的狄人攻打卫国,他命令军队去抗击,那些领到盔甲的兵都说:"使鹤。鹤实有禄位,余焉能战?"(意思是:"差遣鹤去打仗。鹤有实实在在的官俸职位,我们哪里能够打仗!")云貌:鹤羽洁白,故称。隔:阻塞,隔开,隔绝。玉音:优雅清越的声音。无复:不再。

"吟君《感鹤操》"至"误为微物迁"——写我吟诵了你的《感鹤操》诗,不禁忧虑起来,莫不是我所爱鹤的情趣,错误地为小的事物所迁移!惕然:忧虑;惶恐。无乃:即"无迺",犹"莫非",表示委婉测度的语气。误:错误;荒谬。微物:小的生物;细微的东西。迁:迁移,改变。

"因兹谕直质"至"左右萝茑缠"——写由于这件事才知道正直朴实,难免被细柔的东西所牵制、拘泥。兹:此,这。谕:明白,知道。直质:正直朴实的资质。未免:难免,不免。柔细:柔软纤细。牵:牵制;拘泥。孤:孤独,孤立。萝茑:女萝、茑,都是蔓生植物,往往缘树而生。

"既可习为饱"至"勿令终弃捐"——说明既可教习、训练,让它喝足吃饱,也可用以熏染、捕鱼。习:教习,训练。饱(又作"鲍"):让喝足吃饱。薰:香草,蕙草。有温和、和煦之意。荃:香草名,喻君主。期:期望,期盼。勿令:不使。弃捐:抛弃,废置。

元稹既是自喻清高,即有"鹤立鸡群"的高洁之感。鹤"静立而孤高,引吭而洁朗,腾飞而清越",潇洒真姿,与松、竹有"三友"之称。中国古代就有养鹤、咏鹤、画鹤的传统,鹤备受历代文人画家的青睐。尤其是传说鹤能识字、传诗、跳舞,《方舆胜览》记载:"晋羊祜镇荆州,江陵泽中多有鹤,羊祜常取之教舞,以娱宾客,因名鹤泽,后因之遂呼江陵郡名为鹤泽。"

元稹这首诗有感而发,对人生、对时世目击、身历,确有难言之隐,但又不吐不快,以此寓意方式,抒发内心抑郁之块垒,倒也是一种解脱。

种竹并序

这首诗作于元和元年(806)秋。时白居易官京兆府户曹参军,元稹被贬为江陵士曹参军。诗人种竹厅前,有感于元和初分司东都洛阳时白居易所赠《酬元九〈对新栽竹有怀〉见寄》而作。

　　昔乐天赠予诗云:"无波古井水,有节秋竹竿。"予秋来种竹厅下,因而有怀,聊书十韵。

　　　昔公怜我直,比之秋竹竿。
　　　秋来苦相忆,种竹厅前看。
　　　失地颜色改,伤根枝叶残。
　　　清风犹渐渐,高节空团团。
　　　鸣蝉聒暮景,跳蛙集幽栏。
　　　尘土复昼夜,梢云良独难。
　　　丹丘信云远,安得临仙坛。
　　　瘴江冬草绿,何人惊岁寒?
　　　可怜亭亭干,一一青琅玕。
　　　孤凤竟不至,坐伤时节阑。

　　小序述作《种竹》一诗的缘由。昔:往昔、昔日。"乐天赠予诗云:'无波古井水,有节秋竹竿'。"指白乐天《赠元稹》,"无波"二句是该诗中的两句,也是两个巧妙的比喻。全诗的主旨,说明为人、为官之道在"有节""在人格",这是元白交谊最根本、最关键的因素。也是元白订交后最早赠元稹之作。元白订交在贞元十八年壬午(802),当时白居易三十一岁,元稹二十四岁。是年冬试书判拔萃科,元白等人同及第。聊:姑且、暂且。

　　昔公怜我直,比之秋竹竿——白居易在其《酬元九〈对新栽竹有怀〉见寄》答和中有:"昔我十年前,与君始相识。曾将秋竹竿,比君孤且直。"是这两句诗最好的说明和阐释。怜：喜爱。我：原作"有"，据《全唐诗》卷三九七、《唐文粹》卷一七上改。以竹之高节比喻人格。直：直节。

秋来苦相忆，种竹厅前看——写因为秋来思念朋友，苦苦相忆，于是种竹厅前，看到竹子就像看到朋友。忆：回忆，忆念。

失地颜色改，伤根枝叶残——自比受到权贵的伤害打击，被贬斥出京。

清风犹淅淅，高节空团团——言其如同清风淅淅地吹着，高节品操空无所有、毫无用处。淅淅：为象声词，形容风雨之声。高节：高风亮节；高尚人格。空团团：空无所有。

鸣蝉聒暮景，跳蛙集幽栏。尘土复昼夜，梢云良独难——看似写秋景，实则反映了诗人当时的忧愁心情。暮色苍茫，鸣蝉发出阵阵嘈杂烦人的叫声，跳蛙聚集在幽暗的栏下。聒(guō)：声音高响，嘈杂刺耳。为尘事昼夜忙碌，逾高云确实太难啊！尘土：即尘事，尘世。梢云：瑞云；高云。《文选》左思《吴都赋》"梢云无以逾"刘良注："言虽梢云之高不能逾也。"一说"梢云"指山名，产竹(见《文选》左思《吴都赋》李善注)。

丹丘信云远，安得临仙坛——写仙人所居之山确实很远，哪里能走到仙人所住的地方？丹丘：仙人所居之山。信：确实，不假。云：曰，说。安：疑问代词，哪里，怎么。仙坛：仙人所住处。临：走到、走近；及。

瘴江冬草绿，何人惊岁寒——犹言瘴江地方冬天草木青绿，谁还害怕天气寒冷呢？瘴江：诗中特指南方多瘴气的江边。《唐文粹》作"沿瘴"。

可怜亭亭干，一一青琅玕——写竹干亭亭玉立，十分可爱，一根根竹竿如玉石般秀美。可怜：可爱。干：主干，树干。一一：一竿一竿。琅玕(láng gān)：类似珠玉的美玉。青琅玕：青色的玉石一般。比喻竹色。

孤凤竟不至，坐伤时节阑——凤凰竟然不来，只好坐着伤叹节令将尽。孤凤：相传凤凰非竹实不食，梧桐可引凤凰。时节：节令，季节。阑：将尽，将止。

元白赠答诗中，这是比较典型也很有代表性的一首。《赠元稹》（"自我从宦游"）是白居易最早赠给元稹的一首五律，诗中有"有节秋竹竿"之句，这首诗正是对《赠元稹》的答和之作。

元白二人同是新乐府运动的倡导者，同是中唐诗人，在中国文学史和中国诗史上并称"元白"。由于他们的主要文学活动在唐宪宗元和年间(806—820)，所以后世把他们的诗及仿效他们的诗统称"元和体"。"稹尤长于诗，与白居易相埒，天下传讽，号'元和体'。"又由于他们的诗集分别称《白氏长庆集》《元氏长庆集》，故又称他们的诗为"长庆体"。(唐宪宗殁,穆宗继位,改年号为长庆。从821年至824年的长庆期间,元白诗歌分别编辑成集,故名)同时,因为他们积极倡导新乐府运动,又称他们的诗为"新乐府诗"。元白在政治上、文学上志同道合,患难与共,二人诗文唱和、书信往来,彼此交谊极深,就连《白氏长庆集》都是元稹"尽征其文,手自排缵,成五十卷,凡二千一百九十一首"编辑成集的。白居易《赠元稹》诗中有"无波古井水,有节秋竹竿。一为同心友,三及芳年阑"。元稹的和诗即本诗有"昔公怜我直,比之秋竹竿……孤凤竟不至,坐伤时节阑"。白居易又和本诗的《酬元九对新栽竹有怀见寄》中有"昔我十年前,与君始相识。曾将秋竹竿,比君孤且直"。诸诗均以"秋竹竿"之"有节"相唱和、相勉励,并以竹之高节自喻互喻、喻己喻友,所以对后世影响很大。宋代大词人苏东坡词[临江仙]中有"无波真古井,有节是秋筠",承元白诗,而改"竿"为"筠",《瓮牖闲评》则认为"改'竿'作'筠',遂觉差逊",是很有见地的。

楚歌十首(选二)

题解

《楚歌十首》是诗人在江陵时所作,是一组咏楚国史事的作品。其三写楚平王乱政。春秋时楚平王乱政是一重大历史事件,古典历史剧目就有《伍员逃国》《哭秦廷》等敷演这些人物及故事。其六写申包胥救楚。伍员为父兄报仇,引兵灭楚,伍员的好友申包胥哭秦廷借兵救楚,表现了申包胥的爱国精神。两首所咏史事前后紧相衔接,所以选此二首解评。

其 三

平王渐昏惑,无极转承恩。
子建犹相贰,伍奢安得存?
生居宫雉闶,死葬寝园尊。
岂料奔吴士,鞭尸郢市门。

"平王渐昏惑"至"伍奢安得存"——写楚平王昏庸,费无极弄权,楚国君臣、父子相互猜疑嫉恨,终酿成祸端。平王:楚平王。昏惑:昏乱,疑惑,犹今糊涂,迷惑。无极:楚平王宠臣费无极,时为太子太傅。转承恩:楚平王昏聩,宠信费无极,原使无极为太子建娶秦女为妻,因无极蛊惑平王,竟以秦女长得非常美貌而"父纳子妻"。后无极又屡进谗言,使平王益加昏乱,更为宠信自己,几乎无言不听、无计不从。子建：儿子建，楚平王太子建。犹相贰：贰，二心，不臣、不子之心。楚平王自娶秦女之后，使太子建出居城父。而费无极又诬太子建不满，并擅兵，定有异谋。同时，诋毁伍奢。伍奢(平王时任太子太傅)进谏，平王不听，反囚禁伍奢，欲诛太子建。太子建遂投奔宋国。平王又听无极谗言，怕生后患，令伍奢召其子伍尚、伍员。伍尚至，伍员逃奔吴国。楚平王遂杀伍奢、伍尚父子。安得存：犹言楚平王连太子都猜忌，何况伍奢呢？意思是伍奢父子何以存身？

"生居宫雉闷"至"鞭尸郢市门"——宫雉(zhì)：宫殿。古代城墙长三丈、高一丈为一雉，亦泛指城墙为城雉。闷(bì)：通"秘"，幽深。寝园：陵墓。奔吴士：指伍员。鞭尸郢市门：伍员奔吴后，其父兄伍奢、伍尚被楚平王杀害。后伍员在吴王阖闾的支持下兴兵伐楚。此时楚平王已死，吴兵攻入楚都郢，毁平王墓(详见《史记·楚世家》《左传·昭公十九年》至《左传·宣公四年》)。《史记·伍子胥列传》记载："及吴兵入郢，伍子胥求(楚)昭王，既不得，乃掘楚平王墓，出其尸，鞭之三百，然后已。"

其 六

谁恃王深宠，谁为楚上卿？
包胥心独许，连夜哭秦兵。
千乘徒虚尔，一夫安可轻！
殷勤聘名士，莫但倚方城。

谁恃王深宠，谁为楚上卿——连用诘问，表现出对得到宠幸的楚国上卿"恃王深宠"而临危自保、不勤王救国的自私无能的斥责。恃：依赖。宠：宠信。上卿：官名，传为夏、商、周时高级执政官或显爵名。王室与诸侯国均置，春秋初期只有上卿与下卿之别。上卿位列公之下、卿之首。

包胥心独许，连夜哭秦兵——颔联写临危不惧、挺身而出拯救国家危难的爱国行动。包胥：申包胥。心独许：其心独许于楚王，即忠于楚国。哭秦兵：据《左传·宣公四年》记载："初，伍员与申包胥友。其亡也(指伍员奔吴)，谓包胥曰：'我必覆楚。'申包胥曰：'勉之！子能覆之，我必能兴之。'及昭王在随(楚昭王兵败至随)，申包胥入秦乞师……依于庭墙而哭，日夜不绝声，勺饮不入口七日……秦师乃出。"这两句承首联二句，写申包胥在吴灭楚后，连夜至秦哭求救兵，助楚复国。

千乘徒虚尔，一夫安可轻——言楚虽有战车千乘但不能抗敌卫国，形同虚设；然而申包胥一个平民却能救兵复国，安能轻视？千乘(shèng)：千辆车马。诗中指兵车千辆，古代以一车四马为一乘。犹言其多。指军事力量强大。一夫：一个平民，诗中指申包胥。

殷勤聘名士，莫但倚方城——申述其治国安邦的主张，向最高统治者提出任贤重于养兵的忠告。方城：春秋时期楚北的长城，古为"九塞"之一。《淮南子·地形训》所载九塞之名，一为方城。意思是说治理国家要依靠聘请人才名士辅佐，不要一味依靠军事设施。

《楚歌十首》其三，叙咏春秋时期楚平王听信佞臣费无极谗言，使太子建出居城父，杀害太子太傅伍奢及其子伍尚，迫使伍奢次子伍员(字子胥)投奔吴国，助吴王阖闾伐楚，鞭楚平王尸三百为父兄报仇雪耻的史事。元稹客观地陈述记叙史事，事真史实，不加任何议论，而"楚平王乱政"的题旨，公允地从所咏之史实中清晰地展示出来。全诗言简意赅，语言凝练，劝诫人们接受历史的教训，讽谏当世君王"远佞倖、亲贤能、杜谗言、纳忠谏"，杜绝与楚平王类似的历史悲剧重演，以免自食恶果！

《楚歌十首》其六，充分运用对比的手法，用"谁恃王深宠，谁为楚上卿"的连续诘问，将受宠的楚国上卿临危自保、不思勤王救国的行径同"包胥心独许，连夜哭秦兵"挺身拯救国难的行为，作了强烈而又鲜明的对比；接着又以"千乘徒虚尔"同"一夫安可轻"作联内二句对比，把楚虽有强大的军事力量而不能临危御侮卫国，同一介草民申包胥哭动秦王、借得救兵助楚复国作深入一层的对比。联之间的对比，联内的对比，一褒一贬，一扬一抑。正是在如此层层对比的基础上，结二句提出自己的主张和告诫。一个既非楚国高官，又非楚王宠信，但忠于楚王、忠于国家的平民，在危难之际，挺身而出，御敌卫国，能不令人钦佩！这也是这首诗"事明理豁"，极具有说服力的关键之所在。

红芍药

《红芍药》是诗人在江陵任士曹参军时作。专咏其花叶色态，并喻人。芍药，多年生草本植物，名贵花卉，五月开花，花大而又美丽，有粉红、紫红、白多种颜色，根可入药。《诗·郑风·溱洧》作"勺药"，表示男女爱情，也指文学作品中言情之诗文。

　　　　芍药绽红绡，巴篱织青琐。
　　　　繁丝蹙金蕊，高焰当炉火。
　　　　剪刻彤云片，开张赤霜裹。

烟轻琉璃叶,风亚珊瑚朵。
受露色低迷,向人娇婀娜。
酡颜醉后并,小女妆成坐。
艳艳锦不如,夭夭桃未可。
晴霞畏欲散,晚日愁将堕。
结植本为谁,赏心期在我。
采之谅多思,幽赠何由果。

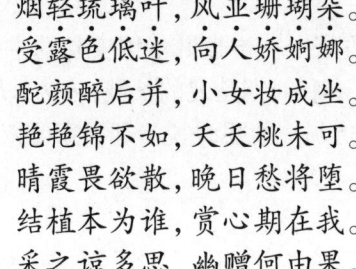

"芍药绽红绡"至"向人娇婀娜"——主要描写红芍药。其花"绽红绡",其色"当炉火",其叶似"琉璃",其态"珊瑚朵",受露则"色低迷",向人则"娇婀娜"。绡:生丝织成的薄纱、薄绢。青琐:本指装饰皇宫门窗的青色连环花纹。诗中指刻镂成格的窗户。蓺:逼近,接近。蕊:花蕊。高焰当炉火:形容芍药之红如同炉中的火焰。彤:赤色。霜:《全唐诗》卷四〇一作"霞"。亚:同"压"。杜甫诗"花亚欲移竹",形容花枝低拂的样子。琉璃:亦作"瑠璃",本是一种半透明有色的玉石,诗中指晶莹碧透的叶子。珊瑚朵:如珊瑚般的花朵。珊瑚本是珊瑚虫分泌的石灰质骨骼聚结而成的物质,状似树枝,多系红色,也有白色、黑色的,鲜艳美观,可做装饰品。许慎《说文》:"珊瑚色赤,或生于海,或生于山。"生于海者为珊瑚,生于山者为琅玕。低迷:迷濛,迷离。娇:妩媚可爱。婀娜:叠韵联绵字,柔美摇曳的样子。

"酡颜醉后并"至"幽赠何由果"——以人、以物比花,结以赏心相知为乐。并:《全唐诗》作"泣"。"酡颜"二句以花比人。本来形容酒醉后脸红,后泛指脸红。妆成:妆饰打扮完。锦:本指有图案花纹的丝织物,后引申为色彩华美。夭夭:盛貌。未可:不可。散:分散;乱。堕:落。期:期望,要求。谅:相信。多思:多情思;多相思。幽:幽深;幽暗。诗中作暗送。何由:即何繇,从何处;怎能。果:结果,事情的结局。

这首诗以花喻人,以物比花,意蕴深含,耐人寻味。诚如其《樱桃花》:"樱桃花,一枝两枝千万朵。花砖曾立摘花人,窣破罗裙红似火。"看似写花,个中人在活动。诗人笔下的红芍药,"繁丝""金蕊""高焰""炉火""赤霜""彤云""琉璃叶""珊瑚朵""色低迷""娇婀娜",从花、叶到色、态,比花、拟人、喻物,几乎调遣所能想到的美艳动人、移情悦心的词语,描摹绘饰,使红芍药如亭亭玉立的少女艳丽多姿、楚楚动人。后十句将红芍药完全作为人来描写,那如酒醉后的酡颜,那似妆成少女的坐姿；喻之为"艳艳"之"锦"、"夭夭"之"桃"；比之为"晴霞"，害怕其"散"失，拟之为"晚日"，发愁其"堕"落，真不知如何处置才放心得下！结四句似明说，又未明说，"采之谅多思，幽赠何由果"，又似答非答、似问非问。采之相信多情思、多相思，暗赠又何由结果，含蓄蕴藉，意味深长，其不尽之意在诗外，隐藏之情任人猜。读者尽可以驰骋想象，插上评解的翅膀，任你解评。正所谓"诗无达诂"，其立意、其风格、其寄托之近远，其内容、其特点、其写作之手法，乃至"题中之精蕴、题外之远致"，取意之妙趣，神韵之幽然，托物之情思，别具情致，发人深思。

三月二十四日宿曾峰馆夜对桐花寄乐天

这首诗是诗人任江陵士曹时所作。元和五年(810)正月，元稹被贬为江陵士曹参军，直到元和九年(814)徙唐州从事。白居易诗有《初与元九别后忽梦见之及寤而书适至兼寄〈桐花诗〉怅然感怀因以此寄》，题下自注："元九初谪江陵。"可见这首诗作于元和五年三月二十四日。是他夜宿曾峰馆时(此时白居易在朝为官)对桐花所感而作并寄白乐天的。曾峰馆在商山道中。

    微月照桐花，月微花漠漠。
    怨澹不胜情，低回拂帘幕。
    叶新阴影细，露重枝条弱。
    夜久春恨多，风清暗香薄。
    是夕远思君，思君瘦如削。
    但感事睽违，非言官好恶。
    奏书金銮殿，步屣青龙阁。
    我在山馆中，满地桐花落。

"微月照桐花"至"风清暗香薄"——说微微的月光照映着桐花，月光微弱，桐花寂静无声。月下之人忧怨盈怀不堪承受。并用景物衬托人物的"春恨"感伤情愫。漠漠：形容寂静无声。怨澹：忧怨貌。不胜：不堪，无法承担。低回：徘徊、流连；思绪、情感萦回。那灯光透过密叶投下的细细碎荫，浓重露水压得弱枝柔条沉沉欲垂，夜风不时吹送来阵阵桐花微香，而人呢？月下夜深，思念亲友，久久伫立，连景物都隐含着静寂凝思的气氛。

"是夕远思君"至"满地桐花落"——主要是抒发一腔抑郁之情。是:此。瘦如削:即瘦削,形容消瘦。睽(kuí)违:违失;差错;违背。好恶(wù):喜好与厌恶。奏书:臣子对帝王进言陈事的书章。金銮殿:唐朝宫殿名,殿西为翰林院之所在,是文人学士待诏之所。屣(xǐ):鞋,引申作登临。青龙阁:唐朝所置九宫神坛的西北神坛曰"青龙"(见《旧唐书·礼仪志》)。山馆:即曾峰馆。"青龙阁"亦指宫禁之地。

新评

诗人在东都洛阳不畏权势,劾奏河南尹房式不法事,令其停务(停职),执政柄者反恶其专擅,不只罚俸,而且贬为江陵士曹参军。莅任途中夜宿驿站,又值桐花飘落的月下,自然心潮起伏、思绪萦回。

在漠漠微月之夜,诗人思念远方的亲人朋友,伫立良久,思绪万千。静寂冷漠的月夜,无言而飘落的桐花,伫立凝思的诗人,境、物、我三者似乎一起融注了深深的情思,一丝冷月、静夜、落花的孤独之感同被贬谪的情怀一齐袭来,郁结心头,萦缠脑际,在平淡静默中寄寓着深情,饱含着忧郁,以景写情,情景交融,细腻的笔触,真切的感情,深深地打动着历代读者的心扉。

历代咏桐诗很多,而以描摹梧桐形姿神貌的诗不多,侧重赞美梧桐品质的诗也少见。如唐·陆龟蒙的《咏井上桐》("美人伤别离")将桐比作茕茕孑立的美女,描绘其愁思之态,意象生动,比喻贴切。唐·戴叔伦的《咏梧桐》("亭亭南轩外")描写梧桐形姿之美,赞美梧桐为知音者所赏识的"韵雅"品质,质朴平淡,仪象鲜明,还有唐·王昌龄的《段宥厅孤桐》("凤凰所宿处")等,多托物感兴、咏物言志。元稹的这首诗则别具一格,环境、物态、人情,三者融合一起,虽不无落寞寂凉失意之感,确也"流风香霭,舒卷自如",是咏桐诗中一篇佳制!

由于当时白居易在京,元稹在外,所以末四句诗两相对照。

遣悲怀三首

题解

《遣悲怀》是元稹之妻韦丛(一作韦蕙丛)去世后,于元和六年(811)前后写的一组悼亡诗。所抒发的哀痛亡妻之情,"情真事实"。所提取的典型材料是贫贱夫妻日常生活中的细节,在叙事之中融入悲悼之情,既合于昔日诗论家阐发悼亡、哀挽诗的创作要领,又合于百姓日常的生活实际和审美情趣,难怪一直得到很高的赞誉。以文证诗,正如诗人在《祭亡妻韦氏文》中所说的:"况夫人之生也,选甘而味,借光而衣,顺耳而声,便心而使。亲戚骄其意,父兄可其求,将二十年矣,非女子之幸耶？逮归于我，始知贫贱，食亦不饱，衣亦不温。然而不悔于色，不戚于言。他人以我为拙，夫人以我为尊；置生涯于濩落，夫人以我为适道；捐昼夜于朋宴，夫人以我为狎贤……恨亦有之。始予为吏，得禄甚微，愧目前之戚戚，每相缓以前期。纵斯言之可践，奈夫人之已而。况携手于千里，忽分形而独飞。昔惨惨于少别，今永逝与终离。将何以解予怀之万恨？"极写亡妻之悲痛，感人至深！

　　题中"遣悲怀"，实则无法排遣，不过是为了更深的悼念！悲悼无时无休地萦回脑际，挥之不去，遣之不开。

　　这三首诗各自成一章，又是相互联系的联章组诗。表现同一主题，又各有侧重，各具特色。元氏所作悼亡诗多首，这是他任中书舍人、以工部侍郎同中书门下平章事后作。

其　一

谢公最小偏怜女，自嫁黔娄百事乖。
顾我无衣搜荩箧，泥他沽酒拔金钗。
野蔬充膳甘长藿，落叶添薪仰古槐。
今日俸钱过十万，与君营奠复营斋。

其　二

昔日戏言身后意，今朝皆到眼前来。
衣裳已施行看尽，针线犹存未忍开。
尚想旧情怜婢仆，也曾因梦送钱财。
诚知此恨人人有，贫贱夫妻百事哀。

其　三

闲坐悲君亦自悲，百年都是几多时。
邓攸无子寻知命，潘岳悼亡犹费词。
同穴窅冥何所望，他生缘会更难期。
唯将终夜长开眼，报答平生未展眉。

　　其一追怀妻子韦丛生前的艰难困境和夫妻之间情深爱笃，发抒自己抱憾之情。

谢公最小偏怜女，自嫁黔娄百事乖——首句以谢安借喻岳丈韦夏卿，第二句以贫士黔娄自喻，包含着对妻子在娘家最受爱怜和屈己下嫁的歉意。写韦丛的高贵身份和娇宠地位，为下面描写其贤淑、柔顺作了铺垫。谢公：指东晋尚书仆射谢安。偏怜女：最被疼爱和偏爱的女儿。道韫为谢弈女，聪颖有才识，一次全家内集，俄而下雪，其叔父谢安说："何所似也？"安兄子朗说："散盐空中差可拟。"道韫说："未若柳絮因风起。"谢安非常高兴(见《晋书·列女传》)。谢安最疼爱侄女谢道韫。这里以谢安借指韦夏卿。韦夏卿官至太子少保，卒赠左仆射；以谢道韫借指其妻韦丛。韦丛是韦夏卿的小女儿，很受宠爱。黔娄：春秋时齐国人，"鲁恭公闻其贤，遣使致礼，赐粟三千锺，欲以为相，不受。齐王又礼之以黄金百斤，聘为卿，又不就。"著书言道家之务，号曰黔娄子(见《高士传》)。黔娄家境贫寒，元稹自比。乖：不顺利。百事乖：总写婚后生活的贫困，是对韦丛嫁给自己七年间艰苦生活的概括，并领起中间二联四句，表现出韦丛守苦安贫、怡然自乐的贤淑品德。

顾我无衣搜荩箧，泥他沽酒拔金钗。野蔬充膳甘长藿，落叶添薪仰古槐——围绕"乖"字展开，具体写"百事乖"的艰难处境和妻子对自己的关怀照顾，从死者与生者两方着墨，表现夫妻生活的亲密和融洽，并活画出一位安贫自适"百事乖"的贤惠妻子的形象。顾我：看到我、看见我。荩箧(jìn qiè)：用荩草编织的小衣箱。泥(nì)：软缠硬磨。他：指韦丛。充膳：当饭。甘长藿：用豆叶充饥，她却吃得很甘甜。落叶添薪：捡地上的落叶当柴烧。仰：依赖、依靠。

今日俸钱过十万，与君营奠复营斋——慨叹自己如今虽俸金很高，但却不能与妻子共享，只能是用礼品祭奠和延请僧道超度亡魂以寄托哀思。俸钱：薪金、薪水。过十万：言其俸金很多、官位很高。营：准备、筹办。奠：祭物、祭品。复：说明悼亡祭奠的频繁。斋：斋醮，即延僧设坛祭奠超度亡魂。《唐诗馀编》认为"以反映收，语意沉痛"。

其二紧紧衔接第一首，写妻子死后"睹物思人"，触景伤怀，梦魂萦绕的"百事哀"情。

昔日戏言身后意，今朝皆到眼前来——写昔日戏言成真，而今妻子确实亡故，疼断肝肠的事"皆到眼前来"了。皆：一作"都"。

衣裳已施行看尽，针线犹存未忍开——开始写日常生活中容易引起哀思的几件事：你留下的衣物我已施舍(予人)将尽；你为我缝制的衣物保存完好，因怕睹物伤情不忍心打开。行(xíng)：将要、即将。针线：指生前妻子给自己缝制的衣物。

尚想旧情怜婢仆，也曾因梦送钱财——是写时常想到你对婢仆的宽厚之情，而更爱怜他们；也曾因梦里你周济的人，而给他们送去钱财。施：施舍予人。

诚知此恨人人有，贫贱夫妻百事哀——写明明知晓夫妻终究会死别离散，人所难免,然而我们经历的贫困生活,桩桩件件都会勾起哀痛思念。诚:确实,果真。此恨:夫妇死别的恨事。百事:上述施舍、封存、"怜婢仆""送钱财"事。《养一斋诗话》谓:"'也曾因梦送钱财',真可配村笛山歌耳。"

其三叙写自己对亡妻的深深怀念之情。

闲坐悲君亦自悲,百年都是几多时——连用二"悲"字,"悲君"承上,"自悲"启下。承上总括全诗,启下极写自悲。对句"百年都是几多时"是自叹,又寓问于其中:就是活到百岁,由于你的亡故,那欢娱的日子全计算在内又有多少呢?!与古诗"生年不满百",同指人生短暂。

邓攸无子寻知命,潘岳悼亡犹费词——二句用典,以邓攸无子自喻,以潘岳悼亡枉费词句,说明自是命中注定,难消悲痛之情。邓攸:字伯道,西晋河东太守,永嘉间石勒南侵,邓攸携家逃难,在危难之中舍弃己子而保全了亡弟之子,时人有"天道无知,使伯道无儿"之语云。元稹妻子韦丛完婚七年,虽生有五子,但仅养活一女,故以邓攸自喻。寻知命:即将及知命之年。《论语·为政》:"五十而知天命。"按,元稹五十岁时,其后妻裴氏生一子名道护(见白居易《元公墓志铭》)。"潘岳",字安仁,西晋著名诗人,有《悼亡诗》三首伤悼亡妻,为后世传诵。犹费词:仍然枉费词句。承首二句而言,意犹悼亡不过是生者对死者的哀悼,可生者仍不免一死,故这种悼亡之词是多馀的。

同穴窅冥何所望,他生缘会更难期——感叹即使死后合葬而同穴(《诗经·王风·大车》有"谷则异室,死则同穴"句),但墓穴幽暗,哀情何以召唤;纵然来生再续良缘,而世事缥缈更难期盼。那怎么办呢?只有在漫漫长夜辗转不眠"长开眼",以无穷的思念来报答你一生度日的艰难。结二句如是恳切地做了回答。窅(yǎo)冥:幽暗隐远。他生缘会:来世再结姻缘。

唯将终夜长开眼,报答平生未展眉——终夜长开眼:整夜不闭眼,难于入睡。旧时有"无妻曰鳏"之说,鳏系鱼名,鱼不会合眼,诗中以不合眼之鳏鱼自比,犹言誓不再娶。诗人要以"终夜长开眼"回报妻子的"平生未展眉"。未展眉:指生前贫困经常心情不舒畅。末二句"真镂肝擢肾之语"(《唐诗馀编》)。

《遣悲怀》"第一首生时,第二首亡后,第三首自悲,层次即章法。末篇末句'未展眉'即回绕首编之'百事乖',天然关锁。"(《唐诗馀编》)《唐诗三百首详析》认为:"作此等诗,非有至性至情,不能讨好。倘然只敷说生前情爱,堆砌词采,亦不能动人。倘然纯用白描,直率叙述,又要流于俚俗。总之写情要写得真,叙事要叙得实,才能引起读者同情。"

本诗三首独立成章,第一首追忆生前事,前六句极写韦丛甘于贫困的状况,"毫无怨色"。后两句出句形容俸钱之多,极力一扬,结句转到题面,感叹不能同享荣华富贵,逼出"悲怀"二字,隐含无限凄惨。第二首伤怀身后事,首联"脱口而出,毫不做作"。颔联言"人亡物在,触目生悲",无限悲伤。腹联"尚想旧情"承第一首种种贫苦之情;"因梦送钱"应上文贫困苦况;第七句宕开一笔,"逼出"贫贱夫妻"四字来,总收前后二首。第三首自伤身世。首联直叙因悲君而自悲;颔联用古典写无子之悲、丧偶之痛,故作达观而悲愈甚。颈联由绝望转出希望,"何所望""更难期"由自悲转入自慰。由颔联、颈联四意衬托,便"跌出一个无可奈何的方法来"即以"终夜长开眼"来报答"平生未展眉",悲生前受贫贱之苦,伤殁后未享富贵之荣,"其情痴,其语挚,用来总结三首,才无蚊尾之讥"。

古代诗论家要求悼亡诗"要情真事实"(杨载《诗法家数》)。《遣悲怀三首》从取材到抒情,都是事实确凿、情真意切的,正合于阐述悼亡、哀挽、哭祭诗抒发哀痛之情的创作要领和要求,极尽抒写悲痛、悲苦之能事。

诗从"百事乖"领起,"前六句形容甘受贫苦,第七句极写显贵,斋奠二句万种伤心……"(《精选评注五朝诗学津梁》)"顾我无衣搜荩箧"四句叙述,突现了韦丛的鲜明形象和可贵的精神境界,句句饱含着诗人对妻子的赞叹与怀念之情。通过日常生活的细节描写,表现韦丛安贫自乐的贤淑品德。末二句在出神的思念中猛然惊觉,对亡妻发出无限的愧憾深情,正所谓"通首说得哀惨,所谓贫贱夫妻也","俸钱十万,仅为营奠营斋,真可哭杀"(《唐诗笺注》)。在平和的诗句中蕴含着内心的极度凄苦,是夫妻二人艰难境遇的传神写照。出句极力一扬,反衬昔日贫困相处的难得,"逼"出对句无法弥补的悲痛情怀。

第二首承上,另辟蹊径,描写亡妻身后日常生活中引发哀思的几件事,事事触景伤情。由"诚知此恨人人有"的泛指,推进一步,宕开一笔,落实到结句"贫贱夫妻百事哀"的特指上,既关合题旨,又总收对亡妻生前的爱恋和身后的思念,抒发了自己对亡妻不同于一般的悲痛和于事无补的哀伤。在艺术上采用联想手法:人亡物在,人逝情牵;旧爱新愁,思极悲绝!达到了悲痛感宣泄的高潮。

第三首巧用典故,由思量到幻想,由盼望到绝望,"诗情愈转愈悲,不能自已",终于想出一个出人意料而又无可奈何的绝妙办法:唯将"终夜长开眼",以报"平生未展眉",层层逼近,既突出了悲怀,又深化了主题,真是痴情缠绵、哀恸欲绝!一个"悲"字从首句到结句,贯穿始终。悲亡妻,从生前到身后;悲自己,从眼前到将来,摄取夫妻日常生活中的典型细节材料,于叙事之中融入悲悼之情。诗中连用典故,一是哀叹韦丛青春早逝,而且未留下子嗣;二是表示自己就是有潘岳之才,也无法表达丧妻的悲怆情怀。所举事情虽小,却深深地触动着诗人的感情,也打动着读者的心扉。不但反映了诗人显贵而不忘贫贱的道德原则,同时又合乎人们的生活实际和审美情趣。叙事实,抒情真,正是"极写悲痛",且以"淡笔写之,而悲痛更甚"(施补华《岘佣说诗》)。这也正是此诗久为传诵而又深受赞誉的关键之所在。诚所谓"古今悼亡诗充栋,终无能出此三首范围者,勿以浅近忽之"(清孙洙《唐诗三百首》卷六)。

就全诗而言,诗人善于将人人心中所有、人人口中所无的深刻含意,用极为浅近质朴的语词表达出来,如"昔日戏言身后意"二句,"诚知此恨人人有"二句,"闲坐悲君亦自悲"二句以及"泥他沽酒拔金钗""唯将终夜长开眼,报答平生未展眉"……既关合生者与死者,又紧扣"贫贱夫妻百事哀",揭示悲伤情怀的无法排遣与不可排遣。不事雕饰,不见堆砌,浅显本色,如话家常,既状难写之情趋于真切,又写难言之隐颇为自然,"字字真挚,声与泪俱"(《唐贤小三昧续集》)。至情至性,至真至切,无限眷恋,一往情深,引人遐思,耐人寻味,读来令人情欲悲、心欲碎、泪欲下,不忍卒读,因而成为古今悼亡诗之名篇。

至于近人陈寅恪说:"所谓长开眼者,自比鳏鱼,即自誓终鳏之义。其后娶继配裴淑,已违一时情感之语,亦可不论。唯韦氏亡后未久,裴氏未娶之前,已纳妾安氏……微之本人与韦氏之情感之前,决不似其自言之永久笃挚,则可以推知。"(《元白诗笺证稿》第四章《艳诗及悼亡诗》)认为元稹所发的是"欺人言也"。我们说诗人所叙之事、所抒之情未必如此,而读之者又何必不如此呢!见仁见智。在贫困境地中生活,那安贫守贱、和睦体贴的夫妻关系,会给予人们一种安慰和寄托。陈寅恪又说:"夫微之悼亡诗中其最为世所传诵者,莫若《三遣悲怀》之七律三首。……悼亡诸诗,所以特为佳作者,直以韦氏之不好虚荣,微之之尚未富贵。贫贱夫妻,关系纯洁,因能措意遣词,悉为真实之故。夫唯真实,遂造诣独绝欤?"《求志居唐诗选》亦认为"悼亡之作,此为绝唱。元白并称,其实元去白甚远,唯言情诸篇传诵至今,如脱于口耳。"这三首诗确实真实、通俗,易于传布人口,"真可配村笛山歌耳"!

江陵三梦(其一)

"江陵"在今湖北江陵县。唐天宝初改荆州置郡。唐宪宗元和五年(810)初,元稹在东都不畏权势,弹劾贪官河南尹房式,触怒宦官,被贬为江陵郡士曹参军,直到元和十年。这期间,在江陵贬所写了这组诗。因为是描写梦境的诗,故"江陵"后赘一"梦"字。原题下共三首,这里选其一。作为一首完整地描写梦境的诗,必然要围绕"梦"来解。诗从日日"每相梦"写起,由于日有所思,故有"梦中相会""梦中相语""梦中相别",直至"因梦惊醒""因梦生悲""因梦惆怅",是一首感情真挚、内容和艺术手法都很独特别致的悼亡之作。

平生每相梦,不省两相知。
况乃幽明隔,梦魂徒尔为。
情知梦无益,非梦见何期?
今夕亦何夕,梦君相见时。
依稀旧妆服,晻淡昔容仪。
不道间生死,但言将别离。
分张碎针线,襵叠故幜帏。
抚稚再三嘱,泪珠千万垂。
嘱云唯此女,自叹总无儿。
尚念娇且騃,未禁寒与饥。
君复不憙事,奉身犹脱遗。
况有官缚束,安能长顾私?
他人生间别,婢仆多谩欺。
君在或有托,出门当付谁?
言罢泣幽噎,我亦涕淋漓。
惊悲忽然寤,坐卧若狂痴。
月影半床黑,虫声幽草移。
心魂生次第,觉梦久自疑。
寂寞深想象,泪下如流澌。
百年永已诀,一梦何太悲!
悲君所娇女,弃置不我随。
长安远于日,山川云间之。
纵我生羽翼,网罗生縶维。
今宵泪零落,半为生别滋。
感君下泉魄,动我临川思。
一水不可越,黄泉况无涯。
此怀何由极?此梦何由追?
坐见天欲曙,江风吟树枝。

全诗可分两大部分。"平生每相梦"至"我亦涕淋漓"是第一部分,写梦前所想;

"惊悲忽然寤"至结尾是第二部分,写梦后的情景和感受。既写了梦前,又写了梦后;既写了梦里,又写了梦外,并且将梦前梦后相照应,将梦里梦外相照应。

"平生每相梦"至"非梦见何期"——先写梦前所思,平时诗人就常常梦见妻子,但亡妻是不会知晓的。又何况人世、阴间幽明阻隔,梦魂不过是徒然这样而已。每:常常、往往。相梦:常常梦见亡妻。省(xǐng):明白,知道。两相知:实际上亡妻是不会知道,也不会明白的。况乃:况且。幽明:阴间与阳世,指生与死。徒:徒然、枉然,白白地。尔:这样。为:语助词,无意义。"情知梦无益,非梦见何期?"这一反问问得好!如果你不在梦中相见,那什么时候可以相见呢?诗人束手无策,无可奈何,还是寄托于在梦中能同亡妻相会了。情:确实、实在。何期:何时。

今夕亦何夕,梦君相见时——是说昨天晚上是个什么夜晚呢?回答说是个梦中同亡妻相见的夜晚,含有无限感慨又无限惆怅的意思。

依稀旧妆服,晻淡昔容仪——写相见时,看见亡妻似乎还是旧时的装束服式,也还是昔日那种雅淡的仪容、风度。此写装扮。依稀:又作"依俙",叠韵联绵字,隐约不清晰的样子。晻:同"暗"。容仪:犹容貌、风范、风度。

不道间生死,但言将别离——说相见后不谈生死隔绝,只说很快就将分别离去。此写将道别。道:即说。间:间隔。但:只、仅。

分张碎针线,褶叠放帲帏——写相见后亡妻只管自己摆列散乱针线,折叠收拾帲(屏)风帏帐。分张:摆列、分布。帲:即"屏"。帏:帐子。

"抚稚再三嘱"至"未禁寒与饥"——写相见时亡妻抚摸着幼女,满面泪珠滚滚地再三嘱托说只有这么一个女儿,自叹总也没养育个男孩。还念及女儿娇柔、痴呆,不曾忍饥受寒,要丈夫照顾好女儿。稚:幼儿,诗中指韦丛生的女儿。尚:副词,还,犹,表示祈求。骇(ái):痴呆。未禁:不曾(受过)。

"君复不憙事"至"安能长顾私"——写相见后亡妻告诉他,你又不喜欢多管事,事奉自身还丢三落四,何况还有官身公务束缚,怎么能经常顾及家事、照料女儿?写亡妻对女儿和自己的关怀。君:对元稹敬称。憙:古喜字,"憙事",不爱多管事。奉身:事奉自身(本身)。脱遗:遗漏,丢三落四,顾此失彼。官缚束:公务缠身。安能:怎么能,哪里能。长:经常,时常。顾私:指顾及家事、照顾女儿。

"他人生间别"至"出门当付谁"——说外人在我活时还离间,且婢女仆从经常哄骗捉弄。你在家时或者还有依托,你出门后该交付给谁呢?写亡妻对女儿的关心。谩欺:作弄,欺骗。

言罢泣幽噎,我亦涕淋漓——写亡妻相见、相语后,在说罢相别时的痛哭抽泣情状和"我"眼泪滂沱、涕泪俱下的样子。幽噎:极为痛苦,泣不成声。泣:无声或低声地哭。涕:眼泪,后以为鼻涕。淋漓:涕泪俱下。

惊悲忽然寤，坐卧若狂痴——写梦中惊醒后，坐卧不安，若痴若狂的情状。

月影半床黑，虫声幽草移——写梦醒后所看到、所听到的：月影移动，已经照到床上；昆虫鸣叫，已向幽草移动，夜深了，天凉了。

心魄生次第，觉梦久自疑——说心魄发生在刹那之间，梦醒后自己久久疑惑。心魄：胸襟，气魄。生：产生、发生。次第：刹那，顷刻之间。

寂寞深想象，泪下如流渐——犹言妻子死后，由于寂寞，深深地想象生前的恩爱，泪水不断如同流水。流渐：流水，比拟泪水不断、泪下如雨。

百年永已诀，一梦何太悲——写妻子你死去就永远诀别了，恍如一场大梦，何其悲哀。百年：死的婉辞。何太：何其，多么。

悲君所娇女，弃置不我随——是说可怜的是你所娇惯的女儿，你抛下她不管，她又不跟我，实在为难。

长安远于日，山川云间之——是说长安离我的任所比太阳还远，山河间阻，云雾隔开。间：间隔，隔开。

纵我生羽翼，网罗生縶维——纵然我长上翅膀，由于官事好比系缚人的网罗，也飞不回去。网罗：比喻束缚人的公事官差。縶维：即维挚、系缚。

今宵泪零落，半为生别滋——说今天晚上泪流如雨落下，有一半就是为你我生死之别流淌。零落：比喻泪下如雨。生别：生死之别。滋：湿润，流淌。

感君下泉魄，动我临川思——写诗人因为韦丛魂魄已下黄泉，才引起面对江河流水，产生岁月如流水的悲伤情感。君：指韦丛。下泉：黄泉。动：牵动，引起。临：面对，靠近。川：河流，水道。临川思：指面对江河所勾起的岁月流逝的悲伤情怀。

一水不可越，黄泉况无涯——说自己想回京城，一条河水都不可逾越，而何况黄泉路上无边无际的阴曹地府暗流呢！

此怀何由极，此梦何由追——发出呼喊：如此这般的抑郁情怀何由倾吐穷尽呢？如此这般的相会之梦何由追怀相忆呢？表现出一种无可奈何、无从逾越、无法达到的痛苦。何由：即由何，通过什么。极：极尽，穷尽。

坐见天欲曙，江风吟树枝——是说自己痛苦至极而难于入睡，只好坐着看那天色由拂晓直到天明，听那江上清风吹动树枝发出的响声。江风：江上清风。吟树枝：风拂树枝所发出的响声。

诗人采取前后照应、写景烘托、仔细交代诸种艺术手法，通过人物描绘、景物烘托，梦里梦外照应，梦前梦后对比，给读者以鲜明、完整的印象。

诗人写梦会，有详有略，有起有伏。夫妻相会，必有一番惊喜的委婉缠绵之状的描绘，而诗人没有去写它，却采用直叙的方法，写出了亡妻的匆匆忙忙神态（"不道间生死，但言将别离"）。"分张碎针线，襵叠故帷帱"表现对诗人的体贴关心；"抚稚再三嘱，泪珠千万垂""尚念娇且骏，未禁寒与饥"表现对女儿的牵挂托付；待到一个"言罢泣幽噎"，一个"我亦涕淋漓"，两情难舍难分，情感升华，情节转入高潮之时，一句"惊悲忽然寤"，戛然而止。梦境结束，阴阳相隔，人鬼殊途，从此再也没有相会的可能。于是连连发出慨叹："百年永已诀，一梦何太悲""一水不可越，黄泉况无涯"，写出了许多人梦醒后的共同感受。"此怀何由极？此梦何由追？"此怀不可极！此梦不可追！生死别离，自然规律，无力挽回，只能是"坐见天欲曙，江风吟树枝"。使人觉得真实可信，一洒清泪，为之黯然神伤！

陈寅恪认为："取微之悼亡诗中所写之成之，与其艳体诗中所写之双文相比较，则知成之为治家之贤妇，而双文乃绝艺之才女……唯其如是，凡微之关于韦氏悼亡之诗，皆只述其安贫治家之事，而不旁涉其他。专较贫贱夫妻实写，而无溢美之词，所以情文并佳，遂成千古之名著。非微之之天才卓越，善于属文，断难臻此也。"（《元白诗笺证稿》）

六年春遣怀（选四）

"六年春"，指元和六年（811）春天。"遣怀"，实为遣悲怀。时元稹被贬官江陵。元和五年正月，元稹在东都洛阳不畏权势，劾奏强豪官贵违法十馀案。河南尹房式横行不法，诗人上奏，令其停务（即停职），执政柄者怨恨元稹专擅，罚俸，召回长安。在返长安途经华阴敷水驿时，又因与后至的中使争驿房，受辱。到长安后，宰相竟以元稹轻树威、失宪臣体被贬为江陵府士曹参军。

韦丛于元和四年（809）秋卒，死时年仅二十七岁。韦丛死后，元稹写了许多悼亡诗。本诗属其中一组。这组诗共八首，这里选四首。

其 一

伤禽我是笼中鹤，沉剑君为泉下龙。
重纩犹存孤枕在，春衫无复旧裁缝。

伤禽我是笼中鹤——首句以"伤禽"起。"伤禽"而自伤，因为"我是笼中鹤"，焉有不"自伤"之理！"笼中鹤"未尝不是政治上遭受打击而被贬斥情绪的曲折流露。

沉剑君为泉下龙——"沉剑"而比"君",是伤君——妻子韦丛。韦丛已死两年,伤"君为泉下龙"。泉下:黄泉之下,九泉之下,犹死后埋葬之处。龙:本指人君或才俊之士,诗中是元稹对韦丛的尊称。本是"泉下之鬼",而珍视作"泉下之龙"。

重纩犹存孤枕在——由想象、比喻回到现实之中。人已逝去,而"重纩犹存""孤枕"尚在,看着那新丝绵衣和孤枕,自然感慨流涕、痛苦不堪,情不自禁地想到今后。纩:新丝绵。

春衫无复旧裁缝——即写今后,由于妻子走了,所以"春衫无复旧裁缝"。下年春衫再也不能由您裁制缝纫了。

诗人纯用白描的手法,从各个方面抒写自己对妻子的悼念。悼亡诗主要在以情动人。题作《遣怀》,旨在悼亡,却无只字直抒悼念亡妻之情,而是在叙述日常生活里一件一件平凡小事过程中,寄托自己的深切怀念之情和亡妻的无尽感慨。叙事平易浅显,寓情深曲真挚,正是鲁迅先生所说的"有真意,去粉饰,少做作,勿卖弄",白描之真谛!

其 二

检得旧书三四纸,高低阔狭但成行。
自言并食寻常事,惟念山深驿路长。

检得旧书三四纸,高低阔狭但成行——"旧书",指韦丛生前写给元稹的信。三四纸:三四页。高低阔狭:形容字写得高低大小参差不齐。韦丛念书不多,字也写得不太好,但在元稹眼里,太熟悉太亲切了,不免睹物伤情、因物思人,自然勾起对韦丛生前夫妻生活的回忆,充满感伤之情和思念之意。但:一作粗。

自言并食寻常事,惟念山深驿路长——写信的内容。"旧书"内容可能很多,诗人只选择了两点:一是"自言并食寻常事",意思是说在家生计艰难,时常过着两天只吃一天饭的日子;一是"惟念山深驿路长",唯一系念的是你在深山驿路之上,辛苦奔波,风餐露宿,人既劳累,饮食又不调,千万别把自己身子累坏了!似诉自己的困顿生活,而更念丈夫的宦途奔走的辛劳。自言:指信中韦丛自己说。并食:并日而食,犹言两顿饭只吃一顿,两天只吃一日粮,说明生计艰难,少吃少穿。寻常事:原误为"寻当(當)事"。说明"并食"是极平常的事情,也过惯了这样的日子。其更深含意是自己"并食"倒不值得一提,而在深山驿路远行的丈夫的劳顿才是真正和更让人忧心思虑的。惟念:唯一挂念、只挂念。

这首诗通过翻检亡妻的书信,抒发悼念之情。妻子韦丛亡故的悲痛尚记忆犹新,又因主持正义反被贬官(被贬为江陵府士曹参军),这无疑是雪上加霜、伤痕未愈又被创的悲痛之事。而诗人却只字未提被贬之事。写妻子的"并食",以寻常视之;念丈夫驿路艰辛,以淡笔带过。在那"寻常事""驿路长"六个字中,隐含着妻子的艰难度日,蕴蓄着丈夫深山驿路的艰辛跋涉。看似平淡、轻松,实则痛苦、沉重,为读者展示的两幅画面,恍如目前,发人深思!妻子作为官亲尚且"并食"而艰苦度日,普通老百姓又何以支撑全家生计呢?

　　诗通过"并食"而安、"惟念"丈夫,既表现了妻子的贤淑品性,又反映了妻子的体贴关怀。诗人遭贬,孤立无援,偶检旧书,感慨系之,黯然神伤。越是把韦丛写得贤淑可亲,越是令人感伤,越是流露出对亡妻的挚爱,越是感染读者。白描手法产生了强烈的艺术效果。

其　四

　　婢仆晒君馀服用,娇痴稚女绕床行。
　　玉梳钿朵香胶解,尽日风吹玳瑁筝。

　　婢仆晒君馀服用,娇痴稚女绕床行——首句写婢女仆人晒妻子馀下的衣服用具;第二句从婢仆转向了"娇痴"的"稚女",从小宠爱俏皮的小女儿绕着床走。前两句写人——婢仆和稚女。

　　玉梳钿朵香胶解,尽日风吹玳瑁筝——转向写物。因为长期不用之故,那玉制梳子、状似花朵般的首饰,黏和的香胶都松散开来,那用玳瑁甲片做装饰品的古筝,整天被风吹着无人去弹。写人去物废,没有人用了。钿(diàn):状似花朵一样而以金银珠宝镶嵌成的首饰。香胶:一种带香味的黏合剂。解:消解、松散开来。玳瑁(dài mào):亦作瑇瑁,叠韵联绵字。是一种类似海龟,背部有褐色或淡黄色相间花纹角质板,甲片可入药或做装饰品的动物。《淮南子·泰族训》:"瑶碧玉珠,翡翠玳瑁。"《史记·春申君列传》:"……为瑇瑁簪。"《汉书·东方朔传》:"宫人簪瑇瑁,垂珠玑。"筝:古乐器,因战国之际流行于秦地,故又称秦筝。音箱长方,上张弦,本竹制,后改木制。《说文》:"筝,鼓弦竹身乐也。"朱骏声《说文通训定声》:"筝,古五弦施于竹,如筑,秦蒙恬改为十二弦。唐以后加十三弦。"《楚辞》王逸注:"筝,小瑟也。"

本诗一味地白描叙事,通过写衣服、床及玉梳、钿朵、玳瑁筝,寄托对妻子的思念深情。前两句用婢仆晒"馀服"、稚女"绕床"行,似写人,其实还是着眼于物——"服"与"床"。后两句虽写物,但未直接写,也是间接写"玉梳钿朵"日久不用,香胶松散了;"玳瑁筝"长时间不弹了,尽日被风吹着。通过间接写物,而深深地反映出对已亡人的刻骨铭心的思念。这种言彼而念此的手法,比直接描写更感人,更具有艺术魅力。

其　五

伴客销愁长日饮,偶然乘兴便醺醺。
怪来醒后傍人泣,醉里时时错问君。

伴客销愁长日饮——写丧妻后的消沉抑郁情绪。不惜伴客饮酒,借以浇愁,作"长日"之饮。饮酒沉醉之后,亡妻悲痛可以暂时忘却,于是"乘兴便醺醺"地同亡妻问答起来。伴客而饮,尽管悲痛,也要"虚与委蛇,强颜欢笑",喝下去的是愁是悲是眼泪。正是范仲淹[苏幕遮]所谓"酒入愁肠,化作相思泪"。无比凄苦深埋在心底,必然愁更愁。

偶然乘兴便醺醺——写诗人并非常常酩酊大醉,而"醺醺"也只是"偶然乘兴"。酒宴之上,客人劝酒开导,诗人一时悲从中来,"悲歌可以当泣"(乐府古辞《悲歌行》),但又不便哭泣,只有倾觞痛饮,即所谓"偶然乘兴"饮一次而已。首句说"伴客销愁长日饮",也只是伴客饮酒;"长日饮"也是少饮几杯,借以浇愁,意不在酒,而在"未言心相醉,不在接酒杯"(陶渊明《拟古》)。"销愁"人伤心饮泣,泪难收,"别有一般滋味在心头"。"兴"自何来?那是伤情的泪水,既有客人殷勤劝酒的良苦用心,也有主人强作欢颜、破涕为笑的应酬情怀。

怪来醒后傍人泣,醉里时时错问君——写酒后痴言。酒后吐真言,一点也不虚。酒醒之后,只见旁人在啜泣,自己还觉得奇怪,莫名其妙。一问这才明白,原来是自己在醉梦之中,以为妻子还在,一声声地呼唤妻子,问长问短。伤心人凄惶之态、痛切之情,情态毕现。真是椎心泣血,委婉深曲!

这首诗是《六年春遣怀》八首中最见功力的一首,是运用白描手法的典范之作。无一句直说为亡妻哀伤,却"哀音似诉""哀音何动人"!诗人哀伤至极的反常表现越发显示出他对妻子的深深爱恋和无限悲伤。

"绝句贵深曲",这首诗极富"深曲"之旨。我赞同赖汉屏"此诗有深曲者七"的说法。一是悼念亡妻,偏偏不写自己伤心哭泣,而写旁人哭泣,以旁人的感泣深寓自己的无比伤心;二是以醉里忘却丧妻之痛,反写永远无法忘却的哀思;三是怀念亡妻的话,不著一字,不写一句,却从醉里着笔,而且醉话也不写,只以"错问"了之;四是醉眼睁开,醉里寻觅,正见"觉来无处追寻"的空寂;五是"乘兴"倾杯,醉醺醺,引来旁人抽泣,妙用反衬,极其感人;六是"时时错问君",再现生前夫妇形影不离的恩爱情景,《遣悲怀》中昔日"泥他沽酒拔金钗"的场面如在目前;七是醉里沉靡之态,醒后惊愕之状,不著一字,隐约可见。的确,一首小诗,具此深曲之美,真可谓之"七绝"。总之,诗人的《六年春遣怀》诗,悲悼亡妻,字字深曲,曲曲传情,凄苦泣血,沉痛感人,能不掩面泣哭、一洒热泪!

酬乐天东南行诗一百韵并序

题解

《酬乐天东南行诗 一百韵》是白居易贬江州司马后,元稹写的一首长诗。酬:酬对,赠答。

元和十年三月二十五日,予司马通州,二十九日与乐天于鄂东蒲池村别,各赋一绝。到通州后,予又寄一篇,寻而乐天贶予八首。予时疟病将死,一见外不复记忆。十三年,予以赦当迁,简省书籍,得是八篇。吟叹方极,适崔果州使至,为予致乐天去年十二月二日书。书中寄予百韵至两韵凡二十四章,属李景信校书自忠州访予,连床递饮之间,悲咤使酒,不三两日,尽和去年已来三十二章皆毕,李生视草而去。四月十三日,予手写为上、下卷,仍依次重用本韵,亦又知何时得见乐天,因人或寄去。通之人莫可与言诗者,唯妻淑在旁知状。

我病方吟越,君行已过湖。
去应缘直道,哭不为穷途。
亚竹寒惊牖,空堂夜向隅。
暗魂思背烛,危梦怯乘桴。
坐伤筋骸憯,旁嗟物候殊。
雨蒸虫沸渭,浪涌怪睢盱。

索绠飘蚊蚋，蓬麻鸑舳舻。
短檐苫稻草，微俸封渔租。
泥浦喧捞蛤，荒郊险斗貙。
鲸吞近溟涨，猿闹接黔巫。
芒屦洇牛妇，丫头荡桨夫。
酢酷荷裹卖，醹酒水淋沽。
舞态翻鹡鸰，歌词咽鹧鸪。
夷音啼似笑，蛮语谜相呼。
江郭船添店，山城木竖郛。
吠声沙市犬，争食墓林乌。
犷俗诚堪惮，妖神甚可虞。
欲令人渐及，已被疟潜图。
膳减思调鼎，行稀恐蠹枢。
杂莼多剖鳝，和黍半蒸菰。
绿粽新菱实，金丸小木奴。
芋羹真暂淡，鼰炙漫塗苏。
炰鳖那胜羜，烹鲦只似鲈。
楚风轻似蜀，巴地湿如吴。
气浊星难见，州斜日易晡。
通宵但云雾，未酉即桑榆。
瘴窟蛇休蛰，炎溪暑不徂。
怅魂阴叫啸，鹏貌昼踟蹰。
乡里家藏蛊，官曹世乏儒。
敛缗偷印信，传箭作符繻。
椎髻抛巾帼，鑐刀代辘轳。
当心鞈铜鼓，背弝射桑弧。
岂复民氓料，须将鸟兽驱。
是非浑并漆，辞讼敢研朱。
陋室鸮窥伺，衰形蟒觊觎。
鬓毛霜点合，襟泪血痕濡。
倍忆京华伴，偏忘我尔躯。

谪居今共远，荣路昔同趋。
科试铨衡局，衔参典校厨。
月中分桂树，天上识昌蒲。
应召逢鸿泽，陪游值赐酺。
心唯撞卫磬，耳不乱齐竽。
海岱词锋截，皇王笔阵驱。
疾奔凌骥袅，高歌轧吴歈。
点检张仪舌，提携傅说图。
摆囊看利颖，开领出明珠。
并取千人特，皆非十上徒。
白麻云色腻，墨诏电光粗。
众口贪归美，何颜敢妒姝。
秦台纳红旭，酆匣洗黄垆。
谏猎宁规避，弹豪讵喔嚅。
肺肝憎巧曲，蹊径绝萦纡。
誓遣朝纲振，忠饶翰苑输。
骥调方汗血，蝇点忽成卢。
遂谪栖遑掾，还飞送别盂。
痛嗟亲爱隔，颠望友朋扶。
狸病翻随鼠，骢羸返作驹。
物情良徇俗，时论太诬吾。
瓶罄罍偏耻，松摧柏自枯。
虎虽遭陷阱，龙不怕泥涂。
重喜登贤苑，方欣佐伍符。
判身入矛戟，轻敌比锱铢。
驿骑来千里，天书下九衢。
因教罢飞檄，便许到皇都。
舟败罂浮汉，骖疲杖过邘。
邮亭一萧索，烽候各崎岖。
馈饷人推辂，谁何吏执殳？
拔家逃力役，连锁责逋诛。

防戍兄兼弟，收田妇与姑。
缣缃工女竭，青紫使臣纡。
望国参云树，归家满地芜。
破窗尘埲埲，幽院鸟呜呜。
祖竹丛新笋，孙枝压旧梧。
晚花狂蛱蝶，残蒂宿茱萸。
始悟摧林秀，因衔避缴芦。
文房长遣闭，经肆未曾铺。
鹓鹭方求侣，鸱鸢已嚇雏。
征还何郑重，斥去亦须臾。
迢递投遐徼，苍黄出奥区。
通川诚有咎，溢口定无辜。
利器从头匣，刚肠到底刳。
薰莸任盛贮，稊稗莫超逾。
公幹经时卧，锺仪几岁拘？
光阴流似水，蒸瘴热于炉。
薄命知然也，深交有矣夫。
救焚期骨肉，投分刻肌肤。
二妙驰轩陛，三英咏袴襦。
李多嘲螠蜓，窦数集蜘蛛。
数子皆奇货，唯予独朽株。
邯郸笑匍匐，燕蓟受揶揄。
懒学三闾愤，甘齐百里愚。
耽眠稀醒素，凭醉少嗟吁。
学问徒为尔，书题尽已于。
别犹多梦寐，情尚感凋枯。
近喜司戎健，寻伤掌诰徂。
士元名位屈，伯道子孙无。
旧好飞琼翰，新诗灌玉壶。
几催闲处泣，终作苦中娱。
廉蔺声相让，燕秦势岂俱。

此篇应绝倒，休漫捋髭须。

　　序——详细交代了写本诗的时间、地点及原委。序末自注："其本卷寻时于峡州面付乐天。别本都在唱和卷中。此卷唯五言大律诗二首而已。"

　　"元和十年三月二十五日"至"各赋一绝"——元和：唐宪宗李纯年号(806—820)。司马通州：出任通州司马。司马：唐高宗改制中置，无具体职掌，多用以安置贬谪官员，上州从五品下，中州正六品下，下州从六品上。如同白居易一样，贬为江州司马，官阶仅是将仕郎，从九品，最低官阶，著青色官服。正所谓"江州司马青衫湿"之官。鄠东：鄠县东部。在今陕西户县北。蒲池：村名。赋：本指朗诵或吟咏诗篇，序中引申为创作诗歌。一绝：犹一首、一篇。

　　"到通州后"至"寻而乐天贶予八首"——寻：作副词，不久之后。贶(kuàng)：赐予，赏赐。诗中作赠与。

　　予时疟疾将死，一见外不复记忆——时：指当时。将死：言其病很重。不复：不再(能够)。

　　"十三年"至"为予致乐天去年十二月二日书"——赦：赦免，放免，即宽恕罪过。迁：调动官职。这里指调动提升。简省(xǐng)：犹检视。是：这，此。吟叹：叹息。方极：犹言达到顶点。方，正好、正当；极，顶点，终极。亦作副词用，即最，非常(后起义)。适：正好，恰巧。作副词用。去年：指元和十二年(817)。

　　"书中寄予百韵至两韵凡二十四章"至"李生视草而去"——百韵：犹长韵。如本诗。韵，指和谐的声音。这里指字除去声母的部分，也指诗赋中押韵的字。章：乐曲结束为一章。《说文》："章，乐竟为一章。"这里指诗歌的篇章。引申为文章的章节。李景信：曾任校书。正史无传。校书：掌校勘书籍，以备顾问的官吏。隋始置，员六人，从九品上。唐沿袭，四人，正九品下，属中书省集贤院。连床：并榻而卧或同床而卧。诗序中形容朋友情谊笃厚。白居易《奉送三兄》："杭州暮醉连床卧，吴郡春游并马行。"递饮：犹"递盏"，传杯饮酒。悲咤：即"悲吒"。又作"悲诧"。悲愤，悲叹之意。杜甫《遣兴》诗："每望东南云，令人几悲吒。"使酒：因酒使性。《汉书·季布传》"使酒难近"，颜师古注引"应劭曰：'使酒，酗酒也。'言因酒沾洽而使气也"。和：本指声音相应。序中指唱和，和韵赋诗。视草：古代词臣奉旨修正诏谕之类公文，谓之视草。《旧唐书·职官志二》："玄宗即位，张说、陆坚、张九龄……召入禁中，谓之翰林待诏。王者尊极，一日万机，四方进奏，中外表疏批答，或诏从中出，宸翰所挥，亦资其检讨，谓之视草。"去：离开。古籍中常作及物动词用，指离开某地。

　　"四月十三日"至"因人或寄去"——本韵：即《酬乐天东南行诗一百韵》诗

的韵脚。因人：依靠别人。因，凭藉、依赖。

通之人莫可与言诗者，唯妻淑在旁知状——通：通州。莫可：无法；没有可以（与）。言诗：谈论诗词。知状：知道情状、情由。

我病方吟越，君行已过湖——原注："元和十年闰六月至通州，染瘴危重。八月闻乐天司马江州。"病：元稹在通州染疟病时间很久，作《闻乐天授江州司马》诗。

去应缘直道，哭不为穷途——去：离开。诗中指贬官而去。缘：因为；由于。系后起义。直道：犹正道。即正直无私的准则。唐吕岩［促拍满路花］词："是非海里，直道作人难。"所谓"直道而行"，朱熹注："直道，无私曲也。"穷途：亦作"穷塗"。比喻处于困境。王勃《滕王阁序》："阮籍猖狂，岂效穷途之哭！"

"亚竹寒惊牖"至"危梦怯乘桴"——原注："此后每联之内，半述巴蜀土风，半述江乡物产。"亚竹：低矮的竹子。元稹《和友封题开善寺十韵》："亚树牵藤阁，横查压石桥。"亚表低矮、矮小。牖(yǒu)：窗户。唐·韩愈《东都遇春》："朝曦入牖来，鸟唤昏不醒。"空堂：寂静空旷的厅堂。唐·王维《秋夜独坐》："独坐悲双鬓，空堂欲二更。"向隅：面对屋子一个角落。比喻孤独失意。唐·陈子昂《为义兴公求拜扫表》："万物咸遂，各得其宜；臣独向隅，有以长戚。"怯：畏惧，害怕。乘桴：乘坐竹木小筏。后用以指避世。王维《济上四贤咏》："已闻能狎鸟，余欲共乘桴。"

坐伤筋骸憯，旁嗟物候殊——筋骸：犹筋骨。元稹《辛夷花》："不畏辛夷不烂开，顾我筋骸官束缚。"憯(cǎn)：痛。嗟：叹词。表示感叹、赞叹。物候：本指动植物随季节气候变化而变化的周期现象，诗中指时令。元稹《玉泉道中作》："楚俗物候晚，孟冬才有雪。"殊：不同，异。

"雨蒸虫沸渭"至"蓬麻鷟舳舻"——蒸：热。杜甫《夔府书怀》："地蒸馀破扇，冬暖更纤绤。"沸渭：本形容声音喧腾嘈杂。又作"沸㵣"。诗中喻不安。元稹《春鸠》："犹知道物意，当春不生蝉。免教争叫噪，沸渭桃花前。"睢盱：睁眼仰视喜悦貌。唐·柳宗元《铙歌鼓吹曲·东蛮》："睢盱万状乖，咿嗢九译重。"索绠：泛指绳索。蚊蚋：亦作"蟁蚋"，蚊子。鷟(zhòu)：结。舳舻：舳，船尾持舵的部位；舻，船头刺棹处。本为船头和船尾的并称，泛指前后首尾相接的船。"言其船多，前后相衔，千里不绝也"（《汉书·武帝纪》颜师古注引李斐曰）。《文选》左思《吴都赋》"弘舸连舳，巨槛接舻"刘逵注："舻，船后也。"

"短檐苫稻草"至"荒郊险斗貙"——苫：编茅盖屋。《说文》："苫，盖也。"封：原注读去声。浦：水边，河岸。喧：嘈杂吵闹。蛤(gé)：一种有介壳的软体动物。生活在浅海底，肉可食。险：危险，惊人。貙(chū)：即貙虎。兽类。《尔雅·释兽》："貙，似狸。"晋·郭璞注："今貙虎也，大如狗，文如狸。"唐·柳宗元《罴说》："鹿畏貙，貙畏虎，虎畏罴。"

鲸吞近溟涨,猿闹接黔巫——鲸吞:如鲸鱼般吞食。溟涨(zhàng):溟海,涨海。泛指大海。接:连接。黔巫:四川巫山及古黔中一带地方。

芒屩泗牛妇,丫头荡桨夫——芒屩:即芒鞋。明·胡应麟《少室山房笔丛·丹铅新录八·履考》:"六朝前率草为履,古称芒屩,盖贱者之服,大抵皆然。"唐·韩愈及李正封《晚秋郾城夜会联句》:"斩马祭旄纛,炰羔礼芒屩。"泗:游水。丫头:指头梳丫髻发式。荡:摇动,摆动。

酢醅荷裹卖,醨酒水淋沽——酢醅(zuò pēi):酢,以酒回敬主人。《诗经·大雅·行苇》郑玄注:"进酒于客曰献,客答之曰酢。"醅,未滤去糟的酒。亦泛指酒。醨酒:犹薄酒。"醨酒水淋沽"句下原注:"巴民造酒如淋醋法。"

"舞态翻鸜鹆"至"蛮语谜相呼"——翻:飞动;旋转。鸜鹆(qú yù):即"鸲鹆"。俗称八哥。诗中系鸲鹆舞的简称。白居易《和梦游春诗一百韵》:"酩酊歌鹧鸪,颠狂舞鸲鹆。"咽(yè):声音滞涩。多用以形容悲切之声音。鹧鸪:[鹧鸪词],系曲调名。夷音:古指外族的语言。杜甫《奉汉中王手札》:"夷音迷咫尺,鬼物倚朝昏。"啼:悲哀的哭泣。《医宗金鉴·幼科杂病心法要诀·听声》注:"有声有泪声长曰哭,有声无泪声短曰啼。"蛮语:南方少数民族的言语。唐·韩翃《寄武陵李少府》:"楚歌催晚醉,蛮语入新诗。"谜:比喻还未弄明白或难以理解的事物。不是宋·周密所说的"古之所谓廋词,即今之隐语,而俗所谓谜"(《齐东野语·隐语》)的"谜语"。

江郭船添店,山城木竖郛——江郭:濒江的城郭。郛:外城。"船添店""木竖郛"均为倒装句。

吠声沙市犬,争食墓林乌——沙市:沙洲上或沙滩边的集市。元稹《和乐天送客游岭南二十韵》:"江馆连沙市,泷船泊水滨。"

"犷俗诚堪惮"至"已被疟潜图"——犷俗:犷悍的习俗。白居易《中和节颂》:"噫和风于穷荒,则桀骜化而犷俗淳。"惮:畏惧;有所顾忌。妖神:非正统的神祇,邪神。唐太宗时曾"禁私家妖神淫祀"(《新唐书·太宗本纪》)。虞:忧虑,忧患。及:至,到达;赶上。疟:疟疾。一种周期性发作的急性传染病。潜图:暗中谋划。诗中意犹不知不觉已染上疟疾。

"膳减思调鼎"至"烹鲦只似鲈"——膳:饭食。唐·沈既济《任氏传》:"列烛置膳,举酒数觞。"调鼎:烹调食物。刘禹锡《送太常萧博士弃官归养赴东都》:"侍膳曾调鼎,循陔更握兰。"莼:即莼菜,又名凫葵。系多年生水草。其嫩叶可做汤菜。鳝:鱼名,即黄鳝。《龙龛手鉴》:"鳝,蛇形鱼。"黍:黄米。一说性黏,可酿酒。说法不一。菰:菰米。又称"雕胡米",可作饭。古为六谷之一。粽:粽子。南朝梁·吴均《续齐谐记》:"屈原五月五日投汨罗水,楚人哀之,至此日以竹筒子贮米,投水以祭之。"今五月五日作粽,并带楝叶、五花丝。唐·姚合《夏夜宿江驿》诗:"渚闹渔歌响,风和角粽香。"

菱实：即菱角。金丸：诗中指金黄色的果实。木奴：《三国志·吴书·孙休传》"丹阳太守李衡"裴松之注引晋习凿齿《襄阳记》："吾州里有千头木奴……吴末，衡甘橘成，岁得绢数千匹，家道殷足。"后因称柑橘树为木奴。亦指柑橘的果实。"金丸"句下原注："巴橘，酸涩，大如弹丸。"芋羹：芋芳汤。䌽(liǔ)：同"䌽"。竹鼠，竹䌽。据《真珠船·竹实竹䌽》记载："嘉靖丁未戊申，商洛、汉沔大饥，竹遍生实，又多竹䌽，饥民甚赖之。"漫：浸。屠苏：酒名。古俗于农历正月初一，家人先幼后长依次而饮，以避瘟疫。炰(fǒu)：蒸煮。《诗·大雅·韩奕》："其肴维何？炰鳖鲜鱼。"郑玄笺："炰鳖，以火熟之也。"羜(zhù)：出生五个月的羔羊。泛指未长大的小羊。《诗·小雅·伐木》"羜"："五月生，未成羊也。"烹：煮。唐·王昌龄《留别岑参兄弟》："何必念钟鼎，所在烹肥牛。"鲱：鱼名。《新唐书·地理志四》："利州益昌郡土贡"中即有"鲱鱼""麝香"。鲈：鲈鱼。松江名产。《后汉书·方术传下·左慈》："(曹操)从容顾众宾曰：'今日高会，珍羞略备，所少吴松江鲈鱼耳。"原注："通州俗以鲱鱼为脍。"

"楚风轻似蜀"至"未酉即桑榆"——楚风：楚之风尚。楚，古国名。西周时立国都丹阳，周人称荆蛮。后都郢。今湖北秭归东南、江陵西北一带。蜀：古族名、国名。在今四川西部。后并于秦，置蜀郡。巴地：巴，古族名、国名。主要分布于川西、鄂东一带。周初称巴子国。并于秦后置巴郡。巴郡、蜀郡，所谓巴蜀也。吴：古国名。在江苏一带。姬姓，始祖为周太王之子太伯。气浊：天气沉闷昏暗。白居易《新秋晓兴》："浊暑忽已退，清宵未全长。"斜：不正。晡：申时，约相当于现用时制之十五时至十七时。泛指黄昏、傍晚。唐·韩愈《赠侯喜》："晡时坚坐到黄昏，手倦目劳方一起。"云雾：云与雾。王勃《别人诗》其二："江上风烟低，山幽云雾多。"未酉：未，古代汉语副词，表示对经历的否定。未酉，未到酉时。古代十二时辰以十二支为纪，酉时相当于十七时到十九时。韩愈《上张仆射书》："寅而入，尽辰而退；申而入，终酉而退：率以为常，亦不废事。"桑榆：桑树与榆树。诗中因日落之际光照桑榆树端，因以之指日暮。《太平御览》卷三引《淮南子》："日西垂，景(影)在树端，谓之桑榆。"刘知几《史通·叙事》："夫杲日流景，则列星寝耀；桑榆既夕，而辰象粲然。"

"瘴窟蛇休蛰"至"鹏貌昼踟蹰"——瘴：瘴气。我国南部、西南部山区林间湿热蒸发能致病之气。唐·刘恂《岭表录异》卷上："岭表山川，盘郁结聚，不易疏泄，故多岚雾作瘴。人感之，多病腹胀成蛊。"杜甫《闷》诗："瘴疠浮三蜀，风云暗百蛮。""瘴疠"亦指"瘴气"。休蛰：休，休眠；蛰，动物冬眠。冬眠的动物到冬天，潜伏起来不动不食。炎：热；极热。徂：始，开始。暑不徂，徂暑，盛暑。卢照邻《七夕泛舟》诗之一："河霞肃徂暑，江风起初凉。"伥魂：犹"伥鬼"。伥，旧指为虎所食或溺死者的鬼魂。《太平广记》卷四二八所谓"为虎所食，其鬼为伥"。亦即"凡死于虎、溺于水之鬼号为伥"(《北梦琐言·周雄毙虎》)。阴：暗中，暗地。鹏：鸟名。

形似鸮。贾谊《鹏鸟赋》序："鹏似鸮,不祥鸟也。"《文选》李善注引《巴蜀异物志》:"有鸟小如鸡,体有文色,土俗因形名之曰鹏。不能远飞,行不出域。"唐·许浑《经故丁补阙郊居》："鹏上承尘才一日,鹤归华表已千年。"踟蹰：亦作"踟躅""蜘躇""蜘跦",迟缓,徘徊不前的样子,也是缓行的样子。

从"瘴窟蛇休蛰"至"背弝射桑弧"描写巴中民情风俗。原注曰："此后并言巴中风俗。"

"乡里家藏蛊"至"背弝射桑弧"——蛊：邪气。官曹：官吏办事处所。白居易《司马厅独宿》："官曹冷似水,谁肯来同宿？"乏：引申义,缺乏,缺少。敛缗：征税。印信：指公私印章。传箭：古代北方少数民族起兵令众,以传递令箭为号,谓之传箭。杜甫《投赠哥舒开府翰》："青海无传箭,天山早挂弓。"仇兆鳌注引赵汸之曰："外寇起兵,则传箭为号。"系"夷狄之法"。符缯：分裂缯帛而成的符传。古代出入关卡以为凭证。刘禹锡《复荆门县记》："将迎犒饫之仪展,厩置符缯之事举。"椎髻：又作"椎结"。挽髻如椎。"一撮之髻,其形如椎"（《汉书·李陵传》颜师古注）。玄奘《大唐西域记·婆罗痆斯国》："或断发,或椎髻,露形无服,涂身以灰,精勤苦行,求出生死。"唐·李咸用《和吴处士题村叟壁》："椎髻担铺饷,庞眉识稔年。"所谓"椎髻卉裳""椎髻左言""椎髻左语""椎髻鸟语""椎髻箕坐""椎髻鳌首"均指边远少数民族妆饰、语言、发式、风俗、衣裳。亦借指边远少数民族或其人。抛：丢弃；撇开。元稹《琵琶歌》："管儿不作供奉儿,抛在东都双鬓丝。"巾帼：古代妇女的头巾、发式。《新唐书·东夷传·高丽》："庶人衣褐,戴弁。女子首巾帼。"后因以为妇女的代称。镩刀：一种兵器,短矛。元稹《送怜南崔侍御》："黄家贼用镩刀利,白水郎行旱地稀。"亦称"小稍"。代：代替；取代。辘轳：亦作"辘铲""鞍铲"。利用轮轴原理制成的井上汲水装置。北齐贾思勰《齐民要术·种葵》原注："井深用辘轳,井浅用桔槔。"鞙(xuàn)：悬挂。弝：指弓背中央手执之处。唐·李涉《看射柳枝》诗："玉弝朱弦敕赐弓,新加二斗得秋风。"桑弧："桑弧蓬矢"的省略语。白居易《崔侍御以孩子三日示其所生诗见示因以二绝句和之》之一："洞庭门上挂桑弧,香水盆中浴凤雏。"古代男子出征,以桑木作弓,蓬草为矢,射天地四方,象征男儿志在四方。系勉励人应有大志之辞。"背弝"句后原注："巴民尽射木弓,仍于弓左安箭。"

岂复民氓料,须将鸟兽驱——岂：副词,表示反问、揣度、期望。岂复,哪里是？岂是？氓(méng)：田民；农民。鸟兽：泛指飞禽走兽。

是非浑并漆,辞讼敢研朱——浑：浑浊；混同。漆：表黑色。犹黑白不分。辞讼：诉讼。俗谓打官司。唐·吴兢《贞观政要·择官》："比闻公等听受辞讼,日者数百。"研：在石上磨研。朱：大红色。古代视之为正色。

"陋室鸮窥伺"至"偏忘我尔躯"——陋室：狭小简陋的屋子。刘禹锡《陋室铭》："山不在高，有仙则名；水不在深，有龙则灵。斯是陋室，惟吾德馨。"鸮：鸱鸮。诗中指贪恶之鸟。窥伺：亦作"窥觊"。暗中观察、监视。柳宗元《种树郭橐驼传》："……他植者虽窥伺效慕，莫能如也。"衰形：衰老，衰弱。觊觎：非分的企图或希望。《旧唐书·崔元略传》："时刘栖楚自为京兆尹，有觊觎相位之意。"霜：指白发。合：聚合，会合。濡：浸湿，润湿。倍忆：更加忆念，加倍思念。京华：京城的美称。由于京城人文汇集，故称。正是张九龄所谓："京华之地，衣冠所聚。"伴：同伴；伴随。偏忘：偏偏忘记。

"谪居今共远"至"耳不乱齐竽"——"谪居今共远"前原注："此后并言与乐天同科、共游处等事。"谪居：古代官吏被贬官降职到边远外地居住。高适《送李少府贬峡中王少府贬长沙》："嗟君此别意何如？驻马衔杯问谪居。"远：边远。荣路：仕途。趋：趋向；归向。诗中指一同被贬官。科试：科举考试。白居易《与元九书》："家贫多故，二十七方从乡赋，既第之后，虽专于科试，亦不废诗。"铨衡：考核、选拔(人才)。《隋书·高祖本纪上》："公水镜人伦，铨衡庶职，能官流咏，遗贤必举。"局：一作"肩"。衙参(cān)：旧时官吏到上司衙门排班参见，禀白公事。典校(jiào)：主持校勘书籍。汉·班固《答宾戏》："永平中为郎，典校秘书，专笃志于儒学，以著述为业。"唐·刘知几《史通·史官建置》："案《蜀志》称王崇补东观，许盖掌礼仪，又郤正为秘书郎，广求益部书籍。斯则点校无阙，属辞有所矣。"厨：主持官食的官；主持烹饪的人。"衙参典校厨"句下原注："书判同年，校正同省。"月中分桂树：传说月中有树曰桂。元稹《赋得数赏》："桂满丛初合，蟾亏影渐零。"昌蒲：即菖蒲。一种多年生草本植物。生长水边。根茎可做香料，中医用以健胃，外用可治牙痛、齿龈出血等。应召：接受召见。《汉书·平当传》："上使使者召，欲封当。当疾笃，不应召。"鸿泽：巨大的恩泽。多指皇恩。《旧唐书·玄宗本纪上》："爰承后命，载阐休期，总军国之大猷，施云雨之鸿泽。"值：遇，逢；正值，恰逢。赐酺：秦汉之法，规定三人以上不得聚饮，朝廷逢庆典之事，特许臣民聚会欢饮，谓之"赐酺"。后世王朝遂为一种宴饮庆祝活动。《新唐书·高宗本纪》载："永淳元年二月癸未，以孙重照生满月，大赦，改元，赐酺三日。"磬：古代打击乐器，状似曲尺。用玉、石或金属制成。悬于架上，击之即鸣。唐·段成式《酉阳杂俎·礼异》："引其宣城王等数人后入，击磬，道东北面立。"齐竽：滥竽。《韩非子·内储说上》："齐宣王使人吹竽，必三百人。南郭处士请为王吹竽，宣王说之，廪食以数百人。宣王死，湣王立，好一一听之，处士逃。"即成语"滥竽充数"所含故事。

海岱词锋截，皇王笔阵驱——原注："此后并言同应制时事。"海岱：指今山东省渤海至泰山之间的地带。海，渤海；岱，泰山。杜甫《登兖州城楼》："浮云连海岱，平野入青徐。"词锋:指犀利的文笔、口才。截:截断,制断。诗中引申为阵线分明。皇王:古圣王。后泛指皇帝。笔阵:比喻写作文章。意思是"诗文谋篇布局擘画如军阵"。南朝梁萧统《正月启》:"谈丛发流水之源,笔阵引崩云之势。"驱:驱使。

疾奔凌駥褭,高唱轧吴歈——駥褭:神马名,"赤喙黑身"(《太平御览》卷八九六引《汉书音义》)。轧:压倒,胜过。吴歈:春秋吴国的歌。唐宋若华《嘲陆畅》:"双成走报监门卫,莫使吴歈入汉宫。"歈,歌。

点检张仪舌,提携傅说图——点检:考核,查察。杜甫《赠献纳使起居田舍人澄》:"晓漏追趋青琐闼,晴窗点检白云篇。"张仪舌:典出《史记·张仪列传》:"张仪已学而游说诸侯。尝从楚相饮,已而楚相亡璧,门下意张仪,曰:'仪贫无行,必此盗相君之璧。'共执张仪,掠笞数百,不服,醳之。其妻曰:'嘻!子毋读书游说,安得此辱乎?'张仪谓其妻曰:'视吾舌尚在不?'妻笑曰:'舌在也。'仪曰:'足矣。'"提携:提拔,扶持。唐·刘得仁《山中抒怀寄上丁学士》:"幽拙欣殊幸,提携更不疑。"元稹《青云驿》中"……云韶互铿戛,霞服相提携",则作携手、合作解。傅说(yuè):商代贤士,善版筑。

摆囊看利颖,开颔出明珠——利颖:指锥子锐利的尖端。颔:下巴。明珠:光泽晶莹的珍珠。汉班固《白虎通·封禅》:"江出大贝,海出明珠。"

并取千人特,皆非十上徒——特:杰出者。韩愈《赠别元十八协律》诗其二:"英英桂林伯,实维文武特。"十上:谓多次上书言事。韩愈《县斋有怀》:"虽免十上劳,何能一战霸。"徒:同类的人。

白麻云色腻,墨诏电光粗——白麻:指白麻纸。是用苘麻制造的纸。唐制,由翰林学士起草的无论是立后、建储、德音、赦书乃至大诛讨、拜免将相等诏书,均用白麻纸。所以是指重要诏书。白居易《杜陵叟》:"白麻纸上书德音,京畿尽放今年税。"用白麻纸,省称"白麻"。《石林燕语》(宋·叶梦得)、《历代职官简释·翰林学士》(瞿蜕园)、《新唐书·百官志一》均有类似记载。云色:如白云之色。状白麻纸之纯白。腻:细密;滑泽;柔软。形容白麻纸之细滑。墨诏:皇帝亲笔书写的诏书(诏旨)。元稹《上阳白发人》:"满怀墨诏求嫔御,走上高楼半酣醉。"电光:闪电的光。粗:大;盛长。

众口贪归美,何颜敢妒姝——贪:贪图;追求。归:称许。韩愈《祭薛中丞文》:"宗族称其孝慈,友朋归其信义。"妒:忌妒。泛指忌人之长。姝:美好;美女。唐·骆宾王《畴昔篇》:"寻姝入酒肆,访客上琴台。"

秦台纳红旭,酆匣洗黄垆——红旭:即红日。元稹《游碧涧寺》:"穿廊玉涧喷红旭,踊塔金轮拆翠微。"酆匣:从丰城狱中掘得的剑匣。比喻优异的才识。据《晋书·张华传》记载:传说晋张华与雷焕登楼仰观天文。雷焕说斗牛之间颇有异气,是宝剑之精,上彻于天,地在豫章丰城郡。于是华补焕为丰城令。焕到县,掘狱屋基,入地四丈馀,得一石函,光气非常,中有双剑,一曰龙泉,一曰太阿。其夕,牛斗间气不复见。焕送一剑与华,留一自佩。其后华诛,失剑所在。焕死,其子持剑行经延平津,剑忽于腰间跃出堕水,会合张华曾失去的剑,化成长达数丈的两条巨龙。黄垆:亦作"黄卢""黄庐""黄炉"。犹黄泉。《淮南子·览冥训》:"上际九天,下契黄垆。"高诱注:"上与九天交接,下契至黄垆,黄泉下垆土也。"

谏猎宁规避,弹豪讵嗫嚅——谏猎:对天子迷恋游猎,予以规讽谏劝。本事见《汉书·司马相如传下》:"(相如)尝从上至长杨猎,是时天子方好自击熊豕,驰逐野兽,相如因上疏谏。"唐·贾至《咏冯昭仪当熊》:"逐兽长廊静,呼鹰御苑空。王孙莫谏猎,贱妾解当熊。"宁:宁可;宁愿。规避:设法躲避。弹豪:弹劾权豪势要。讵:岂;难道。嗫嚅:欲言又止的样子。韩愈《送李愿归盘谷序》:"伺候于公卿之门,奔走于形势之途;足将进而趑趄,口将言而嗫嚅。"

"肺肝憎巧曲"至"忠饶翰苑输"——肺肝:同"肺肝"。元稹《谢赐设状》:"既充肤革,誓竭肺肝;窃位素飡,实非诚愿。"比喻内心。憎:憎恨;厌恶。巧曲:花言巧语、虚伪欺诈。绝:断。萦迂:旋绕弯曲。誓遣:发誓让,决心使。朝纲:朝廷的纲纪。振:振起;重举。翰苑:文苑,乃文翰荟萃之处。翰林院别称翰苑。王翰《上武侍极启》:"攀翰苑而思齐,俙文风而立志。"输:输送(人才)。"忠饶翰苑输"句下原注:"元和四年为监察御史,乐天为翰林学士。"

"骥调方汗血"至"龙不怕泥涂"——此十四句后原注:"此以上并述五年贬掾江陵,乐天亦遭罹谤铄。"骥:骏马。自比俊才。方:正要。汗血:流汗流血。犹言正在出力报效朝廷。蝇点:《诗·小雅·青蝇》"营营青蝇"郑玄笺:"蝇之为虫,污白使黑,污黑使白,喻佞人变乱善恶也。"后以之比喻遭到谗人的诽谤诬蔑。成卢:典出《晋书·刘毅传》。东晋时,刘毅、刘裕同一些人赌博,刘毅掷得"雉",拉起衣服绕床大叫:我不是不能掷"卢",而是不想要。刘裕很讨厌他,说我来替你掷"卢"。说着将五子掷出,其中四子已转定,只有一子未定,刘裕大声呼叫"卢!"果然成了"卢"。后因以"成卢"指赌博获胜。诗中说自己时来运转,连"蝇点"也成了"卢"。谪(zhé):被贬斥。"谪栖遑掾":古代被贬谪流放的属官谓之谪掾(yuàn)。盂:本指盛汤浆或饭食的圆口器皿。后以"盂方水方"的水因器成形喻上行下效。《荀子·君道》:"君者盂也,盂方而水方。"痛嗟:悲痛嗟叹。隔:阻隔;别离。颠:倒置,颠倒。颠望:反倒盼望。友朋:朋友。狸:豹猫。又叫山猫、狸猫、狸子。本以鸟、鼠为食。如今因"病""翻随鼠",足见其境况之窘迫、无奈。骢:青白相杂的马。诗中作骏马、名贵的马。羸:瘦弱;衰病。返:反而,反倒。驹:少壮之马。《说文》:"驹,马二岁曰驹。"诗中指一般的小马,瘦马。物情:物理世情、人情。三国·魏·嵇康《释私论》:"情不系于所欲,故能审贵贱而通物情。"徇俗：顺随时俗。又作"循俗"。时论：即当时的舆论，议论。诬：诬蔑，诬陷，加之以不实之词。瓶罄罍偏耻：即"瓶罄罍耻"。《诗·小雅·蓼莪》："瓶之罄矣，维罍之耻。"朱熹集传："言瓶资于罍而罍资瓶，犹父母与子，相依为命也，故瓯罄矣，乃罍之耻。"后以之比喻休戚相关，彼此利害相连。摧：坠毁；毁坏。枯：一作"孤"。陷阱：李白《君马黄》："猛虎落陷阱，壮士时屈厄。"为捕捉野兽或为擒敌所挖之坑穴，上面浮盖伪装物，人兽踩踏即掉进坑。泥涂：亦作"泥途"。指泥泞的道路。

重喜登贤苑，方欣佐伍符——苑：指学术、文艺荟萃之处。《文心雕龙·总术》："控引情源，制胜文苑。"韩愈《复志赋》："朝骋骛乎书林兮，夕翱翔乎艺苑。"佐：辅助；帮助。杜甫《送从弟亚赴河西判官》："帝曰大布衣，藉卿佐元帅。"亦指辅佐者。欣：一作"看"。伍符：诗中指军队。原注云："九年，乐天除太子赞善，予从事唐州也。"指元和九年(814)冬，白居易授太子左赞善大夫，元稹自江陵从事于唐州。

判身入矛戟，轻敌比锱铢——判：同"拚"。豁出去。矛戟：矛和戟。泛称兵器。轻敌：藐视敌方。不是《老子》所谓"祸莫大于轻敌，轻敌几丧吾宝"的忽视敌人。锱铢：锱和铢。比喻数量微小。

驿骑来千里，天书下九衢——驿骑：一作"驲骑"，指驿马。《汉书·高帝纪下》："乘传诣雒阳。"唐颜师古注："传者，若今之驿。古者以车，谓之传车，其后又单置马，谓之驿骑。"驲(rì)：系古驿站专用的车，后亦指驿马。天书：道家称元始天尊所说之经为天书(《隋书·经籍志四》)，或托言天神所赐之书曰天书。诗中则称皇帝的诏书为天书。王勃《为原州赵长史请为亡父度人表》："天书屡降，手敕仍存。"九衢：犹言纵横交叉的通衢大道。韦应物《长安道》："归来甲第拱皇居，朱门峨峨归九衢。"

因教罢飞檄，便许到皇都——句下原注："十年春，自唐州诏予召入京。"飞檄：古时速递檄文《新唐书·裴寂传》："寂无它才，惟飞檄郡县，促入屯垒相附保。"皇都：国都，京都，京城。韩愈《早春呈张水部》："最是一年春好处，绝胜烟柳满皇都。"

舟败罂浮汉，骖疲杖过邘——败：犹废弃或毁坏。罂：古代盛酒或水的小口大腹瓦器，亦有木制的。骖(cān)：《说文》："骖，驾三马也。"指一车所驾的三匹马。《诗·郑风·大叔于田》郑笺："在旁曰骖。"指古时辕车两旁之马。杖：棍棒之类，亦指兵器。邘(yú)：古诸侯国名。周武王子邘叔之封地，在今河南沁阳，称邘台。邘，一作"邗"。邗(hán)：古地名，在今江苏扬州市东北。

邮亭一萧索，烽候各崎岖——萧索：萧条冷落。烽候：即"烽堠"。烽火台。

馈饷人推辂，谁何吏执殳——馈饷：军粮。 诗中意为送饭。辂(lù)：多指帝王所乘的车子。诗中指车。辂(hé)：本为辕上用以挽车的横木，即"辕缚"(见《仪礼·既夕礼》郑玄注)。殳(shū)：古代兵器。以竹或木制成，八棱，顶端装有圆筒形金属，无刃。《说文·殳部》《礼》均有不同记载。《诗·卫风·伯兮》毛传:"殳,长丈二而无刃。"白居易《题座隅》:"手不任执殳,肩不能荷锄。"

拔家逃力役,连锁责逋诛——拔:迁移,迁徙。一作"跋家",又作"跋家"。力役:本指以武力征伐。诗中指劳役。连锁:亦作"连锒"。锁链;链子。责:音债(zhài),"债"系后起的区别字,仅只分担"责"的名词"债款"义。今二者读音差别很大,而古音只有声调去、入之分别。逋诛:逃避诛罚。《陈书·衡阳献王昌传》:"王琳逆命,逋诛岁久"。

防戍兄兼弟,收田妇与姑——防戍:防守边境。古所谓"戍边"。兼:本指同时并有、同时具备。引申作副词,并。妇与姑:妇,媳妇;姑,婆婆。

缣缃工女竭,青紫使臣纡——缣缃:供书写用的浅黄色细绢。高燮《柬曼殊大师并乞画偕隐图》:"聊寄缣缃盈尺幅,愿言偕隐是吾徒。"工女:古指从事蚕桑、纺织、缝纫的女子。竭:尽;亡。均系引申义。青紫:本指古代公卿绶带的颜色,借指高官显爵或显贵之服。汉代丞相太尉,金印紫绶;御史大夫,银印青绶。陈子昂《为金吾将军陈令英请免官表》:"不以臣驽怯,更加宠命,授以青紫,遣督幽州。"杜甫《夏夜叹》:"青紫虽被体,不如早还乡。"纡:屈抑之意。

望国参云树,归家满地芜——望国:遥望故国。比喻怀念家乡。顾况《酬唐起居前后见寄》诗其一:"愁人空望国,惊鸟不归林。"云树:云与树。王维《送崔兴宗》:"塞迥山河净,天长云树微。"芜:荒芜,杂草丛生。元稹《苦雨》诗中"江瘴气候恶,庭空田地芜"作田地荒废,杂草丛生之解,稍有差别。

破窗尘垺垺,幽院鸟鸣鸣——垺(bó)垺:指尘土飞扬的样子。唐·寒山《诗》:"风至揽其中,灰尘乱垺垺。"幽院:幽静寂深的庭院。鸣鸣:象声词。本歌呼声,抚儿声。诗中作鸟啼声。

"祖竹丛新笋"至"残蒂宿茱萸"——"祖竹丛新笋"前原注:"此已下并言靖安里无人居,触目荒凉。"祖竹:犹言老竹。唐·吴融《送弟东归》:"祖竹定欺檐雪折,稚杉应拂栋云齐。"丛:丛生。孙枝:从树干上长出的新枝。"江南箫产地,妙响发孙枝"(《古文苑·沈约〈箎〉诗》)章樵注:"诗言江南之地,产竹多良,可为乐器,孙枝又其特异者也。"元稹《桐花诗》序:"及今六年,诏许西归,去时桐枝上孙枝已拱矣。"压:居于其上,似有压倒之势。犹言苗壮生长。晚花:犹迟开的花。狂:言其狂飞、乱飞。蛱蝶:亦作"蛱蜨"。即蝴蝶。蒂:即"蒂"。指花或瓜果与枝茎相连的部分。韩愈《奏汴州得嘉禾嘉瓜状》:"或延蔓敷荣,异实并蒂。"茱萸:植物名,可以入药,"香味辛烈"。农历九月九日重阳佳节有佩茱萸习俗,据说可以辟恶祛邪。《西京杂记》载:"九月九日,佩茱萸,食蓬饵,饮菊花酒,令人长寿。"王维"遥知兄弟登高处,遍插茱萸少一人"(《九月九日忆山东兄弟》)是久已传诵的名句。

始悟摧林秀,因衔避缴芦——摧:毁坏。林秀:指园林中之花木。衔:官阶,官衔。避：避免。缴：交出，交付。

文房长遣闭，经肆未曾铺——文房：本官府掌管文书之处。诗中则指书房。肆：市集；店铺。铺：铺陈，陈列。

鹓鹭方求侣，鸥鸢已嚇雏——鹓鹭：鹓、鹭飞行有序，比喻班行有序的朝官。亦比喻有才德的人。侣：同伴；同伙。鸥鸢：亦作"鹥鸢"，即鸥鸟。韦应物《鸢夺巢》："野鹊野鹊巢林梢，鸥鸢恃力夺鹊巢。"嚇(xià)：害怕；使害怕。

征还何郑重，斥去亦须臾——征还：犹征召。多指君召臣。何：何其；多么。作副词用。斥去：贬斥。排斥并使之离去。须臾：片刻，一会儿，即短时间。《荀子·劝学》："吾尝终日而思矣，不如须臾之所学也。"

迢递投遐徼，苍黄出奥区——迢递：又作"迢遰"。形容遥远的样子。投：投奔。遐徼：边远之地。苍黄：青色与黄色。诗中言其慌张或匆促。温庭筠《湖阴曲》："苍黄追骑尘外归，森索妖星阵前死。"奥区：指腹地。《后汉书·班固传上》："防御之阻，则天下之奥区焉。"李贤注："奥，深也。言秦地险固，为天下深奥之区域。"

通川诚有咎，湓口定无辜——原注："三月积之通川，八月 乐天之江州。"注中三月指元和十年(815)三月，元稹出任通州司马。八月，白居易在江州司马任。通川：流通的河川。诗中指通州。诚：确实。副词。咎：灾祸，不幸之事。或指罪过，过失。湓口：古城名。以地当湓水入长江口而得名。汉初灌婴始筑城。故址在今江西九江市。后改名湓城，唐初称浔阳。为江城镇守要地。

利器从头匣，刚肠到底刳——利器：锋利的武器。所谓"精兵利器，势勇雷霆"。匣：盛物的器具，匣子。刚肠：指刚直的气质。白居易《哭孔戡》："平生刚肠内，直气归其间。"刳(kū)：剖开。

薰莸任盛贮，稊稗莫超逾——薰莸：香草与臭草。比喻善与恶、贤与愚、优与劣、好与坏……语本"一薰一莸，十年尚犹有臭"(《左传·僖公四年》)。杜预注："薰，香草；莸，臭草。十年有臭，言善易消，恶难除。"盛贮：以器装物而储存收藏。稊稗：草名，形似谷草。超逾：犹胜过，超越。

公幹经时卧，锺仪几岁拘——公幹：刘桢，字公幹，东汉末年建安七子之一，因不遵礼俗，被罚劳作。卧：闲居。经时：犹历久。唐·权德舆《玉台体》之九："莫作经时别，西邻是宋家。"锺仪：春秋楚人，曾被郑获，而献于晋。晋侯见锺仪，问："南冠而絷者谁也？"有司答："郑人所献楚囚也。"释而慰问之，问其族。对曰："伶人也。"晋侯与之琴，操楚音。晋侯告诉范文子。文子曰："楚囚，君子也。言称其先职，不背本也；乐操土风，不忘旧也。"(《左传·成公九年》)后多以锺仪为拘囚异乡或怀土思归者的典型。因锺仪被俘献于楚，所谓"南冠楚囚"，故有"几岁拘"之说。岁：年。木星(即岁星)运行一次为一岁，后来以之泛指一年。《尔雅·释天》："夏曰岁，商曰祀，周曰年，唐虞曰载。"在使用时代上略有区别，也不十分严格，在西周早期铜器铭文中已称年曰祀。

光阴流似水，蒸瘴热于炉——蒸瘴：瘴气。特指我国南部、西南部地区山林之间因湿热蒸发能致病的毒气。据唐·刘恂《岭表录异》卷上载："岭表山川，盘郁结聚，不易疏泄，故多岚雾作瘴。人感之，多病腹胀成蛊。"《后汉书·南蛮传》谓："南州水土温暑，加有瘴气，致死者十必四五。"唐·曹松"犀占花阴卧，波冲瘴色流"（《南游》）；韩愈"州南近界，涨海连天，毒雾瘴氛，日夕发作"（《潮州刺史谢上表》）；"愈以罪犯黜守潮州，惧以谴死，且虞海山之波雾瘴毒为灾以殒其命"（《祭湘君夫人文》）；杜甫"瘴云终不灭，泸水复西来"（《热》诗其二）；"瘴疠浮三蜀，风云暗百蛮"（《闷》诗）。诗中"瘴疠""瘴云""瘴毒""瘴氛""瘴色"等，都是指"瘴气""蒸瘴"而言。诸葛亮"四渡泸水""七擒孟获"，蜀兵卒亦罹尽瘴气之苦。炉：即"凡盛火之器曰炉"（唐·玄应《一切经音义》二）之火炉。

薄命知然也，深交有矣夫——然：是的，对的。《晏子春秋·内篇杂下》晏子对曰："然，是也。"深交：交情极深。犹"至交""至友"。有矣夫：表示"有"，肯定"有"。矣夫，用在句末，语气词，表示感叹。

救焚期骨肉，投分刻肌肤——句下原注："本题云：寄澧州李十一舍人、果州崔二十二员外、开州韦大员外、通州元九侍御、庾三十二补阙、杜十四拾遗、李二十助教、窦七校书，兼投吊度八舍人。"救焚："救焚拯溺(nì)"，亦作"救火拯溺"。溺，指落水者；焚，指火灾。救焚则指救人于水火中。救焚，"救焚拯溺"的省称。唐·权德舆《仲秋朝拜昭陵》："抚运斯顺人，救焚非逐鹿。"期：期望，要求；希望；企求。骨肉：比喻父母兄弟子女等至亲。投分(fèn)：意气相合，义气相投；定交。骆宾王《夏日游德州赠高四》："缔交君赠缟，投分我忘筌。"刻：《尔雅·释器》："金谓之镂，木谓之刻。"诗中犹刻骨铭心。肌肤：本肌肉与皮肤。诗中比喻最亲近或亲密的朋友。如原注中所说元九(即元稹)、杜十四(即杜元颖)、崔二十二(即崔韶)、韦大员外(即韦处厚)、庾三十二(即庾敬休)、李二十(即李绅)等都是元稹的诗友、政友、挚友、朋友。

二妙驰轩陛，三英咏袴襦——句下原注："庾三十二、杜十四并居北省，李十一、崔二十二、韦大各典方州。"二妙：诗中似指庾敬休、元颖。称自己所推重的两个人。驰：本驰骋、疾行。诗中犹施展、展现。轩陛：殿堂或殿堂的台阶。陆贽《奉天论奏当今所切务状》："郡国之志不达于朝廷，朝廷之诚不升于轩陛。上泽阙于下布，下情壅于上闻。"三英：诗中喻三位英才。似指李十一、崔二十二、韦大三人。《三国演义》称刘备、关羽、张飞为"三英"。咏：赞颂。袴襦：典出《后汉书·廉范传》："迁蜀郡太守……百姓……乃歌之曰：'廉叔度，来向暮，不禁火，民安作，平生无襦今五袴。'"之后以"袴襦"借喻地方官吏的善政、善举。唐·黄滔《泉州开元寺佛殿碑记》："仆射太原公，以子房之帷幄布泉城，以叔度之袴襦纩泉民……"

李多嘲蝘蜓，窦数集蜘蛛——句下原注："李二十雅善歌诗，固多咏物之作。窦七频改官衔，屡有蜘蛛之喜。"李二十即李绅；窦七，岑仲勉《唐人行第录》考定为窦如玢。据《旧唐书》卷一百八十六下《敬羽传》，右卫将军窦如玢等九人坐罪并斩。李：即李绅。嘲：嘲笑，嘲谑。蝘(yǎn)蜓：俗称壁虎。《荀子·赋》杨倞注："蝘蜓，守宫。"《中华古今注》(五代·马缟)卷下："蝘蜓，一曰守官，一曰龙子。善于树上捕蝉食之。其细长五色者，名曰蜥蜴；其长大者，名曰蝾螈。"古籍中多与蜥蜴、蝾螈相混。李白《鸣皋歌送岑征君》："蝘蜓嘲龙，鱼目混珍。"窦：即窦如玢。集：聚合。蜘蛛：诗中似取蜘蛛结网自缚。因太子少傅、宗正卿敬羽"赃私"下狱株连，窦同试都水使者崔昌等九人并斩，尚有太子洗马赵非熊等六人决杀，驸马都尉薛履谦赐自尽等。

数子皆奇货，唯予独朽株——数子：指上述"二妙""三英"、李窦诸人。奇货：珍奇的物品、货物。所谓"奇货可居"之珍奇少见，世间少有。独：单独、独自；唯独。朽株：本指腐朽的树桩。诗中元稹自称为老朽无用的人。

邯郸笑匍匐，燕蓟受揶揄——邯郸：本古地名。春秋时卫地，今河北邯郸市。诗中犹言"邯郸学步""邯郸匍匐"。《庄子·秋水》："且子独不闻夫寿陵馀子之学行于邯郸与？未得国能，又失其故行矣，直匍匐而归耳。"后常以"邯郸学步"比喻模仿不成，反而失去自己原有的长处。寿陵，燕国城邑。邯郸，赵国都城。郭象注："以此效彼，两失之。"成玄英疏："弱龄未仕，谓之馀子。赵都之地，其俗能行，故燕国少年远来学步。既乖本性，未得赵国之能；舍己效人，更失寿陵之故。"亦比喻盲目效仿以致失去自己原有之长处。匍匐：爬行貌。燕蓟：燕，周代诸侯国名，又称北燕。在今河北北部、辽宁西端。都蓟。战国七雄之一。蓟，春秋时代周畿内之地。在河南洛阳市西南，系古地名。受：遭受；承受。揶揄：嘲笑，戏弄，嘲弄。

懒学三闾愤，甘齐百里愚——懒学：逃学。诗中作不学解。三闾愤：三闾，即楚国屈原。《后汉书·孔融传》李贤注："即屈原也，掌王族三姓，曰昭、屈、景，故曰'三闾'。"人称三闾大夫。后为楚顷襄王放逐，长期流浪沅湘流域。后因自己的政治主张无法实现，又无力挽救楚国的危亡，遂自投汨罗而死，终成遗愤。甘：甘心，情愿。齐：看齐；等同，相同。百里：复姓，百里奚为春秋秦人。一说百氏，字里，名奚(一作傒)。原为虞大夫，虞国亡，被晋俘去，作为陪嫁之臣送秦国。后出走至楚，为楚人所执，又被秦穆公以五张牡黑羊皮赎回。即《史记·秦本纪》所说："吾媵臣百里傒在焉，请以五羖(gǔ)羊皮赎之。"人称五羖大夫。同蹇叔、由余诸人共辅穆公建立霸业。愚：愚笨，无知。诗中为谦辞。其实百里奚、元微之何愚之有！

耽眠稀醒素，凭醉少嗟吁——耽眠：喜欢睡眠。醒素：即清醒。凭：依仗；依托。嗟吁(xū)：因伤感而长叹。

学问徒为尔，书题尽已于——学问：学识或知识。《荀子·劝学》："不闻先王之遗言,不知学问之大也。"徒:徒然,白白地。作副词用。为尔:犹言如此;如此而已。书题:指书信。岑参《祁四再赴江南别诗》:"山驿秋云冷,江帆暮雨低。怜君不解说,相忆在书题。"尽:全部,皆。已于:停止。完结。

"别犹多梦寐"至"寻伤掌诰徂"——原注:"今日得乐天书,去年闻席八殁。"注中"去年",原作"六年",岑仲勉先生《读全唐诗札记》:"据诗序,此是元和十三年作。樊汝霖韩谱注,夔卒十二年,则'六年'乃'去年'之讹。"别:离别,分别。犹:尚且。梦寐:睡梦。《诗·卫风·氓》所谓"夙兴夜寐"。入睡叫作"寐"。凋枯:凋谢枯萎。李白《拟古》:"万物皆凋枯,遂无少可乐。"司戎:掌管兵器。戎,古代兵器的总称。掌诰:掌制诰。制诰,皇帝的诏书。元稹《制诰序》:"制诰本于《书》,《书》之诰命、训誓,皆一时之约束也。"隋唐时舍人掌制诰。徂(cú):死亡。古人讳死,故谓之徂。

士元名位屈,伯道子孙无——士元:三国蜀庞统字。名位:指官职品位,名誉地位。屈:低下;委屈。伯道:晋邓攸字。伯道于永嘉末为石勒所俘,后逃往江南。东晋元帝任为吴郡守,官至尚书右仆射。南下时携一子一侄,因途中不能两全,于是弃子全侄,为人所称。因为弃子,故曰"子孙无"。

"旧好飞琼翰"至"终作苦中娱"——旧好(hǎo):旧交,老相知。唐·耿湋《奉送崔侍御和蕃》:"新恩明主启,旧好使臣修。"琼翰:对人书信或字迹的美称。唐·王勃《宇文德阳宅秋夜山亭宴序》:"披琼翰者,仰高筵而不暇。"新诗:新的诗作。杜甫诗名句:"陶冶性灵存底物?新诗改罢自长吟。"(《解闷》诗之七)玉壶:美玉制成的壶,可以盛物,亦以喻高洁的情怀胸襟。泣:无声流泪或低声而哭。有声有泪叫哭;无声有泪叫泣。苦中娱:犹苦中作乐。

廉蔺声相让,燕秦势岂俱——廉蔺:战国时赵国的廉颇、蔺相如的并称。典故、成语"负荆请罪"、戏曲《将相和》就是廉蔺相让和好的故事。燕秦:战国时的燕国、秦国。势:情势;态势;势力。俱:犹同时存在或同时具备。言其无法相比。

此篇应绝倒,休漫捋髭须——句后自注:"乐天戏题篇末云:此篇拟打足下寄容州诗,故有戏誉。"绝倒(dǎo):佩服之极,佩服之至。唐·戎昱《听杜山人弹胡笳》:"杜陵先生证此道,沈家祝家皆绝倒。"休:不要,莫。漫:放纵,任意;随意,随便。捋:指用手顺着抹过去,以使物体顺溜、干净。即《乐府诗集》中《陌上桑》:"行者见罗敷,下担捋髭须。"髭须:唇上曰髭,唇下曰须。俗称胡子。唐·权德舆《敷水驿》:"临风驻征骑,聊复捋髭须。"上自注中容州:唐贞观八年(634)以铜州改容州,治北流县(今属广西)。天宝元年(742)改普宁郡,乾元元年(758)复为容州,元和中(806—820)徙治普宁县(今广西容县)。

《酬乐天东南行诗一百韵》同《梦游春七十韵》等,以及白居易次韵相酬的长篇排律,是元和体的代表性诗作。与那些"杯酒光景间的小碎诗章",都是"诗到元和体制新"(白居易《重寄微之诗》)自注的"众称元白为千言律,或号元和格"即"元和(hé)体"。元稹《白氏长庆集》序:"……是后各佐江、通,复相酬唱,巴蜀江楚间洎长安中少年,递相仿效,竞作新词,自谓元和体诗。"白居易以为:"今仆之诗,人所爱者悉不过杂律诗与《长恨歌》以下耳;时之所重,仆之所轻。"(《与元九书》)白氏如是评价,而唐时及以后如何看待呢?

唐·李肇《唐国史补》:"元和以来,诗章……学浅切于白居易,学淫靡于元稹,俱称元和体。"《旧唐书·元稹传》:"稹聪警绝人,年少有才名,与太原白居易友善。工为诗,善状咏风态物色,当时言诗者称'元白'焉。自衣冠士子,至闾阎下俚,悉传讽之,号为'元和体'。"顾陶《唐诗类选后序》:"若元相国稹、白尚书居易,擅名一时,天下称为'元白',学者翕然,号'元和诗'。"《新唐书·元稹传》:"稹尤长于诗,与白居易相埒,天下传讽,号'元和体'。"《唐才子传》谓:"稹诗变体,往往宫中乐色皆诵之,呼为才子。然缀属虽广,乐府专其警策也。""白乐天同对策,同倡和,诗称'元白体'。"总之,由于元白诸人的文学活动主要在唐宪宗元和年间(806—820),所以把他们创作的诗歌和仿效他们的诗作统称之为"元和体"。今人郭绍虞《中国古典文学理论批评史》也说:"白居易……和元稹结为诗友,继承杜甫新题乐府之作,用浅显的笔调,提倡现实主义的诗,当时人称为'元和体'。"元白在元和年间开创的这种诗风,影响深远。

反复吟读本诗,令人大有"其间天海混茫,风流挺特"(《才调集序》),"信若沧溟无际,华岳干天"(黄滔《答陈磻隐论诗书》)之叹许。全诗排比故实,铺陈始终,大或千言排律,小或四句绝句,"言浅而思深,意微而词显,风人之能事也。"(薛雪《一瓢诗话》)尽管当时"元和体"一词,已非美称,然则丝毫无损于元白创作之价值。

早 归

元稹一生除写了大量的讽喻诗之外,还写了一些活泼清新的即景抒情小诗。《早归》即其中很有特色的一首。从全诗的内容分析,在句句状景的生动鲜明景物之中,处处蕴含着对大好春光的喜悦之情,似为早期未步入仕途时的诗作。

春静晓风微,凌晨带酒归。
远山笼宿雾,高树影朝晖。
饮马鱼惊水,穿花露滴衣。

娇莺似相恼,含啭傍人飞。

新解

春静晓风微,凌晨带酒归——首联写春天幽静的清晨,微风吹拂,凌晨带着酒归来,照应题目。此时此刻如颔联所描绘的一样。

远山笼宿雾,高树影朝晖——远山笼罩着夜里降的雾,还未散尽,旭日初升,朝晖映着高树,树影绰约,花草飘香,景象鲜明。宿:夜晚。宿雾:夜里降的雾。晖:日光,光。

饮马鱼惊水,穿花露滴衣——颈联所谓以动景入画,如"鱼惊水""穿花""露滴衣",描绘出游鱼的动态,露珠的晶莹乃至人穿行花间的神态。

娇莺似相恼,含啭傍人飞——尾联依然是以动景入画,那娇莺的啭鸣,傍人的飞动以及相恼的"情感",无不栩栩如生,似在目前。穿花:在花间穿行走动,连同颈联的"饮马",个中有人在活动。从题目"早归",到"凌晨带酒归",到"饮马""穿花""滴衣""傍人",一步步都有人在其中,人是主导,这个人就是诗人自己。

题作《早归》,写春日清晨的风光景色。前两联描写山野清晨幽静景色;三四联以动画入景,生动鲜丽。一首抒情小诗,全诗似乎句句在状物写景,而且景物鲜明生动:幽深、静谧、清凉、适人!但仔细吟诵玩味,诗中始终有人在,是人"早归"。是人"带酒",是人饮马,是人穿花,是露滴人衣,是莺傍人飞。句句写景,景象鲜明,是人面对着大好春光,表现了人的喜悦之情,自始至终,有人的情感、人的活动蕴藉其中。

行　宫

题解

行宫,古代帝王出行,京城之外的别院。《文选·吴都赋》李善注:"天子行所立名曰行宫。"诗中"白头宫女",即是白居易《新乐府》中《上阳白发人》所谓"上阳宫女"。上阳宫在洛阳,为离宫,所以称行宫。诗写古行宫白发宫女的无尽孤独哀怨之情,寄托着今昔对比的深沉兴衰之感。

寥落古行宫,宫花寂寞红。
白头宫女在,闲坐说玄宗。

寥落古行宫,宫花寂寞红——寥落:寂寥冷落。古:一作"故"。宫花:宫中的春花。寂寞:冷清,凄凉。首句即点题,前置"寥落",给人以荒寂冷寞之感。第二句"宫花"后缀"寂寞红",红色本火热,"万绿丛中一点红",给人以独特感受,在这里却是一派凄清冷落,写尽行宫荒废已久的状貌。

白头宫女在,闲坐说玄宗——出现叙事主人公即白头宫女,承上"古行宫",启下"说玄宗"。因为曾经亲历开元、天宝盛世,是当时兴盛衰微的见证人,所以也最有"闲说"的资格和经历。末句"妙能不尽","说玄宗,不说玄宗长短,佳绝。"(《唐诗别裁》)是全诗主旨和精华之所在。"说玄宗",说什么?无非是说其之所以治(盛)、之所以乱(衰)的因由,也正是值得后世引以为借鉴者。诚如洪迈《容斋随笔》所言:"白乐天《长恨歌》《上阳宫人歌》……道开元宫禁事最为深切矣。"而"说什么"却不往下说,就此戛然而止,留给读者以广阔的思索空间,任由你去想了!

历代解此诗者不乏其人。"首句宫之寥落,次句花之寂寞,已将白头宫女之所在环境景象之可伤描绘出来,则末句所说之事,虽未明说,亦必为可伤之事。二十字中,于开元、天宝间由盛而衰之经过,悉包含在内矣。"(《唐人绝句精华》)"玄宗旧事出于白发宫人之口,白发宫人又坐宫花乱红之中,行宫真不堪回首矣。"(《而庵说唐诗》)索解绝佳!总之,前两句写行宫昔盛今衰的对比,后两句写白头宫女闲说当年,从一个侧面批评了封建皇帝的荒淫误国。

这首诗几乎与《连昌宫词》开端的描写完全相似。构思细密精巧,寄意含而不露,"语少意足,有无穷之味"。也正像《归田诗话》所谓"《长恨歌》一百二十句,读者不厌其长,微之《行宫》词才四句,读者不觉其短,文章之妙也"。《养一斋诗话》所谓"二十字,足赅《连昌宫词》六百馀字,尤为妙境"。

全诗二十字,写景、抒情、叙事乃至创造意境,具有锻字炼句、字少意多、举一反三、精炼含蓄之妙。《唐诗正声》吴逸一评:"冷语有令人惕然深省处,'说'字得书法。"清·李瑛《诗法易简录》:"白头宫女,闲说玄宗,不必写出如何感伤,而哀情弥至。""况白头宫女亲见亲闻,故宫寥落之悲,黯然动人。"(清·黄叔灿《唐诗笺注》)读来更有馀味,让读者去联想,去思考,去回味。不禁勾起读者记忆中的许多宫女形象:"白头宫女在",使人联想到"上阳白发人";"闲坐说玄宗",使人对"含情欲说宫中事"(朱庆馀诗句)记忆犹新,如在眼前。

以乐景写哀情,以宫花红反衬白发宫女的凄凉幽怨。"红花""白发"相映衬，表现红颜易老的感慨，不仅加强了时世盛衰之感，而且突出了宫女被囚禁的哀怨之情。明写"闲坐说玄宗"，实则以玄宗朝之盛反衬后来宪宗、穆宗朝之衰，有今昔对比、今不如昔之微旨。我们不妨将宫女之"说"具体化，更能加深对此诗的理解。以宫女的眼光看，庙堂之争，深宫之争，她们未必一一了然，但帝王寿祚的长短、李唐王朝丁口的消长，则是她们有目共睹的：唐明皇之后，肃宗活了51岁(在位8年)，代宗53岁(在位20年)，德宗64岁(在位25年)，顺宗46岁(在位1年)，宪宗43岁(在位15年)，穆宗30岁(在位4年)，其中宪宗死于宦官陈弘志反叛事。再以税赋户口看，唐德宗建中元年(780)税户三百零八万五千零七十六，宪宗元和二年(807)李吉甫撰国计簿，总计天下方镇四十八，其中凤翔等十五道共七十州未申户口，每岁赋入倚办止于浙江东、西等八道四十九州，仅为天宝供税户的四分之一；穆宗长庆元年(821)户计二百三十七万五千八百零五，人口一千五百七十六万二千四百三十二。比之于玄宗得寿78岁(在位46年)，天宝十三载(754)全国户九百零六万九千一百五十四、人口五千二百八十八万零四百八十八(见《旧唐书》中《德宗本纪》《宪宗本纪》《穆宗本纪》)，史实证明，盛衰昭然，若将以上数字归入"说"中，那么就能由白发宫女喟叹昔盛今衰的"闲坐"谈"说"中，窥见诗人对李唐王朝式微的深深哀惋！

有的读者将《行宫》与《连昌宫词》相提并论。把《连昌宫词》比作描绘天宝时事的一幅七言歌行长卷，把《行宫》比作摹写天宝时事的一帧精致小巧的七言绝句短轴，同样是中国古典文学画廊中难能可贵的艺术珍品。

在用词炼意上，连用三个"宫"字，不觉重复，又如"寥落""寂寞""白头""闲坐"，既描绘情景，又渲染烘托氛围，尤见功力。

生 春

《生春》，顾名思义，即春天的产生。题下原注："丁酉岁。凡二十章。"这首诗为第十一首。元稹生于唐代宗大历十四年(779)，白居易是年八岁。"丁酉岁"，为元和十二年(817)，元稹任通州司马，是年三十九岁。

何处生春早？春生鸟思中。
鹊巢移旧岁，鹘羽旋高风。
鸿雁惊沙暖，鸳鸯爱水融。
最怜双翡翠，飞入小梅丛。

何处生春早？春生鸟思中——首联从一问一答领起，春天从何处生？春天从鸟类引起的遐想中产生。春天是鸟类孵雏繁殖的时节，"春生鸟思中"，不是吗？你看诗中提到的喜鹊、鸢（即鸢，鹞鹰）、鸿雁、鸳鸯、翡翠，寒冬过后，春回大地，鸟儿又充满了活力，在那里欢快地鸣叫、嬉闹、飞翔……春天来了，春光明媚，春风拂柳，春意盎然，真是"春生者繁华"……

鹊巢移旧岁，鸢羽旋高风——颔联写鹊、鸢。古人认为，喜鹊是灵鹊，能够预知当年的风雨晴阴，从而改变自己窝巢的位置。古籍多有记述："夫鹊，先识岁之多风也，去高木而巢扶枝。"（《淮南子·人间训》）"鹊巢和岁次。"（《旧唐书·五行志》）所以说"鹊巢移旧岁"。"鸢羽旋高风"则描写鹞鹰（鸢）春日脱毛换羽，既写出了鸟类春来羽毛刷新，又写出了春来鸟儿凭风拂羽，一派春光的欢闹！

鸿雁惊沙暖，鸳鸯爱水融——颈联写鸿雁、鸳鸯。因为天气转暖、日光和煦，鸿雁落沙滩，惊喜黄沙变暖；鸳鸯双戏水，喜爱水波升温。不禁使人想起了"春江水暖鸭先知"的千古名句。

最怜双翡翠，飞入小梅丛——尾联写翡翠。翡翠，即"翠雀"。我国常见的有"蓝翡翠""白脑翡翠"等。翡翠是各种翠鸟的通称。常见于树木丛林之中，食昆虫、螃蟹等。分布于华南一带，羽毛是名贵的装饰品。怜：爱慕、喜爱。结以"飞入小梅丛"。

题作《生春》，意即春天的产生，春天从何处生？回答是"春生鸟思中"。问题提得突兀、提得绝妙、提得令人茫然。回答则平实而奇妙，使人信服。

历代咏春的诗作很多，传递春的消息的名句不胜枚举。如：

春风又绿江南岸（北宋·王安石）

春水初生乳燕飞（唐·李贺）

春江水暖鸭先知（北宋·苏轼）

春山一路鸟空啼（唐·李华）

春色满园关不住（南宋·叶绍翁）

春鸠鸣野树（唐·李德裕）

春风花草香（唐·杜甫）

春色方盈野（北周·庾信）

春风吹又生（唐·白居易）

春静晓风微（唐·元稹）

然而"春无踪迹谁知"？宋人黄庭坚问得好，他在其词[清平乐]中回答说："除非问取黄鹂。"但接着又说："百啭无人能解，因风飞过蔷薇。"

元稹这首诗"何处生春早？春生鸟思中"的问答，别出心裁，别具机杼，别开生面，别有一番情味在诗中。诗的后六句连写春天的鹊、鸢、鸿雁、鸳鸯、翡翠五种鸟的不同习性和动作，具体描摹了"春生鸟思中"。它们经过寒冬，现在都仿佛苏醒了，在那里欢快地嬉戏、鸣唱、飞舞、翱翔……鸟儿，装点着春的原野，装点着春的树林，装点着春的蓝天，装点着春的山河，使春天充满了生命的活力。这些飞行的使者年复一年地传递着春的消息，逗引着人类无限美好的情思！

菊　花

菊花，系多年生草本植物。卵形叶，有柄，叶边缘有锯齿。观赏花卉，有的品种可入药。历代咏菊诗很多，如《楚辞·九章·惜诵》："播江离与滋菊兮，愿春日以为糗芳。"东晋·陶潜《归去来兮辞》："三径就荒，松菊犹存。"南朝·梁王筠《摘园菊赠谢仆射举》："菊花偏可憙，碧叶媚金英。"南朝·陈江总《于长安归还扬州九月九日行微山亭赋韵》："故乡篱下菊，今日几花开？"唐·孟浩然《过故人庄》："待到重阳日，还来就菊花。"唐·黄巢《题菊花》："飒飒西风满院栽，蕊寒香冷蝶难来。"宋·戴复古《九日》："醉来风帽半欹斜，几度他乡对菊花。"南宋·严粲《闰九》："前月登高去，犹嫌菊未黄。"明·鲁渊《重九》："蓬鬓转添今日白，菊花犹似去年黄。"菊花，又称黄花。明·王翃《客中九日》："黄花应笑关山客，每岁登高在异乡。"至于陶潜《饮酒》："采菊东篱下，悠然见南山"，更是妇孺皆知的名句。

另外在词曲小说中写菊花的也不乏其例，试各举一例如下：宋·李清照[鹧鸪天]词："梅定妒，菊应羞，画栏开处冠中秋。"元·白朴[越调·天净沙]《秋》："青山绿水，白草红叶黄花。"清·沈复《浮生六记·闺房记乐》："吾母亦欣然来观，持螯对菊，赏玩竟日。"

菊花种植历史悠久，战国时《山海经》中就有"女儿之山，其草多菊"的记载。西汉时编选的《礼记》中有"季秋之月，菊有黄华"之说。以后历代都重视种植，到宋代出现了专著《菊谱》。菊花，有"傲霜"之誉，以其孤标劲节而为人所爱。它虽无牡丹的富丽、兰花的名贵，但一直为人们所偏爱，如上述"咏菊"之作，或赞美其坚韧的品格，或欣赏其高洁的气节。而元稹这首诗却立意新颖，别具一格，道出了爱菊的原因。

秋丛绕舍似陶家,遍绕篱边日渐斜。
不是花中偏爱菊,此花开尽更无花。

秋丛绕舍似陶家,遍绕篱边日渐斜——这两句没有正面写菊花"气为凌秋健,香缘饮霜清"(明李梦阳)凌霜斗艳的品格,也没有写菊花"仙人披雪氅,素女厌红妆"(唐刘禹锡)金钩挂月的形貌,而是用一个巧妙的比喻——"秋丛绕舍似陶家"淡淡一笔,勾勒出一幅丛丛菊花满院绕屋盛开,好似到了陶渊明家的画图。如此美好的景象怎能不令人流连忘返、陶醉其中?所以才"遍绕篱边日渐斜"。因为被淡雅的菊花所吸引,绕来绕去,入迷观赏,"日"已斜夕阳西下,都不知道。秋丛:一丛一丛的秋菊。陶家:陶渊明家。东晋陶渊明最爱菊花,其家遍植菊花,有"采菊东篱下,悠然见南山"(《饮酒》),久布人口,传诵不衰。"遍绕""日斜",情真景切,人物涌动,渲染出诗人种菊、艺菊、赏菊、爱菊的环境氛围。

不是花中偏爱菊,此花开尽更无花——这两句写诗人如痴如迷地偏爱菊花的原因。"不是花中偏爱菊,此花开尽更无花"(《能改斋漫录》作"不是花中唯爱菊,此花开后更无花"),说明之所以爱菊的缘由。菊花耐寒,"待到秋来九月八,我花开后百花杀"(唐黄巢)。深秋霜煞,百花尽凋零,菊花自然得天独厚为人所珍爱。诗人把握这一自然现象的深微道理,回答了爱菊的原因。看似一首小诗,一个平凡的题材,诗人却能在寻常之中发掘出非凡的诗意和哲理,开拓出幽美的意蕴和境界,给读者以巨大的艺术感染。

就一般艺术特点而言,构思巧妙,立意新颖,朴实自然,别具一格,含蓄深沉,不落常套。前两句写赏菊实景,渲染铺垫;第三句笔锋转换,跌宕有致,结尾奇妙收煞。既赞美了菊花历尽风霜而后凋的坚贞品格,又表达了诗人特殊的爱慕之情。境界既隽美,艺术感染力又强烈,以不蹈常袭故而久传不衰。

菊花为文人墨客所青睐,历代咏菊之作很多,然而爱菊、赏菊的原因却不尽相同。有的爱菊的清新、俊秀、艳而不妖,如"分黄俱笑日,含翠共摇风"(唐·骆宾王《菊》),写三秋之际菊花对日盛开、迎风摇绿;"霜间开紫蒂,露下发金英"(唐·陈叔达《咏菊》),写霜露之下菊花紫蒂茁壮、金英怒放。有的爱菊的傲霜立雪、宁折不弯,如"灵菊植幽崖,擢颖凌寒飙"(晋·袁山松《菊》),写菊花冒寒飙发繁荣滋长;"宁可枝头抱香死,何曾吹落北风中"(宋·郑思肖《画菊》),写菊花迎北风傲然独立。有的爱菊的陶情励志、延年益寿,如"古来鹤发翁,飧英饮其水"(宋·苏洵诗句),写菊花的延年益寿作用;"欲知却老延龄药,百草开时始见花"(宋·欧阳修诗句),写菊花的祛病清热之效。其他如"朝饮木兰之坠露兮,夕餐秋菊之落英"(屈原),"冲天香阵透长安,满城尽带黄金甲"(黄巢),"零落黄金蕊,虽枯不改香"(梅尧臣),"不随群芳出,能后百花荣"(李梦阳),"蓬鬓转添今日白,菊花犹似去年黄"(鲁渊),"黄花应笑关山客,每岁登高在异乡"(王翃)……评判菊花品貌的诗篇不绝于今。而这些诗篇格调不同,旨趣不同,手法不同,角度不同,"或取其形,或取其质,或取其貌,或取其姿",或借以寄志,或借以喻事,或借以抒情,或借以咏物,千姿百态,丰富多彩。

菊花之美,那"飘洒清雅,华润多姿"是外观表现;而"擢颖凌寒飙","秋霜不改条"经历风霜侵凌的顽强生命力和"能后百花荣"的品格特征,才是元稹这首诗要表现的。同样表现这一品格特征,元稹的《菊花》既不同于黄巢《题菊花》("飒飒西风满院栽")采用"移情"手法,把个人的情感完全融注入菊花之中,使菊花与诗人融为一体,"出乎其神,物我合一";也有异于李梦阳《菊花》("不随群草出,能后百花荣")站在第三者旁观的角度,毕象尽理、不乏警策,却缺乏"弦外音,诗外味",失之于"涉呆"(清·周济《蕙风诗话》)直露。

总之元稹这首诗,无论是赞美菊花的"能后百花荣",还是"露下发金英",抑或二者皆有之,甚至由此而想到暮年之人……寓意很深,含蓄不露。先渲染爱菊之情,再道出爱菊之由。前两句景,后两句情,景中有情,情中有景,物我兼叙,花人一体,描写外意毕象,表达内情尽现。不同李诗的沉郁而直露,有别黄诗的刚劲而洒脱,相比之下,元稹诗则清丽而蕴藉,构思精巧,词语不俗,意味隽永;在用词上,连用两个"绕"字,三个"花"字,绝无堆砌赘疣之失,反添韵律优美之感,堪称咏菊佳作。

智度师二首

　　智度禅师原来是一位非常勇敢的兵卒,在平定安史之乱中立过战功,因为后来没有得到应有的报酬,便出了家。第一首写对四十年从军生活的追怀,以及对今昔对比而产生的感慨。第二首写昔日、今日之不同。

　　四十年前马上飞,功名藏尽拥禅衣。
　　石榴园下擒生处,独自闲行独自归。

三陷思明三突围,铁衣抛尽衲禅衣。
天津桥上无人识,闲凭栏干望落晖。

四十年前马上飞,功名藏尽拥禅衣——首句回忆四十年前的戎马生涯,骑着马英勇杀敌,简直像飞一样。活现了一位同敌人拼命厮杀的马上健儿形象。次句说后来他将战功全部掩藏起来,改换禅装,当了和尚,是位隐姓埋名的有功将士。

石榴园下擒生处,独自闲行独自归——上句同首句呼应,下句与次句呼应。石榴园原是他昔日捉生的地方,而今却成了他独自一个人散步的地方。擒生:古本作"禽生",在"擒获"意上,近于今之抓舌头。

三陷思明三突围,铁衣抛尽衲禅衣——首句写昔日平定安史之敌,英勇无畏。第二句写由昔日铁衣铠甲换上今日的僧衣袈裟。战场上曾经三次陷入史思明的包围,三次突破敌军包围,立下战功,用此一具体事实,喻示智度禅师的勇敢、坚强,说明战争的激烈。衲:《元稹集》作"纳"。古"纳""衲"相通。

天津桥上无人识,闲凭栏干望落晖——但是他并没有得到朝廷的论功行赏,反而戎衣换僧衣,这么巨大的变化恐怕是他始料未及的。今天他站在天津桥上,谁又认识他呢?谁又知道他的赫赫战功呢?只有闲靠桥上的栏杆,眼看夕阳西下、落晖满天了!天津桥:在今洛阳西南洛水上。读到这里,不禁使人想起多少历史上的民族英雄的结局。

历史何其相似乃尔!像智度师这样的有功将士,战场上"四十年前马上飞""三陷思明三突围"的英勇无畏、可歌可泣,得到的是什么?是"独自闲行独自归",是"天津桥上无人识,闲凭栏干望落晖"。两用"独自",两用"闲","无人识""望落晖",写尽孤独、凄凉。一个为朝廷冲锋陷阵、出生入死的将士如此结局,是不能不令人同情的!那"孤臣霜发""孤愤难申"的凄凉晚景历历如在目前。

在艺术手法上,人物昔日战场上的英姿勃勃、勇武有为,同今日禅房中凄凉孤独、百无聊赖,对照强烈。"三陷""三突围",他在战场上勇敢杀敌、战功卓著,不言而喻;"无人识""闲凭栏杆望落晖",他在天津桥孤影自吊、落日感伤,形神兼备!

结二句感慨遥深,令人唏嘘不已。清·黄景仁《癸巳除夕偶成》绝句中"悄立市桥人不识,一星如月看多时"即从此二句诗化出,被人推为名句。

宋·赵与时《宾退录》卷四引陶穀《五代乱纪》云:黄巢遁免后祝发为浮图,有诗曰:"三十年前草上飞,铁衣着尽着僧衣。天津桥上无人问,独倚危栏看落晖。"

指出："近世王仲言亦信之，笔于《挥麈录》，殊不知此乃以元微之《智度师》诗窜易磔裂，合二为一。"特作辨正。

西明寺牡丹

《全唐诗》卷四百十一首篇题下自注："此后并校书郎已前诗。"元稹于贞元十九年(803)春授校书郎。前一年，元稹与白居易、李复礼、崔玄亮及王起等同时及第。是年(802)，诗人二十四岁。

西明寺，寺名。牡丹，国色天香，芳艳绝美，被人们视为花中珍品，素有"百花王"之称。我国种植牡丹历史悠久，越中(今浙江绍兴一带)梵宇道宫、池台水榭无不植牡丹；洛阳更是牡丹天下第一，传说武则天诏游后苑，百花俱放，争奇斗艳，唯有牡丹迟迟未开，即被贬于洛阳，故至今洛阳牡丹冠天下。据《群芳谱》记载，牡丹品种很多，有一百二三十种。

　　　　花向琉璃地上生，光风炫转紫云英。
　　　　自从天女盘中见，直至今朝眼更明。

花向琉璃地上生，光风炫转紫云英——称碧玉般的牡丹从地上生长起来，紫色的牡丹花在明媚的风光中色彩鲜丽。琉璃：诗文中经常以之形容晶莹碧透之物。光风：风收日出时的和风，也指月光映照之下的和风。炫转(zhuàn)：光彩转动。元稹《连昌宫词》中有"楼上楼前尽朱翠，炫转荧煌照天地"。紫云英：牡丹花名。

自从天女盘中见，直至今朝眼更明——天女：天上神女。见(xiàn)：现的古字，显现。今朝(zhāo)：今晨；今日。眼更明：眼力更好，看得更清。

历代诗人咏牡丹诗很多，有唐一代，洛阳牡丹甲天下，越中处处植牡丹，成为著名的观赏花卉。古称之曰芍药，后以木芍药称牡丹。唐开元中盛于长安，宋以中州洛阳为冠，蜀则以天彭为冠。唐·韦绚《刘宾客嘉话录》、宋·陆游《天彭牡丹谱·花品序》、宋·高承《事物纪原·草木花果·牡丹》、明·李时珍《本草纲目·草三·牡丹》都有记载，群花品中牡丹为冠，芍药为亚，世谓牡丹为花王、芍药为花相。故欧阳修在《牡丹序》中称"天下真花，独牡丹耳"。

我国自古以来就种植牡丹，人们爱观赏牡丹，诗人爱吟咏牡丹。"唯有牡丹真国色,花开时节动京城"(刘禹锡诗句)。在当时,无论是长安,还是洛阳,牡丹盛开时节,人们不分亲疏争相观赏。诗人从不同角度赞赏品评牡丹。

"春来谁做韶华主,总领群芳是牡丹"。牡丹居群芳之首,诗人往往望而却笔。在王维笔下"绿艳闲且静,红衣浅复深。花心愁欲断,春色岂知心"的红牡丹,形神兼备,清致淡雅,却有些萎弱少骨气。欧阳修笔下"蟾精雪魂朵云菱,春入香腴一夜开。宿露枝头藏玉玦,暖风庭面倒银杯"的白牡丹,绘形绘色,粹容涵映,然而意犹未尽其妙。李白的奉诏诗"一枝红艳露凝香,云雨巫山枉断肠。借问汉宫谁得似?可怜飞燕倚新妆",为唐玄宗、杨贵妃观赏牡丹花而作,巧用典故,以实笔点缀,以虚笔渲染,把天然绝色的牡丹描摹得玲珑剔透、极富神韵,借咏牡丹来赞美杨贵妃"风流旖旎,绝世丰神",丝毫不露痕迹。女诗人薛涛连用巫山神女、桃花源典故,表现对牡丹的眷恋思念,笔触细腻婉曲,感情跌宕起伏,馀韵无穷。诗人李商隐以牡丹因受风雨摧残,心伤泪迸,隐喻个人身遭摧残的惆怅情怀,寓意明显。诗人白居易的《牡丹芳》之歌,洋洋洒洒二百多字,描绘牡丹的形态神韵,极尽渲染烘托之能事。在诗的国度里,咏牡丹之诗琳琅满目,比之于洛阳牡丹园的牡丹花,更令人赏心悦目、凝神彻骨,"若教解语应倾国,任是无情亦动人"!

梁州梦

"梁州",古九州之一。《书·禹贡》:"华阳黑水惟梁州。"孔传:"东据华山之南,西距黑水。"即今四川省及陕西省一部分。元和四年(809),元稹以监察御史出使东川时途中所写。白行简《三梦记》题作《纪梦诗》。

题下原注:"是夜宿汉川驿。梦与杓直、乐天同游曲江,兼入慈恩寺诸院。倏然而寤,则递乘及阶,邮吏已传呼报晓矣。"杓直,李建字。此诗为纪梦之作。

梦君同绕曲江头,也向慈恩院院游。
亭吏呼人排去马,忽惊身在古梁州。

解诗首先要了解这首诗的来龙去脉。白行简《三梦记》记述:"元和四年,河南元微之为监察御史,奉使剑外。去逾旬,予与仲兄乐天,陇西李杓直同游曲江。诣慈恩佛舍,遍历僧院,淹留移时……命酒对酬,甚欢畅。兄停杯久之,曰:'微之当达梁矣。'命题一篇于屋壁。其词曰:'春来无计破春愁,醉折花枝作酒筹。忽忆故人天际去,计程今日到梁州。'实二十一日也。十许日,会梁州使适至,获微之书一函,后寄《纪梦诗》一篇,其词曰:'梦君兄弟曲江头……'日月与游寺题诗日月率同。盖所谓此有所为而彼梦之者矣。"白居易亦适于同日梦见元稹,寄诗相忆,传为文坛佳话。

梦君同绕曲江头——写自己梦中同杓直、乐天游览曲江。好友聚首,相携共游,其乐可知!然而,游罢曲江,兴犹未尽,便引出第二句"也向慈恩院院游"。君:指青年挚友李杓直、白乐天。曲江:在长安区东南。曲江池在当时就是很著名的风景名胜区,是文人墨客、亲朋好友、官僚贵胄及青年男女乐于游赏之地。白行简《三梦记》作"梦君兄弟曲江头"。

也向慈恩院院游——写梦中游罢曲江,又一起游慈恩寺各院。慈恩寺也是曲江著名风景名胜之一,如今的大雁塔(那时叫慈恩塔),就坐落在慈恩寺院内。慈恩寺是贞观二十年(646),唐高宗在春宫时为其母文德皇后祈福,在隋无漏寺故址所建之寺,故曰慈恩寺。这里不仅是一座寺院,更是弘法参禅和翻译佛经的中心,同时还是朝廷科举考试,进士金榜题名(于慈恩塔)的地方。因而文人学士乐于到此游赏、登临。一句写"同绕",一句写"也向";一句言"曲江头",一句言"院院游",上下对应,足见挚友们游兴之浓、兴致之高,有说不尽的话题,道不尽的心事。梦寐中"友情难分",而在实际中元白诸友确实是同舟共济、患难与共的!

亭吏呼人排去马,忽惊身在古梁州——"亭吏呼人排去马"一作"亭吏唤人排马去"。诗人梦中正与朋友游赏之际,谈兴正浓之时,由于亭吏传呼而醒来了,要侍奉诗人出发,这才猛然惊觉,自己早已离开了京城,离开了朋友,到了古梁州之地。而且要离开古梁州继续远行,离朋友会越来越远。但诗人并没有这样去写,写到"忽惊身在古梁州"就戛然而止。后事如何,就只有让读者去思考了。

这首诗前两句写梦境,后两句写梦醒。梦境中写与友人游曲江池、游慈恩寺的欢乐喜悦。元稹同李杓直、白乐天游赏是在梦中,以梦游再现生活的真实。元白于同日都梦见对方,并相互寄诗相忆。这一文坛佳话使人不禁想起"初唐四杰"中青年诗人王勃的名句"海内存知己,天涯若比邻",这两句诗之所以成为友谊的代名词,是由于它写出了"人可远离,友情难分"的深意。

在布局结构上,这首诗的主要特点是"布置得法,情味调度,胜白寄作"(《唐人万首绝句选》评)。前两句写梦境,情调欢乐,兴致浓烈;后两句以突然梦醒,笔锋转折,收结于"官差不自由"的宦游之苦,蕴含着诗人怅然若失的情态。正因为如此,所以使人读来备感亲切,也备受感动。说它"胜白(乐天)寄作",在这点上是有道理的,也是毋庸置疑的。

江楼月

《全唐诗》卷四百十二《使东川》题下自注:"此后并御史时作。"故知《江楼月》系元和四年(809)三月任东川监察御史后,在东川作。

《江楼月》题下原注:"嘉川驿望月,忆杓直、乐天、知退、拒非、顺之数贤,居近曲江,闲夜多同步月。"杓直,李建字。题下原注说明,这首诗写嘉川驿望月,并回忆与诸贤在曲江闲夜步月。

> 嘉陵江岸驿楼中,江在楼前月在空。
> 月色满床兼满地,江声如鼓复如风。
> 诚知远近皆三五,但恐阴晴有异同。
> 万一帝乡还洁白,几人潜傍杏园东。

嘉陵江岸驿楼中,江在楼前月在空——嘉陵江:长江上游支流,在四川省东部。发源于陕西凤县嘉陵谷,到重庆市入长江。上游水急多滩,下游形成嘉陵江小三峡(即沥鼻、温塘、观音)。驿楼:嘉川驿驿楼。唐·张说《深渡驿》:"猿响寒岩树,萤飞古驿楼。"诗中指剑南东川(简称"东川"),唐时方镇之一,至德二载置,治梓州(今三台)。辖十二州,剑阁、青川县属之。地当四川盆地中部涪江流域以西、沱江下游流域以东。江在楼前月在空:照应题目。首联交代了地点、时间。

月色满床兼满地,江声如鼓复如风——颔联首句由江楼明月当空,写到月光照在床上和屋内地上。第二句是由视觉转向听觉,听到江流奔腾咆哮的声音。如鼓复如风:夜深江流之声如鼓声又如风声。不身临其境很难体会和描摹那奇特的声音。亦所谓"震地江声似鼓声"(《夜深行》)。

诚知远近皆三五,但恐阴晴有异同——诚:副词。果真;确实。三五:本谓十五天。后指农历每月的十五日,即"三五明月夜""三五明月满"。阴晴:本指向阳和背阴。诗中指阴天和晴天。颈联似写景,实际上是比喻得志与失意。

万一帝乡还洁白,几人潜傍杏园东——尾联发出疑问。万一:诗中作连词。表示可能性很小的假设。帝乡:京城,京都;皇帝居住之地。杜甫《承闻河北诸道节度入朝欢喜口号》:"衣冠是日朝天子,草奏何时入帝乡。"洁白:一作"皎洁"。纯净清白。潜：隐藏，隐避。引申作暗地里偷偷地、秘密地。傍：依傍，接近。杏园：园名。故址在今陕西西安市郊大雁塔南。唐代皇帝向新科进士赐宴的地方。贾岛《下第》诗："下第只空囊，如何住帝乡。杏园啼百舌，谁醉在花傍？"后泛指新科进士游宴之处。

元稹在其《使东川》并序题下自注："此后并御史时作。"序云："元和四年三月七日，予以监察御史使东川，往来鞍马间，赋诗凡三十二章。秘书省校书郎白行简，为予手写为东川卷，今所录者，但七言绝句长句耳。起《洛口驿》，尽《望驿台》二十二首云。"三十二章中《洛口驿》二十二首均系七言绝句长句。《江楼月》即其中一首。同其中《洛口驿二首》《嘉陵驿二首》《嘉陵江二首》《西县驿》《望喜驿》《望驿台》等，无不是围绕驿站、驿亭、驿楼、驿台来写。除上述诗题中提及的驿站外，在诗及诗注中还提到褒城驿、汉川驿、嘉川驿、白马驿、青山驿。同时多数诗写江水，写明月，同驿站、同江水、同明月结下不解之缘。表面看似写景，其实个中"尽日无人共言语""怅望山邮是事同""忽惊身在古梁州""何事远来江上行""今夜听时在何处""无人会得此时意""何事临江一破颜"以及"可怜如练绕明窗""可怜春尽未还家""可怜三月三旬足"……是惊叹，是质问，是抑郁，是乞怜？诗中充满了矛盾！

《江楼月》看似写驿楼江上明月，驿楼面江，明月当空，月色满床，涛声似鼓，江声如风。普天之下，无论远近，同是"三五明月夜"，诗人却害怕"阴晴有异同"！尤其是尾联的抑郁与担忧，正是诗人在政治斗争漩涡中忧谗畏讥心情的流露与反映！

酬孝甫见赠十首（其二）

酬：同"醻"，亦作"酧"。酬对，赠答。孝甫，一作"李甫"。《全唐诗》无孝甫赠诗。见赠：即赠送给我，赠送于我。

题下原注："各酬本意，次用旧韵。"次用旧韵，犹"次韵"。又称"步韵"。即依次用所和所赠诗中的韵做诗，或称"步原韵"。一般认为次韵始于元白"元和体"。元稹《酬乐天馀思不尽加为六韵之作》："次韵千言曾报答，直词三道共经纶。"原注："乐天曾寄予千字律诗数首，予皆次用本韵酬和，后来遂以成风耳。"元稹《和东川李相公慈竹十二韵》题下原注"次本韵"，《酬东川李相公十六韵》题下原注"次用本韵"，《元稹集》《白居易集》中比比皆是。其实，"次韵"之始，早在唐代之前即存在,譬如南北朝之际,"杨衒之《洛阳伽蓝记》载王肃入魏,舍江南故妻谢氏,而取元魏帝女,故其妻赠之诗曰:'本为簿上蚕,今为机上丝。得路遂腾去,颇忆缠绵时。'继室代答,亦用丝、时两韵。是次韵非始元白也。"(明焦竑《焦氏笔乘·次韵非始唐人》)"次韵"不始于元白,而明确提出"次韵"似可归功于元白。

杜甫天材颇绝伦,每寻诗卷似情亲。
怜渠直道当时语,不著心源傍古人。

杜甫天材颇绝伦,每寻诗卷似情亲——元稹对杜甫十分仰慕和推重。天材:天才。《礼记·月令》"带以弓韣,援以弓矢",郑玄注引《王居明堂礼》曰:"带以弓韣,礼之祺下,其子必得天材。"绝伦:无与伦比。杜甫《丽人行》:"炙手可热势绝伦,慎莫近前丞相嗔。"寻:犹寻求;探究。诗卷(juàn):诗集。杜甫《送孔巢父谢病归游江东兼呈李白》:"诗卷长留天地间,钓竿欲拂珊瑚树。"情亲:本指亲人。诗中似指感情亲切。杜甫《梦李白》:"三夜频梦君,情亲见君意。"

怜渠直道当时语,不著心源傍古人——怜:犹爱,爱慕,喜爱。渠:他。直道:直道而行。诗中指正道行事,直述时事,含直言不讳之意。似指杜甫《三吏》《三别》《兵车行》《丽人行》诸诗。唐·吕岩[促拍满路花]词:"是非海里,直道作人难。"当时:那个时刻;那时。语:古代对人主动说话叫"言",谈论事物或者回答别人的问话叫"语"。在语法修辞上,"语"既可带交谈的对方(如"吾语女"),又能带指事物的宾语,还可带双宾语(如"公语之故")。"告诉"义也是"语"独具的。不著:不用,无须。诗中意犹不执著,无挂碍。心源:犹心性。佛家视心为万法之源,故称"心源"。元稹在另一首诗中有"心源虽了了,尘世苦憧憧"(《度门寺》),与本诗意思相同。傍:依傍。靠近;贴近。古人:古代的人。韩愈《复志赋》:"考古人之所佩兮,阅时俗之所服。"

历代对这首诗评价很高。

清人冯班《钝吟杂录》:"杜陵云:'读书破万卷,下笔如有神。'近日钟(惺)、谭(元春)之药石也。元微之云:'怜渠直道当时语……'王(世贞)、李(攀龙)之药石也。"药石,本药剂与砭石,泛指药物。诗中喻规诫。

《唐人绝句精华》云:"此与孝甫论诗也。"元稹对杜甫极其倾仰。"怜渠"二句"颇能道出杜甫于诗有创新之功,但杜之创新实从继承古人而变化之者。元微之'不著心源傍古人',言其不一味依傍古人,但绝非轻视古人,与杜子美'不薄今人爱古人'(《戏为六绝句》)之旨无妨也。"正所谓旨趣相一致。

钱锺书先生《谈艺录》对后两句有详细准确的诠释:"按微之《酬孝甫见赠》称少陵诗云:'怜渠直道当时语……'或有引此语以说随园(袁枚)宗旨者,未确切。微之《乐府古题序》曰:'自风雅至于乐流,莫非讽兴当时之事,以贻后代之人。沿袭古题,唱和重复。于文或有短长,于义咸为赘剩,尚不如寓意古题,刺美见事,犹有诗人引古以讽之义焉。近代唯诗人杜甫《悲陈陶》《哀江头》《兵车》《丽人》等,凡所歌行,率皆即事名篇,无复倚傍。予少时与友人乐天、李公垂(绅)辈,谓是为当,遂不复拟赋古题。'又《和李校书新题乐府序》曰:'世理则词直,世忌则词隐。予遭理世而君盛圣,故直其词。'据此二节,则直道时语、不傍古人者,指新乐府而言,乃不用比兴、不事婉娈之意,非泛谓作诗不事仿古也。"洵为后两句之的解。

早春寻李校书

早春:初春。即李涉《过招隐寺》所谓"每忆中林访惠持,今来正遇早春时"。校书:校书郎。古代掌校理典籍的官员。汉有校书郎中,三国魏始设秘书校书郎。隋唐属秘书省,司校勘宫中所藏典籍诸事。

款款春风澹澹云,柳枝低作翠栊裙。
梅含鸡舌兼红气,江弄琼花散绿纹。
带雾山莺啼尚小,穿沙芦笋叶才分。
今朝何事偏相觅?撩乱芳情最是君。

款款春风澹澹云,柳枝低作翠栊裙——起句写早春清晨晏起。款款:亦作"欵欵"。徐缓的样子。澹澹:飘拂;荡漾貌。诗中作颜色浅淡。低:垂。翠:青绿色。王勃《滕王阁序》:"层峦耸翠,上出重霄;飞阁流丹,下临无地。"栊:一作"祦",梳理,同"拢"。

梅含鸡舌兼红气,江弄琼花散绿纹——鸡舌:即"鸡舌香""丁香"。简作"鸡舌""鸡香"。古代尚书上殿向皇帝奏事,口含此香。据《初学记》记述:"尚书郎含鸡舌香伏奏事,黄门郎对揖跪受,故称尚书郎怀香握兰,趋走丹墀。"琼花:一种珍贵的花。其"叶柔而莹泽,花色微黄而有香。宋淳熙以后,多为聚八仙(八仙花)

接木移植。"宋人宋敏求《春明退朝录》卷下载:"扬州后土庙有琼花一株,或云自唐所植,即李卫公所谓玉蕊花也。"

带雾山莺啼尚小,穿沙芦笋叶才分——啼:本指"痛哭"。引申为鸣、叫。杜甫《江畔独步寻花绝句》:"留连戏蝶时时舞,自在娇莺恰恰啼。"尚:还。小:一作"少"。才:副词。刚刚、刚才。

今朝何事偏相觅？撩乱芳情最是君——今朝(zhāo):今日早晨。《说文》:"朝,旦也。"《尔雅·释诂》:"朝,早也。"觅:寻找,寻觅。撩乱:纷乱；杂乱。芳情:春意,春的气息。元稹《春六十韵》:"撩摘芳情遍,搜求好处终。"最:副词。表示超过所有同类的人。

《早春寻李校书》前四句写早春景象,后四句写寻李校书。正如《贯华堂选批唐才子诗》所说:"前解("款款春风澹澹云"四句)写早春。此解虽写早春,然只起句是清朝晏起,已下二、三、四句,一路推窗看柳。巡檐嗅梅,出门观江,便是渐渐行出高斋,闲闲漫寻江岸,一头虽是赏心寓目,一头已是随步访人也。逐句细玩之。后解("带雾山莺啼尚小"四句)写寻李校书。五、六句又写早春,正是独取'尚小''才分'字,言一时春物,绝无足以撩乱我心者,然则今日之寻,乃是得以为君,而君不可不知也。"贯华堂此解既恰如其分,又确切真实!

有人批评此诗"轻艳"。而《唐诗评选》则驳论曰:"必欲抹此以轻艳,则《三百篇》之可删者多矣。但不犯梁家宫体(齐梁宫体),愿皋比先生勿易由言也。"又批评"轻艳"论者即所谓"坐虎皮讲学"的"皋比"学究先生,要他们不要轻易说话!

岳阳楼

岳阳楼,原为湖南省岳阳市西门古城楼。相传三国吴鲁肃在此建阅兵台,唐开元四年(716)中书令张说谪守巴陵(即今岳阳市)时在旧阅兵台上建此楼。主楼三层,"西面洞庭,左顾君山",雄伟壮观,碧波连天,登楼远眺,遥望君山,八百里洞庭尽收眼底,为著名的风景名胜。唐代著名诗人李白、杜甫、白居易、李商隐等都有咏岳阳楼诗。到宋庆历五年(1045)滕子京守巴陵时重修,范仲淹为撰《岳阳楼记》,名益彰。其后迭有兴废,屡次整修。

这首诗是诗人作为潭守的从事侍宴陪游时所作,颇带失意之感。

岳阳楼上日衔窗，影到深潭赤玉幢。
怅望残春万般意，满棂湖水入西江。

新解

岳阳楼上日衔窗——首句即直截了当地点题，交代了地点、时间，正是太阳映照在楼窗上时。日衔窗：形象鲜明、生动。

影到深潭赤玉幢——诗人想象到楼影映湖面，一片赤红，倒影一定映印在洞庭湖龙王的水晶宫上。玉幢：即玉楼，古指神仙所居之处。读到此句，使人不禁想到《柳毅传》的传奇故事，《柳毅传》的作者与元稹同时，所以有的论者以为这首诗"说不定是最早涉及龙女故事的一首诗"。

怅望残春万般意——一语双关。"怅望""残春"深富惆怅、失意的抑郁情感。登楼观赏景致本为赏心乐事，诗人却生"怅"意，春尽仍然风和日丽，诗人却曰"残春"，于是方产生"万般意"，惜春之叹、人生抑郁失意之感，那诸种况味一齐涌上心头。

满棂湖水入西江——是写映入湖中的岳阳楼的窗棂，随着湖水流入长江。而实际上反映了诗人满腹忧愁、一腔谪意，何日何时才能如同湖水一样西入长江，得以解脱！大有范仲淹"岳阳楼上对君山"（《雨中登岳阳楼望君山》)的迁谪流放之感慨。

岳阳楼，与黄鹤楼、滕王阁为南方三大名楼，历代咏岳阳楼的诗作很多，无论迁客、骚人，"题之者众矣"，登临游览，莫不抒怀写志，各臻其意。

李白《与夏十二登岳阳楼》写时值遇赦，心情轻松，眼前景物，也觉得有情有义，同诗人一起分享着欢乐与喜悦。"情中含情，飘飘欲举"，通首俊爽，高意有致。杜甫《登岳阳楼》纵怀身世，浩然壮语，真情实景，凌厉百代，"气象宏放，涵蓄深远"，由于诗人晚年老病孤舟，漂泊无定，万里关山，兵荒马乱，登楼北望，不禁声泪俱下，充满身世飘零与家国多难之感。而元稹诗则独具一格，别有新意。所谓独具一格，其意有二，一者这位"元才子"，诗多善于艳情、悼亡，其他的诗常常或词伤于太烦，或意失于太尽，卑陋冗繁，"元轻白俗"几成定谳，而本诗拔出其伦，无此通病；二者本诗与诸家名篇相比，谓其"视角独特，别有意蕴"毫不过誉。其视角独特，表现在不像其他诗篇那样着力于岳阳楼的雄奇壮观之描写，而在写倒影深潭之壮观神奇，给读者以新颖独到之感。同他的《行宫》绝句一样，尽管只有四句，读来不觉其短，其艺术手法之妙，不言而喻。其别有意蕴，言其登楼观赏"醉翁之意不在酒"，不在登楼观景，在什么呢？在"前言景，后言情"，在借此表达诗人残春时节登楼"怅望"的抑郁情怀。也就是"万般意"所谓的个中"惜春""伤春"之情,以及人生彷徨失意之怀,只可意会不能言传!结句"满棂湖水入西江",表面看似景语,写倒映在湖水中的岳阳楼的雕花窗,随着湖水将汇入长江。有的论者认为其中似乎在表达诗人元稹一种内心的"满怀忧愁"的自白,盼望有一天也能像湖水一样西入长江!而巧妙的是,此次登楼观赏之后不久,元稹奉诏西归长安,颇有"春风得意""春风十里""春风无限""春尽有归日"之慨!这首诗视角独特、含蕴深沉,在历代咏岳阳楼的诸诗中洵为名篇。

桐孙诗并序

桐孙,即诗序中所谓"桐树上孙枝",桐树新生的嫩枝。唐周贺《赠神遘上人》有"草履蒲团山意存,坐看桐木长桐孙"。诗题下原注:"此后元和十年诏召入京,及通州司马以后诗。"诗序中说明本诗作于元和十年正月。

元和五年,予贬掾江陵。三月二十四日,宿曾峰馆。山月晓时,见桐花满地,因有八韵寄白翰林诗。当时草虙,未暇纪题。及今六年,诏许西归。去时桐树上孙枝已拱矣,予亦白须两茎,而苍然斑鬓,感念前事,因题旧诗,仍赋《桐孙诗》一绝,又不知几何年复来商山道中。元和十年正月题。

去日桐花半桐叶,别来桐树老桐孙。
城中过尽无穷事,白发满头归故园。

诗序说明写作本诗的来龙去脉。

元和五年,予贬掾江陵——元和五年:元和,唐宪宗年号。元和五年即公元810年。贬:贬谪。掾(yuàn):职官名。古代属官通称掾。江陵:天宝初改荆州置江陵郡。乾元元年(758),复为荆州。上元元年(760)又改荆州为江陵府。均治江陵县(今湖北江陵县)。

"三月二十四日"至"因有八韵寄白翰林诗"——曾峰馆:馆驿名。桐花:桐树的花。白居易《桐花》诗:"春令有常候,清明桐始发。何此巴峡中,桐花开十月?"八韵:八韵诗是唐代科举考试用的一种诗体。也叫"试帖诗"。格式要求很严格。起初是五言六韵，后来成为五言八韵。白翰林：白居易于元和二年(807)末，由集贤院召试，授翰林学士，故称。

"当时草蹙"至"诏许西归"——草蹙：即仓卒，匆忙。暇：闲暇，空闲。韩愈《与祠部陆员外书》："以其耕之暇，读书而为文。"诏：诏书。秦汉以来，专指皇帝的文书命令。所谓"命为'制'，令为'诏'"（《史记·秦始皇本纪》）。西归：当时诗人从事于唐州。元和十年春自唐州还长安，唐州在河南，故称从唐州回长安为西归。元稹当时写有《西归绝句十二首》。

"去时桐树上孙枝已拱矣"至"元和十年正月题"——去时：离开时。古代"去"字常用作及物动词，犹言离开某地。拱：犹言桐树上孙枝已长成两手合围那么粗了。两茎：言其白须已经开始长出。苍：灰白色。杜甫《洗兵行》："张公一生江海客，身长九尺须眉苍。"斑鬓：鬓毛斑白。指人年老。杜甫《壮游》："黑貂宁免敝，斑鬓兀称觞。"感念：感慨思念。赋：吟咏、创作诗歌。一绝：诗中指一首绝句。几何：犹多少，若干。几何年，多少年。《新唐书·李多祚传》："(张柬之)乃从容谓曰：'将军居北门几何？'曰：'三十年矣。'"复：再；又。商山：山名。在陕西省商县东。又名商坂、商岭、楚山、地肺山。山势险阻，景色幽胜。秦汉之际，四皓曾隐居此地，后谓之"商山四皓"。

去日桐花半桐叶，别来桐树老桐孙——去日：离开之日，离开之时。与曹操《短歌行》"对酒当歌，人生几何，譬如朝露，去日苦多"中作"已逝去的岁月"不同。半：犹言尚未长成的幼树。别来：分别、离别以来。老：老去；长大。与"幼"相对。写离开时的小桐树已长大，并长出嫩枝。

城中过尽无穷事，白发满头归故园——无穷：无尽。犹言很多的事。故园：旧家园。犹故乡、故里。骆宾王《晚憩田家》："唯有寒潭菊，独似故园花。"写自己做了很多很多事，如今年老了，要回归故乡。

元稹借写桐孙，"叹老嗟贫"。

诗虽通俗平易，然而无限嗟叹在言外。元和十年(815)，诗人不过37岁，谈何白发满头，叹甚树"老"桐孙！"城中过尽无穷事"，个中有多少酸甜苦辣，有几许坎坷沉浮!? 官场上的风云变幻，贬斥的反复折磨，才是事情症结之所在。元和十年(815)春，自唐州还长安，三月出任通州司马。元和十四年(819)自通州司马迁虢州长史，不久召还，授膳部员外郎。元和十五年(820)五月，为祠部郎中、知制诰。长庆元年(821)十月，又自中书舍人、翰林承旨学士拜工部侍郎。长庆二年(822)以工部侍郎同平章事。长庆三年(823)冬迁浙东观察使、越州刺史。大和二年(828)在浙东观察使任，加检校礼部尚书。翌年自越州征为尚书左丞。大和四年(830)代牛僧孺为武昌节度使,第二年(831)七月二十二日暴卒于武昌任所,年仅五十三岁。元稹在《桐花》诗中那"尔生不得所,我愿裁为琴。安置君王侧,调和元首音……"的愿望没有达到,《桐花落》"我爱看不已,君烦先睡著……今日竟相牵,思量偶然错"对桐花的感情仍然存在,但诗人并没有想到暴病而亡,过早地离开了人间,结束了生命。

西归绝句十二首（选二）

题解

《西归绝句》十二首是元和十年(815)春元稹自江陵从事于唐州还长安途中所作的一组诗。诗人于唐宪宗元和五年(810)被贬为江陵府(今湖北省江陵县)士曹参军,九年自江陵从事唐州(今河南唐河县),十年春即奉诏回京。

其 一

双堠频频减去程,渐知身得近京城。
春来爱有归乡梦,一半犹疑梦里行。

其 二

五年江头损容颜,今日春风到武关,
两纸京书临水读,小桃花树满商山。

其一写返京途中的感慨,似全诗的序诗,总题一笔。

双堠频频减去程,渐知身得近京城——写奉诏回长安,鞍马劳顿,过了一个又一个记里程的堠,离京城越来越近,这才渐渐感到一天一天走近长安了。堠(hòu):本为瞭望敌情的土堡,《北史·韦孝宽传》云:"先是路侧一里置一土堠。"一般五里为一堠,"五里单堠,十里双堠"。韩退之诗有"堆堆路傍堠,一双复一双"(《路傍堠》)。去:离开,古常用作及物动词,指离开某地。

春来爱有归乡梦,一半犹疑梦里行——写屡屡遭贬,离开京城,每每总有"归乡梦",如今真的奉诏回京,却还恍恍惚惚疑在梦中行。"春来"是实写,诗人的确是初春奉诏返回长安的。一半犹疑:半信半疑,将信将疑。诗人正直忠耿,一心为朝廷,反而连连遭受贬谪;如今奉诏回京,还是不敢完全相信,正所谓"深情人乃能作此语"(《唐贤小三昧集》)。

其二写返"京城"经过陕西商县途中之事。同时抒发了归途中捧读友人书信的喜悦兴奋心情。本首结句有"得复言、乐天书"小注,是知读信喜悦之举。

五年江头损容颜,今日春风到武关——首句忆昔日之愁苦。元和五年(810)元稹因为弹劾豪宦贪赃枉法,由监察御史朝官,被贬为职位卑微的地方小官——江陵府士曹参军。朝廷内黑暗腐败,人世间屈辱沉沦,又来到长江边,那风风雨雨、是是非非,使元稹身心交瘁,于是发出了"五年江头损容颜"的切身慨叹。对句笔锋陡变,写今日(元和十年被召回京)之欢喜。一句写贬谪江陵之忧,一句写返回长安之喜。那奉诏还长安,沿唐河、渡汉水、越武关(在商县东),溯丹河,水陆兼程,快马加鞭,正值春天,那喜出望外,在"今日春风到武关"七个字中写尽,于叙事中衬托出诗人的欣喜心情。

两纸京书临水读,小桃花树满商山——进而写途中收到长安来的两封信,捧读之后心情就更舒畅了。两纸:自注"得复言、乐天书"。小桃:陆放翁《老学庵笔记》:"及游成都,始识所谓小桃者,上元先后即著花,状似垂丝海棠。"商山:在商县东南方。结句不写人的欢乐心情,但说小桃花红,春满商山,更富诗情画意!

《西归绝句》中这两首诗,其一总题一笔,写足了诗人奉诏回京途中半信半疑、乍惊乍喜的神情和心态。诗人疑是"春来爱有归乡梦"的梦境,已经踏上归程,还疑信参半,怀疑自己在做梦,也只有身在其中,才能有这种"犹疑"的感觉;也只有具备这种"犹疑"之感觉的人,即"深情人","乃能作此语"。

在内容上,特别是第二首,奉诏回京,又在途中收到李复言、白居易的信,"君恩友情",交织心头,"临水"读信,形神毕具,似乎"清清流水,照见了诗人此时欣喜的神色;粼粼波光,映出了诗人此刻欢乐的心情"。诗中不著一字,那急切、激动、兴奋、喜悦的情状跃然纸上。"临水"二字无异于诗眼,既使全诗皆活,又使意境毕呈。诚如《诗境浅说续编》所概括的:"微之五年远役,归至武关,得书而喜,临水开缄细读,出入怀袖,奚止三周。前三句事已说尽,四句乃接写武关所见,晴翠商山,依然到眼,小桃红放,如含笑迎人。故乡云树,入归人之目,倍觉有情,非泛写客途风景也。"

结尾"小桃花树"以景语收束,全诗戛然而止,画幅中桃花艳丽恰似彩笔点染商山春色,不写人如何快乐,而人的愉悦之情已自流露满纸。

总之,这首诗"以叙事抒情,以写景结情",临水读信、小桃花红,都是舟行春江实有之事;不必造境渲染,无须设色烘托,别具一种独特的风致和情韵。诗句"清而不淡,秀而不媚",呈现出一种特殊的"清丽"之美、"淡雅"之韵。"写归时情境,尽在目前"(李慈铭《万首唐人绝句选》批语)。

闻乐天授江州司马

题解

乐天,白居易字。江州,治所在今江西省九江市。司马,官名,州刺史的助理。元和十年(815),白居易44岁。这年六月,李师道遣盗刺杀宰相武元衡、伤裴度。白居易以太子左赞善大夫首上疏请急捕刺杀武元衡之凶犯。宰相张弘靖、韦贯之恨白居易非谏官而先上疏;加之有人诬陷白居易之母看花坠井死,又作赏花及新井诗,有伤名教,遂贬为刺史。中书舍人王涯复上言白居易所犯状迹,不宜为刺史,追诏改授江州司马。八月,诗人元稹闻讯后写了这首诗。

授,给予、付与、授予。本来白居易是被贬为江州司马的,如诗中所说"此夕闻君谪九江"。"谪(zhé)",惩罚、处罚、贬斥。特指贬官或流放。元稹在题中用"授"而不用"谪",个中深意,不言而喻。早在元和五年(810)正月,元稹在东都不畏权势,弹劾豪宦违法十馀案,执政者恶其专擅,罚俸,召还长安;还京途中,在华阴敷水驿,因争驿房又遭后至的中使(宦官刘士元)侮辱;宰相复以元稹轻树威、失宪臣体,贬为江陵府士曹参军。李绛、崔群、白居易等论其无罪,也无济于事。后来又改通州(治今四川达县)司马。同是被谪人,自然心照不宣。

残灯无焰影幢幢,此夕闻君谪九江。
垂死病中惊坐起,暗风吹雨入寒窗。

残灯无焰影幢幢,此夕闻君谪九江——写听到朋友白居易被贬的消息,内心极度震惊,于是一腔热血涌上心头:义愤填膺,同时悲从中来。那满腹愁思、万般苦怨和悲凉的心境,使诗人义愤幽情别移,眼前的一切景物随着诗人的心境都变得昏暗阴沉了:"灯"是失去光焰的"残灯";就连灯影,也摇曳飘忽、阴暗可怖!幢幢(chōng chōng)(一作"幢幢"tóng tóng):本义为往来不绝,诗中作摇曳不定、晃动不定解。谪(zhé):贬斥;降职。《诗式》谓:"点题在二句。首句先云'残灯无焰影幢幢',谓残灯则无光焰,而其影幢幢不明,凡夜境、病境、愁境俱已写出。"《古唐诗合解》认为:"灯残则无光焰而其景幢幢不明,夜境、病境、愁境都从此七字写出。病而垂死,病之至也;惊而坐起,惊之甚也。元白二人心知至友,休戚相关,其情如此。二句'此夕',即此残灯之夕再作一读,下五字点乐天之左降,乃逾吃紧。三句转到微之之凄切,写得十分透足。四句写足一种愁惨之境,但觉暗风吹雨从窗而入，无非助人凄凉耳……读此可见古人友谊之厚焉。"

垂死病中惊坐起，暗风吹雨入寒窗——的确，写"凄切"，"悲惋特甚"（《唐诗训解》）。诗人觉得前两句还不"透足"，于是三、四句继续写昏暗的"愁境"，竟至"垂死病中惊坐起"，进而感到风"暗"、窗"寒"。"衬第三句，而末复以景终之，真有无穷之恨"（《删订唐诗解》吴昌祺语）。垂：将。惊坐起：又作"惊起坐"。

元白一同倡导新乐府运动。"新乐府"，相对古乐府而言。白居易把他任左拾遗时创作的"因事立题""美刺比兴"的五十首诗编为《新乐府》，这就是"新乐府"概念的来由。因为"新乐府"直接继承汉乐府的传统，用新题，写时事，不论入乐与否，明确地提出了"文章合为时而著，歌诗合为事而作"的一整套理论，加之元白写了大量新乐府诗，使新乐府运动取得了巨大成就。"白居易、元稹……创为新乐府，亦复自成一体"（《师友诗传续录》），在贞元、元和间，同韩柳古文运动相继磅礴于诗坛、文坛。元白"唱和颇多，或在人口……江南士女，语才子者多云'元白'"。《旧唐书·元稹传》也说："稹聪警绝人，年少有才名，与太原白居易友善，工为诗，善状咏风态物色，当时言诗者称'元白'焉。"由于他们的主要文学活动在唐宪宗元和年间(806—820)，所以把他们创作的诗歌和仿效他们的诗歌统称"元和体"。

《闻乐天授江州司马》就是"元和体"（"长庆体"）的一首代表作。表达了元稹、白居易之间无比真挚、深厚的情感。这首诗写元稹在江陵，病中闻乐天被贬江州。"残灯病卧，风雨凄其，俱是愁境，却分两层写。当此残灯影暗，忽惊良友之迁谪，兼感自己之多病，此时此际，殊难为情。末句另将风雨作结，读之味逾深。"（《唐诗笺注》）且"亦曲尽其情"，确实"非元白心知，不能作此"（《唐诗训解》）。《容斋随笔》评论本诗"嬉笑之怒，甚于裂眦；长歌之哀，过于恸哭"，此语诚然！《说诗晬语》则认为"垂死"二句"情非不挚，成感蹶声矣"，是"过作苦语而失者"。敖英《唐诗绝句类选》则认为："唐人友道最古，可同休戚，可托死生，诵此诗元白之交可睹矣。"

在用词遣字、情景结合上，这首诗也独具特色。不仅语言朴实，而且感情诚挚，词浅意真，富于魅力。首句与结句"残灯无焰影憧憧""暗风吹雨入寒窗"，是景语，也是情语，以哀景抒哀情，情与景融会无垠。诗人遭贬，又值卧病，心境不言而喻，又闻听挚友白乐天被贬谪，极为震惊，心情悲苦，连周围的景物都变得一片昏暗阴沉，于是看灯成"残灯"，无所谓明暗的风，成了"暗风"；没什么寒热的窗，成了"寒窗"。在艺术上即所谓"移情"手法。因为情的移入，风、雨、灯、窗都变成了"暗风""秋雨""残灯""阴影""寒窗"。"垂死病中惊坐起"一句,是关系上下的"传神之笔"。同乐天的"枕上忽惊起,颠倒着衣裳",两个"惊"字有异曲同工之妙,同样表现人的迫不及待的情状。"惊坐起":"惊"表示震惊之"情";"坐起"描写震惊之"状"。依常理而言,"垂死病中"的人,要"坐起"是很困难的!然而因为"惊",却坐起来了,这恰恰说明震"惊"之巨、受"惊"之烈,入木三分地摹写出了诗人陡然一惊的超常的神态。同时表明元白二人同甘苦、共命运,休戚相关,彼此的挚友之情何等深切!诚然,《唐诗直解》断言:"残灯无焰,只起句便多少凄绝。止一'惊'字,抵多少痛惜感愤之语"!一个"惊"字,其震撼力和内涵就蕴含在景语之中,那对乐天蒙冤遭贬的愤懑、悲痛及惋惜之情,深藏不露、含蓄不尽,都留给读者自己去体味、去领悟、去想象!也正是在这乍"惊"的"有包孕的片刻",千言万语、千头万绪的片刻,给人留下思索的馀地,从而使全诗含蓄蕴藉,诗味隽永,感人至深,耐人咀华。

对于这首诗,不仅读之者感动,就是乐天,在江州接到这首诗,读了之后也异常感动。他在《与微之书》中说:"此句他人尚不可闻,况仆心哉!""至今每吟,犹恻恻耳。"如是叙事言情、情景交融、形神毕具、富于包孕的佳作,其无比的艺术感染力,读者尚且深受感动,而况当事人白乐天呢?有人甚至说"乐天绝句多叙情,无真挚如此者"(《绝句类选评本》)。

总之,首句写景,烘染悲凉氛围;次句言事,点明题旨本事。第三句承上启下,写病困中听到故人被贬内心的悲愤和震惊,结句以景抒情,饶有馀味。诗人以景衬托人物心情,即使今天的读者,也似乎身在其中,感同身受。

得乐天书

这是元稹在通州写的一首诗。元稹于元和十年(815)三月被贬为通州(州治今四川达县)司马。八月,白居易也被贬为江州(今江西九江市)司马。相同的境遇把两个挚友的心连得更紧。元稹的谪居生涯更加凄苦艰难,他于当年闰六月抵达通州,就染上了疟疾,几乎病死。谪宦生涯,独处瘴乡,只有好友白居易与他音信往来。后来在其长诗《酬乐天东南行诗一百韵》序言中追述在通州期间与白居易的唱酬往来情况时说:"元和十年三月二十五日,予司马通州……寻而乐天贬予八首。予时疟病将死……通(州)之人莫可与言诗者。唯妻淑在旁知状。"所谓"知状"即知道他同白居易诗书往来、互相关切慰问之情状。

"得乐天书",古代称信为"书",而"信"则指传书的信使(送信的使者)。

远信入门先有泪,妻惊女哭问何如?
寻常不省曾如此,应是江州司马书!

新解

远信入门先有泪,妻惊女哭问何如——写看见远方来了一位传书的信使(送信的使者)进了自己的家门,马上就流下了眼泪。这种超常的特殊举动,惊动了妻女,妻子吃了一惊,女儿则看着自己哭,也跟着哭起来。自然而然就引出了"问何如"的问题。按说"得乐天书",首先就是写信的内容和读信所感,以及全家人的反应。但诗没有如是做,却写出了如前所述的凄切怆惶场面。"远信入门先有泪"是说诗人接到信看完后就泪流满面。第二句没有写接到谁的信,也没有写为什么如此泪流满面,而是笔锋一转,从妻女的反应着笔,"妻惊女哭问何如?"由于妻女不明就里,十分困惑,便向诗人发问,而且是发而为"惊"、为"哭"、为"问"。可是因为过分激动和伤心,诗人已不能说话回答了,于是引起了妻女两个人的猜测,她们窃窃私议,觉得自从来到通州,还从来没有什么事会使他如此激动过。于是引出下两句。

寻常不省曾如此,应是江州司马书——写母女二人的猜想和推测。"寻常不省曾如此",妻子思忖,平常还记不起丈夫有过这么激动和伤心的情况,恐怕是传书的信使送来了江州司马白乐天的书信,才如此激动和伤心吧!在妻子看来,能够引得丈夫如此激动和伤心,能够让丈夫如此关心的人也就只有一个白乐天。了解诗人者莫如妻子也,确实让妻子猜对了。省(xǐng):明白。

这首诗看似平常,实则奇绝!起句就突兀奇绝,诗人的万般感慨,全部凝结在"先有泪"三字之中,一下子就扣紧了读者的心弦;接着画出了"妻惊女哭"的场面,有"问何如"的人物对话,有"寻常不省曾如此"猜测的心理活动,结以似猜测而又肯定的收束。一首抒情小诗,并未直接抒情,上述场面、情节、人物对话与心理活动,以素描塑造形象,从对话见出深情。刘熙载评价白乐天:"常语易,奇语难,此诗之初关也;奇语易,常语难,此诗之重关也。香山用常得奇,此境良非易到。"(《艺概》)白乐天诗是如此,元微之诗亦是如此。就拿这首诗来说,也早就越过"重关",而"用常得奇"了。

从结句看,妻子的忖度、猜测是完全正确的,似乎就完结了。但却给读者留下了极为耐人寻味、而且要读者自己去寻味的馀意。如果不是夫妻之间常常谈及这位沦落江州的好友,她哪能轻易地就发现了丈夫感情上的秘密?之后,如上述书信所谈的内容和情境,今后还会再现,还会时时浮现在我们的想象之中。

酬乐天频梦微之

元稹同白居易酬和诗作很多,在诗题明确标示"酬""和""与""寄""赠""书""别""见""闻""得""答"者就有八十多首,占到元稹今存诗作的六分之一左右,可见二人志同道合、交谊之深、友情之笃。"酬",唱酬,酬答,酬对,赠和。"频梦",元白友谊深笃,总盼望经常谋面;为官异地,总是书信往来、做诗酬和;如果山高水远,连通信都不方便,就只有梦中相见,以慰离别之怀。白居易常常梦见元稹,寄诗相告。这首诗就是元稹酬答乐天"频梦"之作,约写于元和十二年(817)前后。当时,元稹贬通州司马,白居易谪江州司马,一南一北,相隔数千里之遥。加之"山水万重",音信不通,只有梦中相见。白居易多次梦见元稹,做诗相告,白诗四句是:"晨起临风一惆怅,通州溢水断相闻。不知忆我因何事,昨夜三更梦见君。"白居易诗不仅感情真挚,而且构思巧妙。从对方着眼,不说自己思念元稹苦思成梦,反问元稹为何忆我,使得我昨夜梦见君。

　　山水万重书断绝,念君怜我梦相闻。
　　我今因病魂颠倒,惟梦闲人不梦君。

　　山水万重书断绝,念君怜我梦相闻——元白都在写梦,而写法迥然有别。作为一往情深的精神寄托的"梦",其境界也不同。白乐天写梦以抒发念旧情怀,而元稹写梦以未曾入梦写思念的凄苦心境。白乐天写入梦念旧苦思,乃人之常情,事属常有;元氏以未曾入梦写心境,是人之至情,事所罕有。一个以挚情感人,一个以至情动心。

　　我今因病魂颠倒,惟梦闲人不梦君——写元稹收到白乐天这首诉说衷肠的诗时,正在病中,且神魂颠倒。尽管思念好友却不曾出现在梦中,而那些一向不曾想到的"闲人"却频频出现于梦境,于是更使诗人凄凉悲痛。做梦本来就是希望和绝望之间极其痛苦、极其深沉的情感的折射流露,元稹把不能入梦的原因,说成是本来可以控制梦,同你梦中相见,但是,因为病魔缠身以致神不守舍、神魂颠倒,所以才"惟梦闲人不梦君"。描摹思君的凄苦心情入木三分、刻骨铭心!

　　元稹被贬通州,白乐天被谪江州,同样蒙冤贬斥,沦落天涯,自然心有灵犀一点通。千里遥隔，交通阻塞，二人见面难，就是通信也很困难。由于"山水万重书断绝"，好不容易收到寄来的一首诗，而且说夜里还梦见自己，元稹自必深深感动。第三句说自己得了一场重病（疟疾），身体很不好，而且神魂颠倒、记忆衰退。诗中说因"病"，个中还不只是身体上的病，还有精神上被折磨受压抑的痛苦，欲言不能，但元白二人心照不宣，包含着多少凄苦之情。结句承上扣题，因为心神恍惚，难以自主，这才使得只梦见些不相干的人，就是梦不见你。诗突破常规，出人意料，翻出新意。以梦中相见代替实际相见，已使人惆怅，更何况连梦中也不曾相见呢？这种推进一步、深入一层的写法，"前两句属白，后两句属己，以白之频频梦己，与己之因病未尝梦白对照，事异情同。写入梦以见相思之切，人之所同；写不入梦而仍见相思之切，则是己之所独。"（沈祖棻语）这就是这首诗别开生面、别具一格的独特之处。同时，全诗纯用白描，几乎没有一点设色布景之处，也丝毫没有生涩拗口之语，而且人物形象非常生动，情调境界异常感人。特别是作为一首次韵和诗，在押韵韵脚受到严格限制的情况下，诗人能够匠心独运，别出心裁，写出这样的好诗，更其难能可贵！

酬乐天得微之诗知通州事因成四首（选二）

题解

元和十年（815）三月底，元稹由长安赴通州（今四川省达县）司马任。到任后写信给白居易，叙述其创作情况、艺术见解及通州情况、抑郁心情等。白居易写了《得微之到官后书，备知通州之事，怅然有感，因成四章》，写从元稹通州来信得知通州的山川形势、荒凉景象及民俗风情、刀耕火种状况，劝慰元稹无论环境，善于自救，并感叹无人同情、无人援救。元稹读了白居易诗后，又写了本诗。酬，酬对，酬和，赠答。

其 一

茅檐屋舍竹篱州，虎怕偏蹄蛇两头。
暗蛊有时迷酒影，浮尘向日似波流。
沙含水弩多伤骨，田仰畲刀少用牛。
知得共君相见否？近来魂梦转悠悠。

其 二

平地才应一顷馀，阁栏都大似巢居。
入衙官吏声疑鸟，下峡舟船腹似鱼。
市井无钱论尺丈，田畴付火罢耘锄。
此中愁杀须甘分，惟惜平生旧著书。

茅檐屋舍竹篱州，虎怕偏蹄蛇两头——原注："通州，元和二年，偏蹄虎害人，比之白额。两头蛇处处皆有之也。"茅檐屋舍：犹茅屋、茅舍。用茅草盖的房屋。竹篱：用竹编的篱笆。州：水中陆地。《说文·川部》所谓"水中可居者曰州。水周绕其旁。"一说水中可居者为洲。偏蹄虎：虎的一种，特别凶猛。两头蛇：蛇之一种。无毒，尾圆钝，骤看颇像头，且有与头相同的习性，故名之两头蛇。古代传说人见之则死。汉·贾谊《新书》、南朝宋·刘义庆《世说新语·德行上》均有孙叔敖埋杀两头蛇的记载。刘恂《岭表录异》说："两头蛇，岭外多此类。时有如小指大者，长尺馀，腹下鳞红皆锦文。一头有口眼，一头似蛇而无口眼。云两头俱能进退，谬也。昔孙叔敖见之不祥，乃杀而埋之。南人见之以为常，其祸安在哉？"也有谓之为两头分歧的蛇。

暗蛊有时迷酒影，浮尘向日似波流——暗：隐蔽。蛊：伤害人的热毒恶气。迷：辨别不清；迷惑。酒影：酒面的浮光或酒中的倒影。姚合《宴光禄田卿宅》："春风酒影动，晴日乐声长。"浮尘：飞扬在空中或附着在物面的灰尘、细虫名。波流：水流。写天气毒热、浮尘飞扬。

沙含水弩多伤骨，田仰畲刀少用牛——沙含水弩：水弩，蜮的俗称。系传说中的一种水中毒虫，能含沙射人，故名水弩。《诗经》陆德明释文："(蜮)状如鳖，三足，一名射工，俗呼之水弩。在水中含沙射人，一云射人影。"仰：仰仗；依赖，依靠。畲(shē)刀：刀耕火种。或用刀耕火种之法耕田种地。写水蜮伤人与刀耕火种的耕作方式。

知得共君相见否？近来魂梦转悠悠——魂梦：魂牵梦绕。即梦或梦魂。悠悠：飘忽不定；飘荡，飘动。

平地才应一顷馀，阁栏都大似巢居——原注："巴人多在山坡架木为居，自号阁栏头也。"应：全部，所有。阁栏：唐代四川东部居民所建之木屋(详原注)。都大：原来，本来。元稹《和乐天题王家豪子》："都大资人无暇日，泛池全少买池多。"巢居：上古时代或边远之民在树上筑巢而居，以避免野兽侵害。晋·张华《博物志》卷三载："南越巢居，北朔穴居，避寒暑也。"杜甫《五盘》："好鸟不妄飞，野人半巢居。"写巴人构木为巢，穴居野处。

入衙官吏声疑鸟，下峡舟船腹似鱼——疑：诗中作好像、好似、类似。王勃《郊园即事》："断山疑画障，县溜泻鸣琴。"宋·陆游《游山西村》："山重水复疑无路，柳暗花明又一村。"峡：三峡。指瞿塘峡、巫峡、西陵峡。

市井无钱论尺丈，田畴付火罢耘锄——市井：泛指古代城邑中集中买卖货物的场所，似犹今市集，市场。唐·张祜《纵游淮南》："十里长街市井连，月明桥上看神仙。"尺丈：犹尺寸。适当的限度或程度。田畴：指已耕作的田地。所谓"耕熟而其田有疆界者"（《礼记·月令》"田畴"孙希旦集解引吴澄曰）。付火：烧毁，犹付之一炬。唐·徐夤《新葺茆堂》诗："笔研不才当付火，方书多诳署烧金。"罢：犹停止。耘锄：即"耘耝"。除草、松土所用的锄头。元稹《田野狐兔行》："种豆耘锄，种禾沟甽。"写当时以物易物、刀耕火种的情况。

此中愁杀须甘分，惟惜平生旧著书——句下原注："本句云：努力安心过三考，已曾愁杀李尚书。又予病甚，将平生所为文自题云：异日，送白二十二郎也。"愁杀：亦作"愁煞"。杀，表程度之深。即使人极其忧愁。甘分(fèn)：甘愿。平生：平素；往常。杜甫《梦李白》："出门搔白首，若负平生志。"旧：往昔；原来。著书：撰写著作。韩愈《顺宗实录四》："贽居忠州十馀年……避谤不著书，习医方。"原注中，李尚书指李建，字杓直。白二十二郎即白居易，排行二十二。

为便于解评，兹将其三、其四照录如下。其三："哭鸟昼飞人少见，怅魂夜啸虎行多。满身沙虱无防处，独脚山魈不奈何。甘受鬼神侵骨髓，常忧歧路处风波。南歌未有东西分，敢唱沧浪一字歌。"其四："荒芜满院不能锄，甑有尘埃圃乏蔬。定觉身将囚一种，未知生共死何如？饥摇困尾丧家狗，热暴枯鳞失水鱼。苦境万般君莫问，自怜方寸本来虚。"

第一首，诗人抓住巴人生活习俗的特点，描写了被贬通州后，茅舍竹篱，虎蛇遍地，蛊热毒气，水蜮伤人，刀耕火种的生产落后状况、民俗风情及对朋友魂牵梦绕的思念。同白乐天《得微之到官后书，备知通州之事，怅然有感，因成四章》在内容上情思相通，在艺术上正如纪昀所说："与香山诗工拙相敌"（《瀛奎律髓汇评》），相互媲美。

第二首，在第一首的基础上，进而描写巴人架木为屋、巢居野处，以物易物、付火耘锄及诗人入衙下峡、公干游赏乃至甘愿忧愁、怜惜著述的情愫。

纪昀评曰："六句复前首六句意。虽各言一事,然同是田事也。"即所谓"田仰畬刀少用牛""田畴付火罢耘锄"。

对于全诗而论:"微之为御史,以弹劾严砺分司东都,又劾宰相亲故,贬江陵士曹,移通州司马,未为大戚。乐天以朋友之义伤之则可,微之答和乃全述通州衰恶,若不能一朝者,词虽善而意已陋。异日由宦官进得相位,仅三月,贻终古羞,盖其本心志在富贵故也。四诗(其一至其四)往往酸苦太楚,选附白诗以识其非。"(《瀛奎律髓汇评》)

元和四年(809)春,元稹奉诏赴东川按狱,因弹劾节度使严砺违法加税,并平八十八家冤事,为执政者所忌,还朝,命分司东都洛阳。元和五年(810)正月,元稹在东都不畏权势,又劾奏豪官违法十多案。河南尹房式有不法事,元稹奏摄之,令其停务(停职),执政者恶其专擅,罚俸,召回长安。途经华阴敷水驿,因中使后到而争驿房,诬辱元稹,又因宰相恶稹,竟以轻树威、失宪臣体,贬为江陵士曹参军。后又贬通州司马。诗人直道行事,被一贬而再贬。这首诗就是在被贬通州后所写。其三、其四中"满身沙虱无防处""甘受鬼神侵骨髓""荒芜满院不能锄"……道出了"无防""甘受""不能"的窘迫,发出了"苦境万般君莫问,自怜方寸本来虚"的无可奈何的呼喊!

重赠乐天

这首诗作于唐穆宗长庆四年(824)至唐敬宗宝历二年(826)间,元稹时任越州刺史,白乐天正任杭州刺史,因前有《赠乐天》诗,故题作《重赠乐天》。《全唐诗》卷四百十七题作《重赠》,题下原注:"乐人商玲珑能歌,歌予数十诗。"元白赠别唱和诗很多。元稹在越州期间就有题作《酬乐天喜邻郡》《再醉复言和前篇》《寄乐天》《重酬乐天》《再酬复言》等近二十首。《寄乐天》同题两首,一首起句为"闲夜思君坐到明",一首起句为"近来章奏小年诗"。这首诗的前一首《赠乐天》是:"莫言邻境易经过,彼此分符欲奈何。垂老相逢渐难别,白头期限各无多。"

　　　　休遣玲珑唱我诗,我诗多是别君词。
　　　　明朝又向江头别,月落潮平是去时。

休遣玲珑唱我诗——玲珑:即商玲珑,是当时一位很有名的女歌手,据《唐语林》记述:"白居易长庆二年以中书舍人为杭州刺史……时吴兴守钱徽、吴郡守李稹,皆文学士,悉生平旧友,日以诗酒寄兴。官妓商玲珑、谢好好巧于应对,善歌舞。后元稹镇会稽,参其酬唱,每以筒竹盛诗来往。"一提"唱诗",就将读者引入离别宴会的情境之中,好友重逢不易,又频频分别,分别之际同饮几杯酒,呼叫名妓唱几支曲,本是赏心乐事。而发端奇突,既然商玲珑能歌善舞,为何突如其来地呼告"休遣"呢?"休遣"其唱,实际上是不忍"更听"、不忍"再听"。一方面说明过去常常呼叫这位著名的歌唱家来唱自己的诗,一方面说明这位叫商玲珑的歌唱家唱得最好。所以元稹每向白乐天赠和诗时,便断定一定会让商玲珑唱它们的。既然如此,何以突然"休遣"呢?

我诗多是别君词——别:一作"寄"。"别"字意味深长。元白二人志同道合,政事上见解一致,诗文上每多唱和,如今这首诗是由于两个人分别频繁、互赠诗作多,而且多为叹伤惜别之辞,一旦让商玲珑那多情的歌喉妙音唱出来,那真情馀韵会让听者唏嘘叹惋,更会使作者愁苦万状、不忍卒听。俞陛云说得好:"首二句非但见交谊之厚,酬唱之多,兼有会少离多之意。"(《诗境浅说续编》)仔细分析,"君""我"同在句中,给人以亲切面对之感;首句以"我诗"收结,对句以"我诗"领起,这种"顶真"辞格,读起来款接从容、郎朗上口;"多"与"别"字,既同起句暗合无垠,又逗出下文的"又""别"。环环紧套、丝丝入扣,富于一张一弛之妙。

明朝又向江头别,月落潮平是去时——写从眼前的欢会,想象又要将别的"明朝"。"明朝"点明时间之急迫仓促,紧接缀以"又"字,上承并回应"多"字,说明离别之频繁,一次"又"一次地送别。同时,以"别"字贯穿连缀上下,顺势连接,自然转折,从而引出结句"月落潮平是去时",是诗人想象分别后的情景。由于是"向江头"送别,凭以往送别的经验、依想象中别时的情景,将别未别,已使人悲痛不已,真到分别时,那就更使人惆怅心碎了!想象细腻入微,且符合潮起潮落的自然规律,因为"向江头"送别,必须潮水稍退后才能开船;同时潮涨潮落同月亮运行有关,诗中所写清晨月落,正近望日,望日潮水最大,所以才说"月落潮平是去时"。

《唐三体诗评》总括全诗曰:"寄君诗则无非离别之辞,起下二句轻巧无痕。不忍更听,便藏得千重别恨。末句只从将别作结,自有黯然之味,正用覆装以留不尽。"《诗境浅说续编》又说:"首二句非但见友谊之厚,酬唱之多,兼有会少离多之意。故第三句以'又'字表明之,言明日潮平月落,又与君分手江头。灞岸攀条,阳关摩笛,人所难堪,况交如元、白乎?题曰《重赠乐天》,见临别言之不尽也。"二者洵为的评。

这首诗从"休唱"以免添人别恨离愁,到从眼前情景回忆昔日送别的百感交集、难以为情,以及"明朝"又别和又别的时间("月落潮平是去时")即告结束。通篇明白晓畅、流美自然，眼前景，口头语，一气呵成，"情无奇""景不丽"，却令人读后深感馀音绕梁、馀味无穷，具有"一气清空如话"（《诗法易简录》）的特色。

《诗式》云："说相别之难，托于诗词入。首句从唱者兜起，不特起势远而寄意亦愈切，言莫教人唱我之诗，以我诗不堪入听也。二句言我之诗多是别诗。首句、二句只自冒起，为三句先垫一层。三句言相别又在明朝，'又'字为眼，亦为主。四句从别后着笔，言月落潮平，正是去之时，题后涵咏，含情不尽，与李白《送孟浩然之广陵》结句云'惟见长江天际流'同一用意。"

同时，这首诗尽管内容单纯，浅显易晓，但"却有一种萦回不已的音韵。它存在于'休遣'的呼告语势之中，存在于一、二句间'顶针'的修辞格中，也存在于'多''别'与'又''别'的反复和呼应之中，处处构成微妙的唱叹之致，传达出细腻的情感……更流露出无限的惋惜和惆怅。"（周啸天）《碛砂唐诗》认为本诗凄切奇绝还在于运用了"三折笔法"。所谓"三折笔法"即"意在笔先，笔留馀意，故用力直透纸背。今读此篇首句，非意在笔先乎？意在笔先则此七字并未着墨。次句似与上下不相蒙，实是轻轻一点墨矣。独至第三句正当用力取势，兔起鹘落之时，而偏用缩笔，只换'月落潮平是去时'结，非笔留意者乎？若拙手则必出锋一写，了无馀味……"这些都是颇有见地而又十分中肯的论析。

以州宅夸于乐天

《文苑英华》卷二五八题作《越中寄白乐天》。州宅，指元稹任越州刺史时州治绍兴的寓所。《唐诗别裁》云："州宅即越王台，在卧龙山上，人民城郭皆在其下。"夸，夸耀，炫耀。元稹以"越州风景，夸示白氏"。

长庆二年(822)，元稹罢工部侍郎同平章事，翌年，出为浙东观察使、越州刺史；白居易自中书舍人除杭州刺史。二郡相邻，元白从此常以诗筒往来，诗筒即诗筩，盛诗稿于竹筒以便传递。白诗"忙多对酒樽，兴少阅诗筒"（《秋寄微之十二韵》）自注："此在杭州，两浙唱和诗赠答，于筒中递往来。""唱酬无虚日"。本诗即其中之一首。

绍兴，吴越王钱镠建造蓬莱阁的所在地，故址在卧龙山越王台西，今已废。

州城迥绕拂云堆，镜水稽山满眼来。
四面常时对屏障，一家终日在楼台。
星河似向檐前落，鼓角惊从地底回。

我是玉皇香案吏,谪居犹得住蓬莱。

【新解】

州城迥绕拂云堆,镜水稽山满眼来——州城:越州城。拂云堆:形容卧龙山的高峻形状。镜水:本指平静明净之水,诗中指镜湖,又名鉴湖。唐·贺知章《采莲曲》有"稽山罢雾郁嵯峨,镜水无风也自波"之句。稽山:会稽山的省称,唐·李白《送友人寻越中山水》:"闻道稽山去,偏宜谢客才。"首联介绍了绍兴的山水形胜概貌。

四面常时对屏障,一家终日在楼台——颔联写州宅情景。屏障,犹言稽山似屏;楼台,隐喻水乡台阁。

星河似向檐前落,鼓角惊从地底回——颈联仍然描写州宅环境。星河:天河,银河。鼓角:本系战鼓、号角。《后汉书·公孙瓒传》有"鼓角鸣于地中"之说。唐·杜甫《阁夜》诗云:"五更鼓角声悲壮,三峡星河影动摇。"同本诗有相通之处。回:指声音回荡。

我是玉皇香案吏,谪居犹得住蓬莱——尾联是抒情。玉皇:道教称天帝为玉皇大帝,简曰玉帝、大帝。李白诗曰:"入洞过天地,登真朝玉皇。"(《赠别舍人台卿之江南》)香案吏:本官廷中随侍皇帝的官员。诗中即所谓仙童,为玉皇大帝管理办公桌椅。谪居:《文苑英华》作"降居"。古代谓官吏被降职贬官到边远之地居住或做官。唐·高适《送李少府贬峡中王少府贬长沙》诗曰:"嗟君此别意何如?驻马衔杯问谪居。"蓬莱:蓬莱山,又称蓬岛,古代传说中的神山仙府,常泛指仙境。《史记·封禅书》:"自威、宣、燕昭使人入海求蓬莱、方丈、瀛洲,此三神山者,在渤海中。"

【新评】

《以州宅夸于乐天》正所谓"以越州风景,夸示白氏"。前三联着重于"夸",描写州城山环水绕,四面屏障,星河鼓角,烟雨楼阁,宅于其中,其乐融融!末联自称是"玉皇香案吏",虽遭贬谪,"犹得住蓬莱"。

诗人当时以工部侍郎同平章事。长庆元年(821),元稹与枢密使宦官魏弘简相结纳,裴度上表陈其朋比为奸;翌年三月,裴度以司空同平章事,被人刺伤。于是诬言元稹遣客刺度,虽查无佐验,仍罢为同州刺史。是年冬迁浙东观察使、越州刺史。《唐诗偶评》云:"以故相为观察使,故云'降(谪)居'。"元白一在杭州,一在越州,虽遭贬谪,"同是天涯沦落人",但身处越州、杭州,确也风景宜人,二人不断诗筒往来,相互唱和,似乎忘怀时世,乐在其中;其实无可奈何,甘苦自知。

历代文人墨客,对本诗从内容到形式,颇多评述。《唐诗贯珠》曰:"通首光彩流利。"《唐宋诗举要》:"吴云:一洗哀怨,变为平易和乐,此元、白所开。"《唐诗绎》:

"其写'夸'字,俱以诙谐之笔出之,须知句句自夸,实句句自嘲也。却妙在含蓄不露。"《唐诗笺注》:"星河在檐,鼓角在地,俱言其高。结语仍系夸,亦风流极矣。"对于结句,《唐诗快》以为"岂非仙吏乎?抑何修而得此?"《瀛奎律髓汇评》则认为:"以结句至今有蓬莱驿(冯班)。"陆贻典断言:"微之比乐天较能修饰,然本质近,又不如也。"

重夸州宅旦暮景色兼酬前篇末句

元稹与白居易在二郡诗筒往来,相互唱酬,因已有《以州宅夸于乐天》诗,亦即本题中所谓"前篇",所以本诗曰"重夸","前篇末句"指《以州宅夸于乐天》结句"谪居犹得住蓬莱"。

> 仙都难画亦难书,暂合登临不合居。
> 绕郭烟岚新雨后,满山楼阁上灯初。
> 人声晓动千门辟,湖色宵涵万象虚。
> 为问西州罗刹岸,涛头冲突近何如?

仙都难画亦难书,暂合登临不合居——仙都:神话传说中仙人所居。《海内十洲记·聚窟洲》:"沧海岛在北海中……岛中有紫石宫室,九老仙都所治。"诗中指蓬莱仙山。暂:短时间,一时。《说文》:"暂,不久也。"段注:"今俗云霎时间即此字也。"合:诗中意为适合、适宜。元稹以贬所为仙都,足见有"重夸"之必要和理由。

绕郭烟岚新雨后,满山楼阁上灯初——烟岚:山林间蒸腾之雾气。唐·宋之问《江亭晚望》:"浩渺浸云根,烟岚出远村。"上灯:入夜时点灯。《诗境浅说》认为:"上句谓山当雨后,则湿云半收,苍翠欲滴,胜于晴霁时之山容显露,所谓'雨后山光满郭青'也。下句谓群山入夜,则楼阁隐入微茫,迨灯火齐张,在林霭中见明星点点。乐天诗云'楼阁参差倚夕阳',乃言向晚之景;此言夜景,各极其妙。凡远观点火,最得幽静之致。'两三灯火是瓜洲',与此诗之满山灯火,虽多少不同,皆绝妙夜景,为画境所不到。此二句之写景,胜于前诗《夸州宅》之'四面常时对屏障,一家终日在楼台'句也。"

人声晓动千门辟,湖色宵涵万象虚——晓:天晓,天明。千门:形容人户多。辟:开(门);打开。宵:夜。涵:包容。万象:指宇宙间一切事物或景象。唐·杜甫《宿白沙驿》:"万象皆春气,孤槎自客星。"描写州宅晓、宵的景象,照应题目"旦暮景色"。

为问西州罗刹岸,涛头冲突近何如——罗刹岸:《文苑英华》作"罗刹石"。涛头:《文苑英华》作"风波"。《唐诗别裁》:"浙江亦名'罗刹江'。末二语嘲乐天也。乐天有《解嘲》诗。"罗刹岸:《舆地纪胜》:"秦望山近东南有大石巍巍,横接江涛,商船海舶经此,多为海浪所倾,因呼为罗刹石;五代时为沙所没。"

本诗同《以州宅夸于乐天》皆元稹以"越州风景,夸示白氏"之作,尤以本诗为佳。元·方回认为:"长庆中,乐天知杭州,微之知越州,以筒寄诗自此始。微之'夸州宅'(即《以州宅夸于乐天》),蓬莱阁所以名,亦自此始。二公前贬九江、忠州、江陵、通州,往来诗不胜其酸楚,至此乃不胜其夸耀,亦一时风俗之弊,只知作诗,不知其有失也。"正因是,纪昀断言:"(方回)此论甚确,大抵元、白为人皆浅,小小悲喜必见于诗。全集皆然,不但此也。"(《瀛奎律髓汇评》)笔者以为未必尽然!《石园诗话》谓:"元微之通州诗云:'暗盎有时迷酒影,浮尘向日似波流。''入衙官吏声疑鸟,下峡舟船腹似鱼。'他日以州宅夸于香山云'四面常时对屏障,一家终日在楼台''绕郭烟岚新雨后,满山楼阁上灯初'。念前次之苦境,万般君莫问;抚后此之仙都,难画亦难书。作者固情随事迁,读者不能不为之动色也。"见仁见智,作者未必然,读者何必不然!抑或作者自嘲、自慰,又何尝不是相嘲、相慰?

在艺术表现手法上,或认为"(颔联)上句谓山当雨后,则湿云半收,苍翠欲滴,胜于晴霁时之山容显露",或认为"下句谓群山入夜,则楼阁隐入微茫,迨灯火齐张,在林霭中见明星点点",皆绝妙夜景,为画境所不到!《小清华园诗谈》更推崇备至,谓"唐人佳句,有可以照耀古今者",即举"绕郭"一联,并言"此等句当与日星河岳同垂不朽"。而对于"人声晓动千门辟",查慎行则批评"无乃太夸"!以筒寄诗(即"诗筒""筒诗")及蓬莱阁之得名,皆自本诗始,见其创始之力及开创之功。

将进酒

《将进酒》,汉乐府《铙歌》十八曲之一,劝酒之歌也。《乐府诗集·鼓吹曲辞一·将进酒》宋·郭茂倩解题:"古辞曰:'将进酒,乘大白。'大略以饮酒放歌为言。宋·何承天《将进酒篇》曰:'将进酒,庆三朝;备繁礼,荐嘉肴。'则言朝会进酒,且以濡首荒志为戒。若梁昭明太子云'洛阳轻薄子',但叙游乐饮酒而已。"宋·王灼《碧鸡漫志》卷一:"又汉代短箫铙歌乐曲,三国时存者有:《朱鹭》《艾如张》《上之回》《战城南》《巫山高》《将进酒》之类,凡二十二曲。"

《全唐诗》卷四百十八《梦上天》题下注："此后十首,并和刘猛。"十首中除《梦上天》之外,分别为《冬白纻》《将进酒》《采珠行》《董逃行》《忆远曲》《夫远征》《织妇词》《田家词》(一作《田家行》)、《侠客行》。元稹为这一组乐府古题写有《乐府古题序》,参见本书"文章"部分。

元稹这首《将进酒》,"述妇人杀夫,烈女救主事"。

> 将进酒,将进酒,酒中有毒鸩主父,
> 言之主父伤主母。
> 母为妾地父妾天,仰天俯地不忍言。
> 阳为僵踣主父前,主父不知加妾鞭。
> 旁人知妾为主说,主将泪洗边头血。
> 推椎去母牵下堂,扶妾遣升堂上床。
> 将进酒,酒中无毒令主寿。
> 愿主回恩归主母,遣妾如此由主父。
> 妾为此事人偶知,自惭不密方自悲,
> 主今颠倒安置妾,贪天僭地谁不为?

"将进酒,将进酒,酒中有毒鸩主父"至"主父不知加妾鞭"——这七句即叙述妇人毒杀夫的事。鸩:本为毒酒。诗中用作动词,即以毒酒害人。相传以鸩鸟羽浸酒,饮之即死。妾:诗中指侧室,小妾。仰天:仰望天空。多系人抒发抑郁或激动心情时的状态。俯地:低头看地。意同"仰天"。阳:假装,表面上。一作"佯"。僵踣:跌倒。不知:不明白。加:加以;施及。鞭:鞭挞;鞭打。

"旁人知妾为主说"至"贪天僭地谁不为"——为诗人假设之辞。旁人:他人,别人。杜甫《堂成》:"旁人错比扬雄宅,懒惰无心作《解嘲》。"说:告知;告诉。将:将要。边头:犹旁边。椎:打。一作"摧"。牵:拉,挽。扶:搀扶,支持。遣升:扶持。有上升之意。将妾扶为妻。令:使。回恩:转施恩宠。一作"回思",改变想法或回想。由:一作"事"。偶:偶然。有幸运之意。颠倒:犹言上下、尊卑次序倒置。安置:安排;安放。贪天:"贪天之功"的省称。亦作"贪天功"。多指攘夺他人的功劳。僭(jiàn):超越本分,冒用在上者的名义、职权行事。

元稹此诗与前人古辞同题、梁昭明太子同题、李白同题、李贺同题而用意不同。古辞五句,前四句为三、三六言句,第五句即结句为七字句。如"题解"所举"古辞曰:'将进酒,乘大白。'大略以饮酒放歌为言。"梁昭明太子的同题诗为:"洛阳轻薄子,长安游侠儿。宜城溢渠碗,中山浮羽卮。"五言四句,在叙游乐饮酒。李白《将进酒》("君不见黄河之水天上来,奔流到海不复回")长达二十五句,大气磅礴,酣畅淋漓,愤激狂放,纵横捭阖,参差脱落,点染对仗。读之,"于雄快之中,得其深远宕逸之神"(《唐诗别裁》),真乃谪仙人面目!李贺《将进酒》("琉璃钟,琥珀浓,小槽酒滴真珠红")结构奇突,意境独到,辞藻华艳,形象瑰丽,生动而真切地揭示出诗人内心深处所淤积的死亦可悲而生亦无聊的矛盾和感慨。

  诗中所描述的故事见于《战国策·燕策》。苏代谓燕王曰:"昔周之上地尝有之,其丈夫宦三年不归,其妻爱人。其所爱者曰:'子之丈夫来,则且奈何乎?'其妻曰:'勿忧也,吾已为药酒而待其来矣。'已而,其丈夫果来,于是因令其妾酌药酒而进。其妾知之,半道而立,虑曰:'吾以此饮吾主父,则杀吾主父;以此事告吾主父,则逐吾主母。与杀吾(主)父、逐吾主母者,宁佯踬而覆之。'于是因佯僵而仆之。其妻曰:'为子之远行来之,故为美酒,今妾奉而仆之。'其丈夫不知,缚其妾而笞之……"元稹引述这则故事铺写本诗,记述其妻毒夫,其妾救主。前半部分简单叙述来龙去脉,后半部分出之以假设,结句以巧设疑问收束,给读者留下深深回味的馀地!

夫远征

【题解】

  《夫远征》,元稹《乐府古题》第七首,和刘猛之作。写秦白起坑赵降卒四十万于长平事。全诗句法灵活,字数不定,是一首名副其实的古乐府格调与形式的诗。

  赵卒四十万,尽为坑中鬼。
  赵王未信赵母言,犹点新兵更填死。
  填死之兵兵气索,秦强赵破括敌起,
  括虽专命起尚轻,何况牵肘之人牵不已。
  坑中之鬼妻在营,鏖麻戴绖鹅雁鸣;
  送夫之妇又行哭,哭声送死非送行。
  夫远征,远征不必戍长城,
  出门便不知死生!

赵卒四十万，尽为坑中鬼——写秦赵长平之战事。长平作为古城名，故址在今山西高平市西北，即战国时秦白起大败赵括，坑杀赵卒四十余万之所在。对于坑杀降卒，《史记·赵世家》记载："七年，廉颇免而赵括代将。秦人围赵括，赵括以军降，卒四十余万皆坑之。王悔不听赵豹之计，故有长平之祸焉。"

赵王未信赵母言，犹点新兵更填死——秦昭王四十七年七月，"赵军筑垒壁而守之。""廉颇坚壁以待秦，秦数挑战，赵兵不出。"而秦相应侯使人行千金于赵为反间计；赵王又怒廉颇军多失亡，军数败，"坚壁不敢战"，且闻秦反间之言，于是使赵括代廉颇将以击秦。秦使反间计，赵王废廉颇用赵括。赵母知其子赵括，劝赵王不要用赵括，赵王不信，卒用赵括，终致大败于长平。填死：犹送死。

"填死之兵兵气索"至"何况牵肘之人牵不已"——索：尽；耗散。括：赵将赵括。起：秦将白起。专命：不奉上命而自由行事。即《尉缭子·勒卒令》"专命而行"。轻：轻视，鄙视。牵肘：从旁牵制。犹"掣肘"。

"坑中之鬼妻在营"至"哭声送死非送行"——髽麻戴绖：犹披麻戴孝。髽(zhuā)：古代妇女丧髻。以麻线束发。《仪礼·丧服》郑玄注："髽，露紒也，犹男子之括发，斩衰括发以麻，则髽亦用麻。以麻者，自项而前，交于额上，郤绕紒，如著幓头焉，《小记》曰：'男子冠而妇人笄，男子免而妇人髽。'"绖(dié)：古代丧期结在头上或腰间的麻带。《说文》："绖，丧首戴也。"扎在头上的称首绖，缠在腰间的称腰绖。《仪礼·丧服》郑玄注："麻在首在要(腰)皆曰绖。"鹅雁：形容哭喊之声嘈杂纷乱。行哭：边行边哭；放声而哭。唐马戴《河梁别》："河梁送别者，行哭半非亲。"送死：犹送终。送行(xíng)：指到远行人启程的地方，与之告别，看之离去。杜甫《新安吏》："送行勿泣血，仆射如父兄。"

"夫远征"至"出门便不知死生"——夫远征：照应题目。戍：守边，防守。出门：离开家乡。元稹《出门行》："出门不数年，同归亦同遂。"死生：死亡与生存。诗中指死亡。高适《燕歌行》："战士军前半死生，美人帐下犹歌舞。"用作偏义复词，所谓"兵，死地也"。

赵王撤回老将廉颇，起用赵括，括母深知其子，劝赵王勿用赵括，赵王不信，终用括，结果惨败于长平。元稹用这段历史事实借古讽今，从"送夫之妇又行哭，哭声送死非送行"的哭声中极力反对穷兵黩武的不义战争。

元稹以古喻今，强烈地批评穷兵黩武和反对侵略，与白居易的《新丰折臂翁》正是"异曲同工"。元诗保持着古乐府的格调；白诗则是五十首新乐府中极工的

"即事名篇,无复依傍",其"边功未立生民怨,请问新丰折臂翁"的主题尤其明确。后来元稹的《连昌宫词》,借宫边老人之口,指出开元、天宝的治乱,系于宰相的贤不肖,归结到"老翁此言深望幸,努力庙谟休用兵",正与白诗"老人言,君听取"一段相同,足见元白对天宝以来开边用武的愤慨之情了。

《夫远征》所描写的秦赵长平之战、白起坑杀赵卒事,史书有翔实的记载。元稹正是以活生生的历史事件、历史人物为依据,以古喻今,以古讽今。且看《史记》如何记载:"(秦昭王)四十七年,秦使左庶长王龁攻韩,取上党。上党民走赵。赵军长平,以按据上党民。四月,龁因攻赵。赵使廉颇将……廉颇坚壁以待秦,秦数挑战,赵兵不出。赵王数以为让。而秦相应侯又使人行千金于赵为反间,曰:'秦之所恶,独畏马服子赵括将耳,廉颇易与,且降矣。'赵王既怒廉颇军多失亡,军数败,又反坚壁不敢战,而又闻秦反间之言,因使赵括代廉颇将以击秦。秦闻马服子(人称赵括曰马服子)将,乃阴使武安君白起为上将军,而王龁为尉裨将,令军中有敢泄武安君将者斩。赵括至,则出兵击秦军。秦军佯败而走,张二奇兵以劫之。赵军逐胜,追造秦壁。壁坚拒不得入,而秦奇兵二万五千人绝赵军后,又一军五千骑绝赵壁间,赵军分而为二,粮道绝。而秦出轻兵击之。赵战不利,因筑壁坚守,以待救至。秦王闻赵食道绝,王自之河内,赐民爵各一级,发年十五以上悉诣长平,遮绝赵救及粮食。至九月,赵卒不得食四十六日,皆内阴相杀食。来攻秦垒,欲出为四队,四五复之,不能出。其将军赵括出锐卒自搏战,秦军射杀赵括。括军败,卒四十万人降武安君。武安君计曰:'前秦已拔上党,上党民不乐为秦而归赵。赵卒反覆,非尽杀之,恐为乱。'乃挟诈而尽坑杀之,遗其小者二百四十人归赵。前后斩首虏四十五万人。赵人大震。"(《史记》卷七十三《白起王翦列传》)

而《史记》卷八十一载:"……赵王因以括为将,代廉颇。蔺相如曰:'王以名使括,若胶柱而鼓瑟耳。括徒能读其父书传,不知合变也。'赵王不听,遂将之。……及括将行,其母上书言于王曰:'括不可使将。'……"其母又谓"……'父子异心,愿王勿遣。'王曰:'母置之,吾已决矣。'括母因曰:'王终遣之,即有如不称,妾得无随坐乎?'王许诺。赵括既代廉颇,悉更约束,易置军吏。秦将白起闻之,纵奇兵,佯败走,而绝其粮道,分断其军为二,士卒离心。四十馀日,军饿,赵括出锐卒自博战,秦军射杀赵括。括军败,数十万之众遂降秦,秦悉坑之。赵前后所亡凡四十五……赵王亦以括母先言,竟不诛也。"(《史记》卷八十一《廉颇蔺相如列传》附《赵奢传》)真是知子者莫如贤母也!

对于坑杀赵卒,武安君白起在秦王使使者赐剑令其自裁,引剑将自到时也说:"'我何罪于天而至此哉?'良久,曰:'我固当死。长平之战,赵卒降者数十万人,我诈而尽坑之,是足以死。'遂自杀。"

对于这一历史事件，何晏《集解》曰："白起之降赵卒，诈而坑其四十万，岂独酷暴之谓乎！后亦难以重得志矣。向使众人皆豫知降之必死，则张虚捲(quán)犹可畏也，况于四十万被坚执锐哉！天下见降秦之将头颅似山，归秦之众骸积成丘，则后日之战，死当死耳，何众肯服，何城肯下乎？……设使赵众复合，马服更生，则后日之战必非前日之对也，况今皆使天下为后日乎！……长平之事，秦民之十五以上者皆荷戟而向赵矣，秦王又亲自赐民爵于河内。夫以秦之强，而十五以上死伤过半者，此为破赵之功小，伤秦之败大，又何以称奇哉！若后之役成不豫其论者，则秦众多矣，降者可致也；必不可致者，本自当战杀，不当受降诈也。战杀虽难，降杀虽易，然降杀之为害，祸大于剧战也。"何晏之评，一语中的！

元稹以这一历史事件为依据，"从妇人的哭声中强烈地反对穷兵黩武"（苏仲翔），收到了借古讽今的效果。

织妇词

《织妇词》系《乐府古题》十九首之八，"并和刘猛"，"此后九首和李馀。"《唐文粹》卷一二作《织女词》。这首诗作于元和十二年(817)。

《乐府古题》前有序，申述自己同白居易、李绅创作新乐府的动机与经过。同时指出一般文人学士所作乐府诗"沿袭古题，唱和重复"的流弊。序文说明这十九首乐府诗，系和梁州进士刘猛、李馀所作。虽同古题，而"全无古义"或"颇同古意，全创新词"。系新乐府之外，采取另一种写作方法而革新后的乐府诗。

当时，唐代纺织业极其发达，朝廷在荆州、扬州、宣州、成都诸地设有专业机构，监造织作，征收捐税。为满足统治者奢侈享乐，有专业织锦户，专司织造异样新奇的高级锦。本诗以荆州首府江陵为背景，描绘了织妇的痛苦。

织妇何太忙，蚕经三卧行欲老；
蚕神女圣早成丝，今年丝税抽征早；
早征非是官人恶，去岁官家事戎索。
征人战苦束刀疮，主将勋高换罗幕。
缲丝织帛犹努力，变缣撩机苦难织。
东家头白双女儿，为解挑纹嫁不得。
檐前袅袅游丝上，上有蜘蛛巧来往。
羡他虫豸解缘天，能向虚空织罗网。

新解

"织妇何太忙"至"今年丝税抽征早"——写蚕妇忙忙碌碌、辛辛苦苦,蚕已经三眠,四眠后即要上蔟结茧了,还希望蚕神保佑,早一点出丝。为什么呢?因为今年丝税抽征提前了!诗首先提出问题。何:何其,多么,作疑问代词用。三卧:即三眠,蚕经过四眠脱皮,才能长成。行:犹将、将要。蚕神女圣:指古代传说中的嫘祖,黄帝之妃,第一个发明养蚕的人。民间奉祀为蚕神。

"早征非是官人恶"至"主将勋高换罗幕"——写"今年丝税抽征早"的原因。官人:指征收丝税的官吏。官家:口语对皇帝的称呼。《称谓录》:"魏晋六朝称天子曰官。"戎索:《左传·定公四年》:"启以夏政,疆以戎索。"杜注:"大原近戎而寒,不与中国同,故自以戎法。"本义为戎法,引申为战争之事,犹言军事。当时唐朝正平定叛乱,元和十一年(816),兴师讨淮西吴元济,战争一直延续到这一年。束:拴,系。刀箭疮伤用布帛束裹,同下文"换罗幕"均说明丝织品在军事上的用途。罗幕:即丝罗帐幕。

"缫丝织帛犹努力"至"为解挑纹嫁不得"——写缫丝织帛之艰难。前两句写缫丝难织帛难,织有花纹的精美绫罗更难;后两句写为在织品上挑出花纹,东家双女儿头已白了也嫁不了。缫丝:抽茧出丝。变缀撩机:拨动织机时,变动丝缕脉理,在织品上挑出花纹。缀:《全唐诗》、丛刊本作"缉",量词,"五丝为缀,倍缀为升,倍升为纰,倍纰为纪,倍纪为缭,倍缭为襚。此自少之多,自微至著"(《西京杂记》卷五)。缫:通"缫(sāo)",抽丝,绎茧为丝。撩:拨动,一作掩。"东家"二句,原自注:"予掾荆(任江陵士曹参军)时,目击贡绫户有终老不嫁之女。"解:把纠结一起的东西解开。

"檐前袅袅游丝上"至"能向虚空织罗网"——写织妇对蜘蛛结网的羡慕,反衬织妇缫丝织帛挑花纹的艰辛困难。游丝:指蜘蛛所吐的丝。形容其纤细透明状。虫豸:《尔雅·释虫》:"有足谓之虫,无足谓之豸。"解:理解,懂得。缘天:在天空中往来走动。缘:攀援,攀缘。

新评

历代对元稹的"乐府古题"评价较高。陈寅恪先生认为:"凡古题乐府十九首……无一首不只述一意,与乐天新乐府五十首相同,而与微之旧作新题乐府一题具数意者大不相似。此则微之受乐天之影响,而改进其作品无疑……""读微之古题乐府,殊觉其旨趣丰富,文采艳发,似胜于其新题乐府……皆依旧题而发新意。词极精妙,而意至沉痛。"

《织妇词》也正是如此,不仅词句凝练,思致微婉,蕴含深沉,别具旨趣,而且形式独特,文采斐然。"缲丝织帛"二句分承上文二句,承接恰如其分。尤其是结二句,借蜘蛛结网喻织妇"变缀撩机",说明人不如虫,同时只就题目写去,意尽言中,针砭褒斥,耐人寻思!

元稹从元和初被贬为江陵士曹参军,任职四年。到元和九年(814)自江陵从事于唐州,后任通州司马。到元和十四年(819)迁虢州长史,前后十年时间,诗人称之为"流放荆蛮"十年。同历代文人一样,贬斥的磨难与挫折反倒成了促人成功的契机与条件。元稹在这十年之中"专力于诗章",尤其是与同等命运的好朋友白居易诗笺往来,相互酬唱,正如《旧唐书·元稹传》所载:"虽通(州)江(州)悬邈,而二人来往赠答,凡所为诗,有三十、五十韵,乃至百韵者。"元白在诗歌创作上取得了很大的成功。他们的每首诗一写出来,其影响所及,"江南人士,传道风诵,流闻阙下,里巷相传,为之纸贵"。尤其是其诗歌传入皇宫,唐穆宗的嫔妃们人人都能唱吟。白居易《河南元公墓志铭》更加赞扬"(稹)尤工诗,在翰林时,穆宗前后索诗数百篇,命左右讽咏,宫中呼为'元才子'。自六宫两都八方至南蛮东夷国,皆传写之。每一章一句出,无胫而走,疾于珠玉。"白居易的评价是否有失偏颇,姑置之勿论。元稹同白居易的诗,如《长恨歌》及姊妹篇《连昌宫词》《琵琶行》《三遣悲怀》及"乐府古题""新题乐府"等,的确通俗易懂,流布人口,老妪能解,影响深远。

田家词

《田家词》,《乐府诗集》卷九三作《田家行》。此类古讽、乐讽的讽喻诗,是担任谏官、供奉翰林时作。作于安史之乱后。"寓意古题,刺美见事",反映民生疾苦及贫困状况。

《田家词》是"乐府古题"。所谓"乐府新题",相对"乐府古题"而言。元稹在《乐府古题序》中说得很清楚,有讽喻作用的乐府诗,虽说内容是"刺美见事",而题目却都是沿袭汉魏以来乐府旧题。

牛吒吒,田确确,旱块敲牛蹄趵趵,
种得官仓珠颗谷。
六十年来兵蔟蔟,月月食粮车辘辘。
一日官军收海服,驱牛驾车食牛肉;
归来攸得牛两角,重铸锄犁作斤劚。
姑舂妇担去输官,输官不足归卖屋。

愿官早胜雠早覆,农死有儿牛有犊,
誓不遣官军粮不足。

【新解】

牛吒吒,田确确,旱块敲牛蹄趵趵,种得官仓珠颗谷——吒吒(tuō tuō):拟牛的喘息声。确:亦作"埆"。不是简化字。本指土地瘠薄多石。引申为坚硬。"物坚硬谓之确"(唐·玄应《一切经音义》引《通俗文》)。趵趵(bō bō):象声词。形容牛蹄碰击坚硬土块的声音。珠颗谷:比喻谷价贵如珍珠。这三句叙写因天旱地硬,谷贵如珠。苏东坡有"谷太贱则伤农,太贵则伤末"(《乞免五谷力胜税钱札子》)之说。

六十年来兵蔟蔟,月月食粮车辘辘——六十年:指安史之乱以来的六十年。安禄山、史思明从天宝十四载(755)冬起兵叛乱,到代宗广德元年(763)史朝义自缢,叛乱平定,前后七年有馀,史称"安史之乱"。从广德二年(764)经代宗、德宗、顺宗、宪宗、穆宗六帝六十年,顺宗在位仅一年(805),宪宗十五年(806—820),穆宗四年(821—824),正值中晚唐之际,政治混乱,经济凋敝,宦官朝士相争于上,军阀胥吏搜刮于下,加之天灾干旱,民不聊生,诗人的"悯农"情愫油然而生。蔟蔟:犹"簇簇"。形容兵连祸结,聚集成团成堆。月月:一作"日月"。车辘辘:形容车行声音。"辘辘"系象声词。写运送军粮的繁忙混乱。

"一日官军收海服"至"重铸锄犁作斤劚"——收:收复。海服:沿海地区。亦指边疆、边境,本诗指后者。攸:一作"收"。驱牛驾车食牛肉,归来攸得牛两角:描写田家干旱无收,官军只有宰牛以食。锄犁:一作"锹犁""耧犁"。斤:斧头。"凡用斫物者皆曰斧,斫木之斧则谓之斤"(《说文·斤部》段注)。又叫锛子。《孟子·梁惠王上》:"斧斤以时入山林。"劚,同"斸"。古农具名,锄属,以之松土除草。聂夷中《田家》:"父耕原上田,子劚山下荒。"锄犁,泛指农具。斤劚指斧凿器具。

姑舂妇担去输官,输官不足归卖屋——姑:诗中指丈夫的母亲。妇:《尔雅·释亲》:"子之妻为妇。"即儿媳妇。输官:向官府缴纳。归:归来;回家。

"愿官早胜雠早覆"至"誓不遣官军粮不足"——雠:仇敌。覆:覆灭;灭亡。遣:使,令。写出田家的盼望。李唐王朝自安史之乱后,一再增加军费,加重人民的负担,尤其是加重了农民的负担。元稹为被剥削的农民呼吁,结尾道出了农民对征粮"敢怒不敢言"的愤怒心声。斩钉截铁,难能可贵!

本诗写农民被盘剥之苦,对人民的疾苦贫穷寄予深切的同情。《元白诗笺证稿》给本诗以高度评价:"读微之古题乐府,殊觉其旨趣丰富,文采艳发,似胜于其新题乐府。"陈寅恪举出"愿官早胜雠(仇)早覆"三句及《夫远征》中"远征不必成长城,出门便不知死生"诸句,评曰:"皆依旧题而发新意。词极精妙,而意至沉痛。取较乐天新乐府之明白晓畅者,别具蕴蓄之趣。盖词句简练,思致微婉,此为元、白诗中所不多见者也。"

其他诗论家,如《唐诗镜》之"语色雅称",《唐诗别裁》之"音节入古",《唐风定》之"骨力莽苍,白集无此一篇"……对理解这首诗均有启发。

总之,元白的《新乐府》继承杜甫的创造,新是指新的题目,而非新的曲调。其《新乐府》还是诗——乐府诗,而绝非乐府。《全唐诗》卷前有十三卷《乐府》,不论其取舍标准有无商榷之处,而对杜甫、元稹、白居易以及其他诗人所作的《新乐府》一律不予收录,是完全正确的。《乐府诗集》收录了元白《新乐府》,郭茂倩对"新乐府"这个名词未作任何分析解释,说明郭氏对唐代乐府的认识并不清楚。

元白诗歌之所以成为"通俗诗派"的一面大旗,的确能继"盛唐"而再盛,诚如清人赵翼所说:"元白尚坦易,务言人所共欲言……坦易者,多触景生情,因事起意,眼前景,口头语,自能沁人心脾,耐人咀嚼。"(《瓯北诗话》)

连昌宫词

连昌宫,唐朝皇帝行宫之一。《新唐书·地理志》载:河南府寿安县"西十九里有连昌宫"。唐高宗显庆三年(658)建。寿安在今河南省宜阳县西。史载,唐玄宗自开元二十四年(736)从东都洛阳回到西京长安之后,再也没有到过洛阳;至于杨贵妃,开元二十九年(741)才入宫,所以根本没有什么玄宗携其幸临连昌宫之事。本诗也是诗人于唐宪宗元和十三年(818)春,任通州(今四川达县为治所)司马时所作。所以,诗中所着意描述的均属想象之词,连诗人自己都没有到过连昌宫。故诗中所写,多采取传闻构成情节,不一定都符合历史真实(参见陈寅恪《元白诗笺证稿》第三章)。

这首长达一百六十多字的七言歌行借题发挥,借宫边老人之言,指出开元、天宝的治乱系于宰相之贤与不肖,深戒用兵。通过连昌宫的兴废变化,极写安史之乱前后唐朝廷的荒淫无度,痛斥用兵的罪恶。所以,陈寅恪以元稹为主张"消兵"之一人。

连昌宫中满宫竹,岁久无人森似束。
又有墙头千叶桃,风动落花红蔌蔌。
宫边老人为余泣:"小年进食曾因入。

上皇正在望仙楼，太真同凭栏干立。
楼上楼前尽珠翠，炫转荧煌照天地。
归来如梦复如痴，何暇备言宫里事？
初届寒食一百六，店舍无烟宫树绿。
夜半月高弦索鸣，贺老琵琶定场屋。
力士传呼觅念奴，念奴潜伴诸郎宿。
须臾觅得又连催，特敕街中许燃烛。
春娇满眼睡红绡，掠削云鬟旋装束。
飞上九天歌一声，二十五郎吹管逐。
逡巡大遍凉州彻，色色龟兹轰录续。
李謩压笛傍宫墙，偷得新翻数般曲。
平明大驾发行宫，万人鼓舞途路中。
百官队仗避岐薛，杨氏诸姨车斗风。
明年十月东都破，御路犹存禄山过。
驱令供顿不敢藏，万姓无声泪潜堕。
两京定后六七年，却寻家舍行宫前。
庄园烧尽有枯井，行宫门闭树宛然。
尔后相传六皇帝，不到离宫门久闭。
往来年少说长安，玄武楼成花萼废。
去年敕使因斫竹，偶值门开暂相逐。
荆榛栉比塞池塘，狐兔骄痴缘树木。
舞榭欹倾基尚在，文窗窈窕纱犹绿。
尘埋粉壁旧花钿，鸟啄风筝碎珠玉。
上皇偏爱临砌花，依然御榻临阶斜。
蛇出燕巢盘斗栱，菌生香案正当衙。
寝殿相连端正楼，太真梳洗楼上头。
晨光未出帘影动，至今反挂珊瑚钩。
指似傍人因恸哭，却出宫门泪相续。
自从此后还闭门，夜夜狐狸上门屋。"
我闻此语心骨悲，太平谁致乱者谁？
翁言"野老何分别？耳闻眼见为君说。

姚崇宋璟作相公,劝谏上皇言语切。
燮理阴阳禾黍丰,调和中外无兵戎。
长官清平太守好,拣选皆言由相公。
开元之末姚宋死,朝廷渐渐由妃子。
禄山宫里养作儿,虢国门前闹如市。
弄权宰相不记名,依稀忆得杨与李。
庙谟颠倒四海摇,五十年来作疮痏。
今皇神圣丞相明,诏书才下吴蜀平。
官军又取淮西贼,此贼亦除天下宁。
年年耕种宫前道,今年不遣子孙耕。"
老翁此意深望幸,努力庙谟休用兵。

　　这是一首长篇叙事诗,描写安史之乱前后李唐朝政治乱的原由。如洪迈《容斋随笔·续笔》卷二所云:"唐人歌诗,其于先世及当时事,直词咏寄,略无隐避。至宫禁嬖昵,非外间所应知者,皆反复极言,而上之人亦不以为罪。如白乐天《长恨歌》讽谏诸章,元微之《连昌宫词》始末,皆为明皇而发。"

　　"连昌宫中满宫竹"至"宫边老人为余泣"——这五句可以说是引言、引子。先在连昌宫中满目宫竹杂乱丛生、墙头千叶桃花落红遍地的一派破败幽邃景象下,引出人物——宫边老人。森似束:形容宫竹高峻繁茂,枝叶纠结,丛生如束。千叶桃:碧桃,因花开重瓣,故名。蔌蔌:花落缤纷之貌。为余(一作予)泣:为我泣诉。

　　"小年进食曾因入"至"杨氏诸姨车斗风"——此为第一层,通过宫边老人之口,描写连昌宫昔日的繁华兴盛景象。那时玄宗正在望仙楼上,杨贵妃凭栏站立,楼上楼下佩饰珠玉的宫女光彩闪烁,照彻天地。小年:犹少年。进食曾因入:一作"选进因曾人"。上皇:太上皇,指唐玄宗。《新唐书·肃宗本纪》:"(肃宗)即皇帝位于灵武,尊皇帝(玄宗)曰上皇天帝。"望仙楼:与下文"端正楼"均在骊山华清宫,以附会华清宫旧事。太真:杨贵妃,《旧唐书》本传:"或奏玄琰女(杨玉环)姿色冠代,宜蒙召见。时妃衣道士服,号曰太真。"珠翠:以物代人,指佩戴珍珠、翡翠的宫女。炫转荧煌:光彩辉映。备言:详细地说。初届寒食:一作"初过寒食"。寒食一百六:寒食节在前一年冬至后一百零五天,清明节前一天,禁火一天(一作"三天"),故曰"店舍无烟"。无烟:晋文公重耳为了纪念介子推,在他自焚这天不举火,冷食,故曰"寒食",或曰"禁烟"。"禁烟"自必"无烟"矣。贺老:贺怀智(一作"贺中智"),是开元年间最擅弹琵琶的乐师。定场屋:压场,犹压轴之意。力士:高力士,玄宗时得宠宦官。念奴:元稹自注:念奴,天宝年间著名歌妓。每逢年节,在宫楼下设宴,连续几天,万人喧哗拥挤,不能禁止,众多乐工因而罢奏。于是玄宗遣宦官高力士在楼上大呼:"现在让念奴唱歌,邠王二十五郎吹小管笛伴奏,你们愿不愿听?"立即得到众人拥护。可见当时念奴很受众人欢迎。潜伴:暗中陪伴。诸郎:指随从皇帝的侍卫人员,一说指供奉宫廷的诸艺人。特敕:特别下达的命令。许燃烛:因为寒食禁火,所以"特敕"准许点燃蜡烛。春娇满眼:眼睛洋溢着媚人的神情。睡红绡:穿着用红绸做的睡衣一类的衣服。掠削:用手梳理一下鬓发。云鬟:云朵般的环形发髻。旋装束:一会儿便妆扮好了。九天:指宫禁。诗中比喻皇宫,指连昌宫。二十五郎:邠王李承宁擅长吹笛,排行二十五,故称。《新唐书·宗室世系表》:高宗嗣故章怀太子之第二子为邠(bīn)王(李)守礼,守礼之第二子李承宁为嗣邠王,善吹笛。吹管逐:一作"吹管篴",犹吹笛伴奏。逡巡:急奏;一说舒缓,指歌唱时的节拍。大遍凉州:即全套的凉州曲调。彻:从头唱到底。沈括《梦溪笔谈》卷五:"所谓大遍者,有序、引、歌、歙、嗺、哨、催、攧、衮、破、行、中腔、踏歌之类,凡数十解,每解有数叠者。"王国维《唐宋大曲考》:"大曲各叠,名之曰遍。遍者,变也。古乐一成为变。《周礼·大司乐》:'乐有六变、八变、九变。'郑注云:'变,犹更也,乐成则更奏也。'"《唐音癸签》卷十三《唐曲》载:"凉州,宫调大曲,有大遍、小遍。西凉府都督郭知运撰进。"郭茂倩《乐府诗集》卷七十九"近代曲辞"有《大和》五音,其末题为"第五彻"。色色龟(qiū)兹:各种各样的龟兹国乐曲。《唐音癸签》卷十四《乐通三》载:"龟兹乐,起自吕光破龟兹,因得其声,流传至隋。有西国龟兹,齐朝龟兹,土龟兹三部。唐仍隋,列十部伎。"龟兹:汉西域国名,故址在今新疆维吾尔自治区库车、莎雅一带。诗中指从西北方传来的曲调。轰录续:连接着大声热烈地演奏("录续"一作"陆续")。李謩:又作李谟。元稹自注:唐玄宗在上阳宫曾吹奏其自制的一支新曲,后于正月十五暗游灯市,听到酒楼上有人吹奏他自制的这支新曲,十分惊讶。第二天暗中派人将吹奏的人抓来。这个人说:"某其夕窃于天津桥玩月,闻宫中度曲,遂于桥柱上插谱记之。臣即长安少年善笛者李謩也。"压:一作"擪(yè)",即用手按。大驾:指皇帝的车驾。鼓舞:一作"歌舞"。队仗:古代官员出行时卫队随员各持仪仗,叫做队仗(即仪仗队)。岐薛:岐王范、薛王琩均为玄宗之弟(苏仲翔《元白诗选》误为"爱子")。另有岐王珍、薛王琩,都是玄宗之侄。《新唐书·三宗诸子传》:"惠文太子范,始名隆范。玄宗立,与薛王隆业避帝讳去二名。初王郑,改封卫。俄降封巴陵,进王岐……从玄宗诛太平公主,以功赐封……开元十四年(726)薨……""惠宣太子业,始王赵,降封中山,授都水使者。徙彭城,兼陈川别驾,进王薛……(开元)二十二年(734),业有疾,帝忧之……及薨,帝悲不能食,册书加赠及谥,陪葬桥陵。"所以,二王随玄宗天宝十三载游连昌宫纯属误会。杨氏诸姨:杨贵妃的三个姐姐,"皆美劭,帝呼为姨,封韩、虢、秦三国为夫人,出入宫掖,恩宠声焰震天下"(《新唐书·后妃传》)。车斗风:《新唐书·后妃传》:"每十月,帝幸华清宫,五宅(即杨贵妃族兄杨铦、杨国忠及韩、虢、秦三夫人)车骑皆以家别为队,队一色。俄五家队合,烂若万花,川谷成锦绣。"是"杨氏诸姨车斗风"的绝妙注脚。

第一层展示了寒食禁烟时节,宫中却灯火辉煌,玄宗与杨贵妃在望仙楼上通宵达旦行乐的场面和回驾时万人夹道歌舞的盛况。描摹了一幅宫中行乐图和"杨氏诸姨"的骄纵情状。

"明年十月东都破"至"夜夜狐狸上门屋"——此为第二层,写安禄山叛军攻破东都洛阳,连昌宫从此荒废的情状。"明年十月东都破",天宝十四载(755)十二月,安禄山于灵昌渡黄河,破陈留(今开封),陷荥阳,破东都洛阳。说"十月"是约数或为凑七字句。"御路"句,安禄山叛唐后再没到过长安、洛阳间的连昌宫。《资治通鉴》载至德元年(756)六月安禄山遣孙孝哲将兵入长安,路过连昌宫,诗中并非实指。况七月太子李亨才即位于灵武,改元至德,是为肃宗。六月应为天宝十五载(756)。"禄山过"也是其叛军经过,并非安禄山亲自经过。供顿:供应军队食宿所需。两京定后:指至德二载(757)九月广平王俶、郭子仪率朔方及回纥、西域等军收复西京长安;十月收复东京洛阳。六七年:指代宗宝应二年(763)史朝义自缢,安史之乱平。庄园:行宫附近有皇帝私人园囿。闼:一作"闼(tà)",宫中小门。六皇帝:此诗作于元和十三年春,玄宗之后,依下文"今皇神圣丞相明",到"今皇"宪宗,也只有肃宗、代宗、德宗、顺宗及宪宗五帝,作"六帝"实误。陈寅恪先生认为:或者是故意误写,更符合乡间老人记忆不清的样子;或者是宦官崔潭峻有意改"五"为"六",将穆宗包括在内(详见《元白诗笺证稿·第三章·连昌宫词》)。玄武楼:德宗新建,在长安大明宫北,是由神策军宿卫的禁城。花萼:楼名,玄宗时建,在长安兴庆宫西南面,当时二楼作为帝王友爱的美谈,诗中似喻兴衰之事。陈寅恪先生认为:"(此二楼)一成一废,对举并陈,而今昔盛衰变迁沧桑之感,不明著一字,即已在其中。"敕使:下诏派遣的使者,即皇帝的使者。栉比:栉比鳞次,形容荆榛紧密排列,如同梳齿一般。缘:围绕。攲(qī)倾:倾斜、倾倒。基:歌台舞榭的基石。文窗:雕花的窗棂窗户格。窈窕:窗纱轻袅的样子(一作幽深解)。尘埋粉壁旧花钿:悬挂在白墙上的女子装饰品积满了灰尘。花钿:金属花片,妇女所用饰品。沈德潜《唐诗别裁》卷八认为是一种壁饰品。粉壁:一作粉墙。鸟啄:一作"乌啄"。风筝:诗中指悬于房檐的金属铃铎,亦即"铁马"。风吹动时有声。宫廷里的风筝缀以珠玉,吹动时音响清越。沈德潜认为"碎珠玉"指风筝之音,如同碎玉般的响声。临砌花:登临台阶观赏花卉。御榻：帝王所用的狭长而低矮的坐卧用具。临阶斜：靠着倾斜的石阶。斗栱："栱"本柱间方木，即房屋立柱和横梁交接处所垫加的弓形承重构件，垫在栱间的斗形木块叫斗，合称斗栱。"斗"形容门栱两两相对峙，形状如斗。衙：正门，唐帝王所在处称衙。寝殿：本指帝王陵墓正殿，诗中指皇帝燕寝（卧室）处。端正楼：也是华清宫内的楼名，借用。帘影动：一作"帘影黑"，承上句"梳洗"而言。意谓屋内已有人活动。反挂：即倒挂。指似：似同示。却出：退出。

第二层写安史之乱叛军攻陷东都洛阳后，连昌宫的荒废景象。连昌宫长期关闭，玄宗之后五位皇帝都未临幸。直到元和十二年，使者奉命来连昌宫砍竹子，才目睹一片荒凉衰败。后来玄宗下榻连昌宫，晚景凄凉。连同当年杨贵妃住的端正楼，也物是人非，无复当时的倩影了！

"我闻此语心骨悲"至"努力庙谟休用兵"——此为第三层，通过诗人同老人的问答，指出了"太平谁致乱者谁"以及朝政治乱得失的原因。野老：即野父。口语称老年人为"父"。姚崇（650—721）：历武周、睿宗朝宰相，玄宗先天二年（713）再度为相。宋璟（663—737）：睿宗朝宰相，开元四年（716）由姚崇荐为宰相。二人为当时名相，皆有政声，史称"姚宋"。相公：是对宰相的尊称。燮理阴阳：辅佐皇帝顺利地处理政事。宰相当时无专门的分工职掌，责任就是辅佐皇帝。燮理，义同调和。阴阳，指整个社会生活。中外：指唐王朝与外邦邻国。拣选：选拔人才。皆言：都说（人所公认）。相公：一作"至公"。禄山宫里养作儿：杨贵妃养安禄山为义子，出入宫廷，肆行无忌。《新唐书·逆臣传下》："（天宝四载）时杨贵妃有宠，禄山请为妃养儿，帝许之。其拜，必先妃后帝，帝怪之，答曰：'蕃人先母后父。'帝大悦，命与杨铦及三夫人约为兄弟。"闹如市：钻营之辈趋走虢国夫人之门，故门庭若市，喧闹非凡，意即招权纳贿，紊乱朝政。杨与李：杨国忠、李林甫，天宝间致乱宰相。杨国忠入《外戚传》，李林甫入《奸臣传》。庙谟：庙指朝廷，谟是国政，即朝廷谋划国家大政。五十年：指玄宗天宝十四载（755）安史之乱始，至唐顺宗永贞元年（805）。疮痏（wěi）：战乱带来的残败局面和民生疾苦。指安史之乱带来的混乱局面。疮的瘢痕叫做"痏"。今皇：指唐宪宗。丞相：指裴度。宪宗即位后，有意平定藩镇叛乱，裴度是极力襄助的臣子。吴蜀平：元和元年（806）西川节度使刘闢叛，神策军使高崇文奉诏讨刘，擒之并解送长安，族诛，蜀乱平；元和二年（807），镇海军节度使李锜反，为部属所擒，押送长安被处死，吴乱平。淮西贼：元和九年（814）淮西节度使吴少阳死，其子吴元济为帅，叛。元和十二年（817）丞相裴度自请督师平叛，十一月隋邓节度使李愬雪夜袭蔡州，擒吴元济，淮西贼平。年年耕种宫前道，今年不遣子孙耕：过去因战乱，皇帝无暇到连昌宫，故农家可在宫前道旁耕种；而今乱平，就不让农家子孙耕种了。深望幸：殷切地希望皇帝幸临连昌宫。幸，皇帝亲临曰幸。庙谟：一作"庙谋"（谋划好朝廷大政）。

第三层称赞姚崇、宋璟选贤任能,地方官廉洁清平,开创了"开元盛世"。姚宋死后,杨贵妃独宠,杨国忠、李林甫专权误国,终于酿成"安史之乱"。接着笔锋转而称颂宪宗削平藩镇割据和叛乱,"吴蜀平""天下宁"。结句意味深长,点明主题,祝愿朝廷"努力庙谟休用兵",安定社稷,天下太平。

全诗评判李唐朝政得失,抨击藩镇叛乱割据,批判奸相弄权误国,同时含蓄地揭露唐玄宗及皇亲国戚的骄奢淫逸和外戚的飞扬跋扈。历代诗论家推许其"有监戒规讽之意","殊得风人之旨"(《容斋随笔》),同白乐天的《长恨歌》一样,具"有风骨"(《艺苑卮言》)、"开阖有法"(《诗辩坻》)、"亦一时传诵"(《岘佣说诗》),是脍炙人口的长篇叙事名篇。洪迈在其《容斋随笔》中给予高度评价:"元微之、白乐天,在唐元和、长庆间齐名,其赋咏天宝时事,《连昌宫词》《长恨歌》皆脍炙人口,使读之者情性荡摇,如身生其时,亲见其事……盖元和十一二年间所作……"诗人把发生在不同时间、不同地点的事件、人物集中在连昌宫内来铺写,充分发挥艺术想象力,采取虚构、比拟、渲染、夸饰多种方法,吸取唐人传奇的典型化手法,形象而又生动地反映社会历史真实,使历史事件同艺术真实融合一体。

诗人重点在叙事,而且是通过与老翁的对话,如《唐诗快》所说:"通篇只起首四句与中间'我闻'二句、结语一句是自作,其馀皆借老人野父口中出之,而其中章法承转,无不妙绝,至于盛衰理乱之感,又不足言。"或顺叙,或倒叙,或叙议融为一体,既流畅自然,又委婉曲折。何良俊《四友斋丛说》以为:"初唐人歌行,盖相沿梁陈之体,仿佛徐孝穆、江总持诸作,虽极其绮丽,然不过将浮艳之词模仿凑合耳。至如白太傅《长恨歌》《琵琶行》,元相《连昌宫词》,皆是直陈时事,而铺写详密,宛如画出,使今世人读之,犹可想见当时之事,余以为当为古今长歌第一。"

就《连昌宫词》同《长恨歌》相比较而言,历代诗论评判二者优劣,各有所偏重。《墨庄漫录》认为:"白乐天作《长恨歌》,元微之作《连昌宫词》,皆纪明皇时事也。予以谓微之之作过乐天。白之歌,止于荒淫之语,终编无所规正;元之词,乃微而显,其荒纵之意皆可考,卒章乃不忘箴讽,为优也。"(张邦基)在"讽谏"意义上,《连昌宫词》思想内容、批判意义比《长恨歌》更明朗、更强烈!《载酒园诗话又编》断言:"《连昌宫词》轻隽,《长恨歌》婉丽……顾前人诸选,惟收元(稹)作者,以其含有讽喻耳。"《养一斋诗话》则认为:"然元之诗品,又不逮白,而《连昌宫词》收场用意,实胜《长恨歌》。艳《长恨》而亚《连昌》,不知诗之体统者也。"

《连昌宫词》描写细腻,布局完整,以老翁缅怀旧日、追忆往事的形式,紧扣"盛"与"衰"两个环节,通过今昔对比,道出了"安史之乱"爆发的原因,深刻地揭示了封建统治者的荒淫奢靡生活。描写连昌宫之"盛",重在刻画人物;叙述连昌宫之"衰",偏于描摹景物。"盛"时写人为主,而景物自在其中;"衰"时写景为主,历历往事如在目前。尤其是诗人采取赋的手法,极尽铺陈、肆意渲染,动静结合。特别是第二部分赋"衰",凄凉冷漠,真是"长歌当泣"(《批选唐诗》),不忍卒读!

全诗六百馀言,一气呵成,结构缜密,层次清晰,长而不乱,生动感人。在描写人物方面,无论是内侍宫婢,还是梨园弟子,都是寥寥数语,如同画龙点睛,不仅情态各异、个性突出,而且形象鲜明、栩栩如生,逼真传神、入木三分。在艺术手法上,借老翁之口发抒议论,以史代论,并且在注意诗的意境的同时,开宋人以议论为诗、以议论入诗风气之先。王世贞说得好:"《连昌宫词》似胜《长恨》,非谓议论也。《连昌》有风骨耳。"(《艺苑卮言》卷四)不仅是诗人发表了自己的议论见解,而且做到了形式与内容的统一、体裁与风格的和谐,不失为中国文学史上描绘天宝时事的一幅诗歌长卷,古典文学画廊中的艺术珍品!

在情节安排方面,实实虚虚,真真假假,假中有真,虚中有实,实虚相衬,真假相混,比并对照,在长篇叙事诗的发展上,具有独自的风格和特色。如陈寅恪先生所评判的那样:"元微之《连昌宫词》实深受白乐天、陈鸿《长恨歌》及《传》之影响,合并融化唐代小说之史才、诗笔、议论为一体而成。其篇首一句及篇末结语二句,乃是开宗明义及综括全诗之议论,又与白香山《新乐府序》所谓'首句标其目,卒章显其志'者,有密切关系。乐天所谓'每被老元偷格律',殆指此类欤?至于读此诗必与乐天《长恨歌》详悉比较,又不俟论也。总而言之,《连昌宫词》者,微之取乐天《长恨歌》之题材依香山《新乐府》之体制改进创造而成之新作品也。"(《元白诗笺证稿》第三章)而且采用对话问答形式,独辟蹊径:一是对叙事者不作描写;一是叙事背景极为简略;一是叙事者的形象性格随着情节的发展逐步展现出来。一首诗叙说一个首尾完整的故事,确实难能可贵。

在创作方法和艺术构思方面,深受当时传奇小说的影响。既植根于历史事件与真实,如平吴蜀、定淮西,又不囿于具体历史事件与事实。既有历史学家"史笔"的严格实录,又有艺术家"诗笔"的描摹夸张;既不乏对传闻的想象虚构,又有对史实的提炼尊重。有艺术夸张,也有虚构创造。譬如:杨贵妃就没有到过连昌宫;"望仙楼""端正楼"事实上在骊山华清宫;李謩偷曲实际发生在元宵节前东都洛阳的天津桥上;至于念奴唱曲、二十五郎吹笛、百官队仗避岐薛、杨氏诸姨车斗……都不是发生在连昌宫内或宫前的事。正如上述"史才""诗笔",前者要求真实,后者依据情节需要,可以适当艺术加工,本诗在这方面处理得当,天衣无缝。

对于结尾结句"努力庙谟休用兵",唐·陈彝曰:"此语是大主意。"清·沈德潜说:"结似端重,然通篇无黩武意,句尚无根。"明·胡应麟则谓:"敷衍有馀,步骤不足。"笔者以为结句言简意赅,点出全诗主旨之所在。

综观全诗,不仅结构严谨,情节生动,场景弘阔,而且艺术手法高明,对比强烈,叙事层次分明、波澜起伏,语言雅丽,极富形象性。比之《长恨歌》,虽均取材于李杨故事,但本诗侧重于推述阐发朝廷兴衰治乱之因由,揭露最高统治者的荒淫,"殊得风人之旨""有监戒规讽之意"。诗虽不及《长恨歌》"童子解吟"那样流布人口,但在思想内涵及对叙事诗的发展上,令人瞩目,是微之最具代表性的篇章。如《随园诗话》所说:"元、白在唐朝所以能独树一帜者,正为其不袭盛唐窠臼也。"无怪乎《连昌宫词》流入宫中,宫人竟称之为"元才子"。

元白的长篇叙事诗如《长恨歌》《琵琶行》及本诗《连昌宫词》都是别具一格的新格调,一般也称之为"长庆体"。后来清初吴伟业的《永和宫词》《圆圆曲》以及近人王闿运的《圆明园词》,王国维的《颐和园词》都是本篇的仿制者,如同元稹《上令狐楚启》所说"思深语近,韵律调新,属对无差而风致宛然",真是美极了!是元和体的上乘之作,绝"不可与江湖淫言媟语等量齐观"。

元白二人在诗歌创作上相互批评、相互学习,如白居易《与元九书》所云:"与足下小通则以诗相戒,小穷则以诗相勉,索居则以诗相慰,同处则以诗相娱。"他们在诗歌创作上转益多师,古人酬唱和答篇什之多,无过元白二人的。可以断言,和答酬唱诗篇到元白才定型。白氏在其《和答诗十首序》中所谓:"旬日来多乞病假,假中稍闲,且摘卷中尤者继成十章,亦不下三千言。其间所见,同者固不能自异,异者亦不能强同,同者谓之和,异者谓之答。"二人和答酬唱,互相仿效,改进增创,成就了和答诗这一体制。白居易、陈鸿的《长恨歌》及其《传》,显然受到李绅、元稹《莺莺歌》及其《传》的影响;元稹的《连昌宫词》,又受到白、陈《长恨歌》及其《传》的影响。诗人相互学习、模仿、改进、增创的痕迹显而易见!

和李校书新题乐府十二首并序(选三)

"乐府",本系汉武帝刘彻所设立的音乐机关,职掌搜集整理民间或文人的诗歌,并配以乐谱,供朝廷宴会或祭祀时演奏。后人将这些入乐的诗歌及历代文人采用乐府旧题的拟作、创作,统称"乐府"。于是乐府由音乐机构名称衍化为诗体的名称。"新题乐府",即"新乐府"。唐代大诗人杜甫以乐府的形式,创作了即事名篇《悲陈陶》《哀江头》"三吏"、"三别"诸多反映当时现实的不朽诗篇,不仅丰富了此一体裁的内容,并为以后的发展奠定了基础。

元和初年,李绅(字公垂)作"乐府新题"二十首(今佚)寄给元稹,元稹和作十二首。白居易扩充范围,创作了五十首,称之为"新乐府",同时明确指出其创作目的是:"为君为臣为民为物为事而作,不为文而作。"元稹这十二首诗依次为:《上阳白发人》《华原磬》《五统弹》《西凉伎》《法曲》《驯犀》《立部伎》《骠国乐》《胡旋女》《蛮子朝》《缚戎人》《阴山道》。郭茂倩《乐府诗集》卷九六引元稹序："李公垂作《乐府新题》二十篇，稹取其病时之尤急者，列而和之，盖十五而已，今所得才十二篇。又得《八骏图》一篇，总十三篇。"

校书，掌管校勘书籍，以备顾问的官吏。唐沿隋制，设校书四人，正九品下。唐中书省集贤院亦置，人数、品秩同上。

予友李公垂贶予《乐府新题》二十首，雅有所谓，不虚为文。予取其病时之尤急者，列而和之，盖十二而已。昔三代之盛也，士议而庶人谤。又曰：世理则词直，世忌则词隐。予遭理世，而君盛圣，故直其词以示后，使夫后之人谓今日为不忌之时焉。

此序旨在说明《和李校书新题乐府十二首》写作的缘由和意义。予：亦作"余"，下三处"予"同。均系第一人称。公垂：李绅字。贶(kuàng)：本义为赐予，赏赐。序中意作赐赠。雅(yǎ)：高雅，美好。谓：说，评论之辞。虚：作副词用。徒然，白白地。《旧唐书·越王贞传》："不可虚生浪死，取笑于后代。"文：文字，文辞。列：本为行列、位次。序中引申为罗列，陈列，作动词。和：跟着唱。一唱一和。序中意为和诗。三代：指夏、商、周三代。《论语·卫灵公篇》："斯民也，三代之所以直道而行也。"邢昺疏："三代，夏、殷、周也。"士议：士大夫的评价、议论。庶人：西周、春秋之际对农业生产者的称谓。有别于所谓"平民，百姓"。谤：本指从旁公开指责君王或别人的过失。不同于诽谤、毁谤等不顾事实的恶意攻击。汉代之后多用不顾事实地说别人坏话或恶意攻击即引申义。世理：世，指时代、朝代。理，治理。词直：词，言辞；文辞。诗序中主要指前者。直，(言词)直截了当，无所隐晦。忌：忌讳；回避。词隐：言辞或文辞隐曲。即宋周紫芝所谓："其叙开元一事，意直而词隐，晔然有《骚》《雅》之风。"遭：逢，遇到。《礼记·曲礼上》："遭先生于道，趋而进，正立拱手。"孔颖达疏："遭，逢也。"无"遭凶"(遭遇凶厄、凶祸)之意。理世：太平盛世。治世。白居易《序洛诗》有"苟非理世，安得闲居"。君：《仪礼·丧服》："君，至尊也。"郑玄注："天子、诸侯及卿大夫有地者，皆曰君。"白居易《杜陵叟》"十家租税九家毕，虚受吾君蠲免恩"指皇帝、帝王；《诗·大雅》"宜君宜王"指诸侯；韩愈《黄陵庙碑》"尧之长女娥皇，为舜正妃，故曰君"指天子、诸侯之妻。后来又表尊称，并指封号、谥号。盛圣：盛，至尊，尊贵至极。圣，《吕氏春秋·求人》："古之有天下者七十二圣。"直：率直，坦率；直言不讳。示后：让后人知道；让后人看见。夫：助词。或用于句首，或用于句末，序则用于句中。谓：以为；认为。不忌：

不畏忌；不忌讳。

小序不足百字，主要说明写作"新题乐府"十二首的动机、意义。尤其是对"三代之盛"，言论自由、文辞直率给以肯定，也是对中晚唐朝政的颂赞。

新题乐府(即新乐府)肇始于李绅，其二十首讽喻时政的乐府诗，题曰《乐府新题》。元稹选取个中他认为最切时弊的十二篇酬和，即本题十二首。白居易又扩大题材，先后写成五十篇，亦题曰"新乐府"。所谓"乐府新题""新题乐府""新乐府"，系对"乐府古题"而言。元稹、白居易的"新乐府"并非他们创造的文学形式，而是继承杜甫的创造。而且所谓"新"，是就新的题目和内容而言，并不是新的曲调。原有的"饮马长城窟""东门行"之类乐府旧题，均系曲调名；而杜甫、元稹、白居易所作，"都是概括诗的内容，以定题目"。这种"乐府新题"实际上只是诗题，而非乐府题。元稹改李绅的"乐府新题"为"新乐府"，白居易也采用"新乐府"名，使文学史上对唐代乐府的认识容易出现混淆。因为杜甫的《悲陈陶》《哀江头》等，虽摹仿乐府古题，自标新题，但还是歌行体诗，而非乐府。元白的"新乐府"，也还是诗——乐府诗，而绝非乐府。白居易把其《新乐府》纳入讽喻诗，不另列乐府一类，可见他也把这些诗视作诗而不是乐府。

上阳白发人

上阳，上阳宫。在东都洛阳皇城西南洛、谷二水之间。《唐六典》卷七记载，系唐高宗上元年间(674—676)敕建。白发人，即白发宫女。凡失宠及未进御的宫人都送在上阳(洛阳行宫)。《乐府诗题》卷九六题解云："白居易传曰：'天宝五载已后，杨贵妃专宠，后宫无复进幸。六宫有美色者，辄置别所，上阳其一也。贞元中尚存焉。'"天宝五载，即746年。历史纪年只有唐玄宗天宝三年正月"改年曰载"，即天宝三载(744)至十五载(756)，唐肃宗至德二载(757)至至德三载(758)，不称"年"而曰"载"。《书·尧典》："朕在位七十一载。"《尔雅·释天》云："载，岁也。夏曰岁，商曰祀，周曰年，唐虞曰载。"

天宝年中花鸟使，撩花狎鸟含春思。
满怀墨诏求嫔御，走上高楼半酣醉。
醉酣直入卿士家，闺闱不得偷回避。

良人顾妾心死别，小女呼爷血垂泪。
十中有一得更衣，永配深宫作宫婢。
御马南奔胡马蹙，宫女三千合宫弃。
宫门一闭不复开，上阳花草青苔地。
月夜闲闻洛水声，秋池暗度风荷气。
日日长看提象门，终身不见门前事。
近年又送数人来，自言兴庆南宫至。
我悲此曲将彻骨，更想深冤复酸鼻。
此辈贱嫔何足言，帝子天孙古称贵。
诸王在阁四十年，七宅六宫门户闷。
隋炀枝条袭封邑，肃宗血胤无官位。
王无妃媵主无婿，阳亢阴淫结灾累。
何如决壅顺众流，女遣从夫男作吏。

【新解】

天宝年中花鸟使，撩花狎鸟含春思——花鸟使：原注："天宝中，密号采取艳异者为花鸟使。"又说专为皇帝挑选妃嫔宫女的使者。《新唐书·文艺传中·吕向》："玄宗开元十年，召入翰林……时帝岁遣使采择天下姝好，内（纳）之后宫，号'花鸟使'，向因奏《美人赋》以讽。"后陪侍皇帝饮宴的妃嫔亦称花鸟使，见《唐语林·补遗一》。撩：撩逗；挑逗。狎(xiá)：狎玩；戏谑。唐陈鸿《东城老父传》："三尺童子，入鸡群，如狎群小。"春思：本春日的思绪、情怀。诗中指花鸟使的轻浮。

"满怀墨诏求嫔御"至"闺闱不得偷回避"——墨诏：皇帝之命称诏书。正式用朱笔，非正式用墨笔。求：寻求。嫔御：古代帝王、诸侯的侍妾与宫女。《左传·哀公元年》"妃嫱嫔御"杜预注："妃嫱，贵者；嫔御，贱者，皆内宫。"唐康骈《剧谈录·孟才人善歌》："孟才人善歌，有宠于武宗皇帝，嫔御之中莫与为比。"高楼：指高大豪华的房屋建筑。酣醉：沉醉；酩酊大醉。唐王昌龄《大梁途中作》："当时每酣醉，不觉行路难。"卿士：卿、大夫。泛指官吏。闺闱：本指内室，或特指妇女所居的地方。诗中指妇女、女子。偷：暗中，暗地里。回避：躲开，躲藏。

良人顾妾心死别，小女呼爷血垂泪——良人：古时女子对丈夫的称呼。《孟子·离娄下》赵岐注："良人，夫也。"白居易《对酒示行简》："昨日嫁娶毕，良人皆可依。"顾妾：一作顾望。死别：永别。杜甫《垂老别》："孰知是死别，且复伤其寒。"小女：指女儿中年龄最小的。诗中泛指年龄不大的女儿。爷：父亲。《木兰诗》："军书十二卷，卷卷有爷名。"唐·杜牧《别家》："初岁娇儿未识爷，别爷不拜手吒叉。"血垂泪：犹垂血泪。血，指因悲恸而流的泪。"血，即泪也"（李善注）。有加重语气的作用。垂泪,流泪。

前八句描写花鸟使的横行无忌及被选为嫔御之家的生离死别。形成十分强烈的对比。

"十中有一得更衣"至"宫女三千合宫弃"——有一得:一作"一得预"。更衣:言其被选入宫皇帝召幸。十中有一写入宫之后得幸十之一而已。其馀的则"永配深宫",做个宫婢罢了。"永配"一作"九配"。御马南奔:指安史乱起,玄宗奔蜀。胡马:安禄山系胡人,故称其兵马为胡马。蹙:迫近,逼近。宫女三千合宫弃:白居易《长恨歌》有"后宫佳丽三千人,三千宠爱在一身"。合宫,整个宫中。合,全部,整个。弃,抛弃。这几句写唐玄宗专宠杨贵妃,后宫三千佳丽全被抛弃,统统被打入冷宫——上阳宫。

"宫门一闭不复开"至"秋池暗度风荷气"——宫门:上阳宫门。下文提象门即上阳宫门名。不复:不再。花草:泛指可供观赏的花和草。诗中写荒凉破败景象,正如李白《登金陵凤凰台》所谓"吴宫花草埋幽径,晋代衣冠成古丘"的凄凉。青苔:苔藓。《淮南子·泰族训》:"穷谷之污,生以青苔。"高诱注:"青苔,水垢也。"形容"青苔生满路,人迹至应稀"的景象。闲:百无聊赖的样子。洛水:古水名。即今河南省洛河。暗度:不知不觉地过去。杜甫《舟中夜雪有怀》:"暗度南楼月,寒深北渚云。"风荷:风中的荷花和莲叶。白居易《南塘暝兴》:"风荷摇破扇,波月动连珠。"气:气味;气息。写被幽禁在上阳宫凄凉幽闷。

"日日长看提象门"至"自言兴庆南宫至"——提象门:上阳宫门名。兴庆南宫:兴庆宫。在长安。至:到。动作的终点。写被幽禁者不时遭送而至。

我悲此曲将彻骨,更想深冤复酸鼻——彻骨:入骨;透骨。极言程度之深。酸鼻:鼻酸。言其悲痛欲泣。宋玉《高唐赋》李善注:"酸鼻,鼻辛酸,泪欲出也。"与"鼻酸"尚有程度浅深之不同。

此辈贱嫔何足言,帝子天孙古称贵——此辈:这些人;这班,这班人。带有蔑视意味。所以下称"贱嫔"。帝子:指帝王之子。唐·王勃《滕王阁》诗、吕岩《敲爻歌》、吴兢《贞观政要·尊敬师傅》均有例句。天孙:本指织女星,亦泰山别名。诗中指帝王后裔。诗人对嫔妃持蔑视态度,时代使然。

"诸王在闶四十年"至"肃宗血胤无官位"——闶:古代官署之门,这里系指诸王所在,似指宫殿或宫中便殿。七宅:陈寅恪先生考证:"七疑当作十,见《旧唐书》十百七、《新唐书》八二'玄宗诸子传'。"《乐府诗集》《唐会要·诸王门》均作"十"。"七宅"应作"十宅",即指十王(庆忠棣鄂荣光仪颍永延盛济⋯⋯)分居之宅,"以十举其全数"。闶(bì):《说文》:"闶,闭门也。"又:"闭,阖门也。"古籍往往以闭训闶。诗中指关门。也泛指关闭。隋炀枝条袭封邑:原注"近古封前代子孙为二王、三恪"。隋，原作"随"，据《全唐诗》《乐府诗集》改。肃宗血胤无官位：原注"肃宗已后，诸王并未出阁"。血胤，指同一血统的子孙后代。王无妃媵主无婿，阳亢阴淫结灾累——妃媵：妃位次于皇后，嫔位又次于妃，媵，《仪礼·士昏礼》郑玄注："古者嫁女必姪（兄之子）娣（女弟也）从，谓之媵。"帝王、诸侯嫁女，以侄娣从嫁称媵。婿：《乐府诗集》作"夫"。阳亢：亢，骄傲，无礼；亢直，刚强。阴淫：淫靡，放纵；恣肆。一作贪色，淫荡。灾累：灾难，忧患。

何如决壅顺众流，女遣从夫男作吏——壅：堵塞；阻挡；障蔽；遮盖。遣：打发；发送。从夫：顺从。吏：本指官府中的胥吏、差役。诗中是古代对官员的通称。诗人是主张遣放妃媵的。他对宫人被幽闭是怀有忧伤、哀怜之情的。

白居易也有同题新乐府。李绅同题列为第一篇。元稹本诗可谓"以十二分同情写出"。然而却另一手法。白诗原诗注云"愍怨旷也"。通过一位老宫女一生的悲凉遭遇，形象生动地表现了"后宫佳丽三千人"的命运，寄予被幽禁上阳宫的可怜女子以同情。可以说是一首政治讽喻之作。元稹本诗则写天宝年间花鸟使"醉酣直入卿士家"选妃嫔，而且"闺闱不得偷回避"，造成小女、爷娘"血垂泪"的生离死别。然而，入宫之后，只落得"宫女三千合宫弃""近年又送数人来"，被打入上阳冷宫，而且"宫门一闭不复开""终身不见门前事"的悲惨结局。诚难怪诗人也"悲彻骨"，并且发出了"女遣从夫男作吏"的呼喊！元稹本诗所写"天宝年间花鸟使"采艳异的悲剧，白居易有和诗，且开篇即说："上阳人，红颜暗老白发新；绿衣监使守宫门，一闭上阳多少春！"都是关心妇女等社会问题、同情妇女的诗篇。

五弦弹

五弦，古代乐器名。《韩非子·外储说左上》："昔者舜鼓五弦，歌《南风》之诗而天下治。"《新唐书·礼乐志十一》："五弦如琵琶而小，北国所出，旧以木拨弹，乐工裴神符初以手弹。"唐韦应物《五弦行》云："美人为我弹五弦，尘埃忽静心悄然。"《乐苑》曰："五弦未详所起，形如琵琶，五弦四隔，孤柱一。合散声五，隔声二十，柱声一，总二十六声，随调应律。"宋·郭茂倩《乐府诗集》第九十六卷《新乐府辞七》引《乐府杂录》曰："唐贞元中，赵璧妙于此伎。"《国史补》曰："赵璧弹五弦，人问其术，曰：'吾之于五弦也，始则心驱之，中则神遇之，终则天随之。方吾洗然眼如耳，耳如鼻，不知五弦之为璧，璧之为五弦也。'"从上述不难看出，赵璧之于琵琶心领神悟,物我而一;听者"感心动耳,荡气回肠",大有馀音绕梁,不绝如缕之感!

　　赵璧五弦弹徵调,徵声嶒绝何清峭!
　　辞雄皓鹤警露啼,失子哀猿绕林啸。
　　风入春松正凌乱,莺含晓舌怜娇妙。
　　呜呜暗溜咽冰泉,杀杀霜刀涩寒鞘。
　　促节频催渐繁拨,珠幢斗绝金铃掉。
　　千靮鸣镝发胡弓,万片清球击虞庙。
　　众乐虽同第一部,德宗皇帝常偏召。
　　旬休节假暂归来,一声狂杀长安少。
　　主第侯家最难见,接歌按曲皆承诏。
　　水精帘外教贵嫔,玳瑁筵心伴中窭。
　　臣有五贤非此弦,或在拘囚或屠钓:
　　一贤得进胜累百,两贤得进同周召;
　　三贤事汉灭暴强,四贤镇岳宁边徼;
　　五贤并用调五常,五常既叙三光耀。
　　赵璧五弦非此贤,九九何劳设庭燎。

　　赵璧五弦弹徵调,徵声嶒绝何清峭——赵璧:即白居易《五弦》中之"赵叟"。唐贞元之际乐工,善弹五弦琴。白居易《五弦》《五弦弹》都描写了赵璧五弦琴声之妙。徵(zhǐ)调:五音之一。《礼记·月令》有:"(孟夏之月)其虫羽,其音徵。"诗中指以徵音为主的调式。唐李肇《国史补》云:"宋沇为太乐令,知音,近代无比。太常久亡徵调,沇乃考钟律而得之。"徵在宫、商、角、徵、羽五音中作为徵音级,有"徵音录响,操终则绝"(晋·陆机《演连珠》)之说。又有"味咸味,听徵声"(《管子·幼官》)及"闻徵声,莫不喜养的好施者"(汉班固《白虎通·礼乐》)之谓。亦即下句所说"嶒绝何清峭"。嶒绝:陡峭险峻。本形容山势,诗中则描写徵声。清峭:清越高昂。这两句开门见山,照应题目,称赞赵璧五弦弹奏徵调声响的激越昂扬。

　　辞雄皓鹤警露啼,失子哀猿绕林啸——辞:一作"避"。皓鹤:言鹤每于天晓之时鸣叫,谓之"警露"。琴操有《孤鹤吟》。猿:灵长类哺乳动物,似猴而大,无颊囊与尾巴。生活在森林之中,有猩猩、长臂猿等。《山海经·南山经》:"(堂庭之山)多棪木,多白猿。"郭璞注:"今猿似猕猴而大,臂脚长,便捷。色有黑有黄。鸣,其声哀。"李白《早发白帝城》："两岸猿声啼不住,轻舟已过万重山。"啸:鸟兽鸣叫长声不绝。有虎啸风生之说,诗中形容猿的哀叫声。形容五弦徵声的哀惋如同鹤唳猿啸。

"风入春松正凌乱"至"杀杀霜刀涩寒鞘"——如苏渊雷先生所说:"极写弦声之妙。"凌乱:形容"风入春松"松被风吹摆动杂乱无序的样子。晓舌:指鸟儿拂晓的啼鸣叫声。娇妙:俏丽。本描写人。诗中描写"莺含晓舌"其声的宛转动听。怜:爱羡;喜爱;疼爱。白居易《玩半开花赠皇甫郎中》："人怜全盛日,我爱半开时。"溜:滑动;圆转。咽(yè);声音滞涩。一般均以之形容声音悲涩。冰泉:犹清泉。形容五弦琴声。霜刀:锋利雪亮的刀。唐·杜甫《观打鱼歌》："饔子左右挥霜刀,鲙飞金盘白雪高。"涩:本为不光滑或不滑润;不灵活。诗中有"急"之意,写五弦声急促。即元揭傒斯《李官人琵琶引》"琵琶转调声转涩",此本于白居易"却坐促弦弦转急"(《琵琶行》)。涩,急也,以其促,故曰急。鞘:刀剑套。《西京杂记》卷一:"开匣拔鞘,辄有风气,光彩照人。"形容弦之优雅动听。

"促节频催渐繁拨"至"万片清球击虞庙"——促节:急促的节奏;短促的音节。晋陆机《拟东城一何高》："长歌赴促节,哀响逐高徽。"繁:多。珠幢:珠饰的旗杆之上置金铃,风动有声。斗绝:孤悬。䩫:盛箭器。元稹《痁卧闻幕中诸公徵乐会饮因有戏赠三十韵》："蛇蛊迷弓影,雕翎落箭䩫。"《说文》无"䩫"字。鸣镝:箭上置哨,射出有声。胡弓:胡人之弓。球:玉磬。虞庙:舜庙。亦写弦鸣之声,状其高亢激扬。

众乐虽同第一部,德宗皇帝常偏召——德宗皇帝:唐德宗李适(780—804)。偏:专。召:召来,召见;呼唤。

旬休节假暂归来,一声狂杀长安少——旬休:唐时官吏每十日休假一天,故曰"旬休"。长安少:长安少年。省"年"字,为歇后语。

主第侯家最难见,按歌按曲皆承诏——主第:公主的住宅。泛称贵族之家。卢照邻《长安古意》："玉辇纵横过主第,金鞭络绎向侯家。"侯家:侯门。指显贵之家。挼(ruó)歌:随节拍歌唱。按曲(qǔ):击节唱曲。唐·李廓《长安少年行》："虽然长按曲,不饮也曾听。"承诏:奉诏、奉旨。《新唐书·百官志二》："四夷朝见,则承诏劳问。"《说文解字·叙》："幼子承诏。"(引《仓颉篇》)按歌按曲,一作"按歌接曲"。

上六句写赵璧弹五弦,唐德宗常常专门召见。节假日暂归来,一曲奏来长安少年竟为之发狂。即使公主贵族之家击节唱曲,也得奉诏旨才行。

水精帘外教贵嫔,玳瑁筵心伴中要——水精帘:帘上装缀水精者谓之水精帘。贵嫔:女官名。三国时魏文帝始置,位次仅次于皇后,历代多沿袭(见《三国志·魏书·后妃传序》)。元稹诗中泛指妃嫔。玳瑁:亦作"瑇瑁"。诗中指用爬行动物玳瑁的甲骨壳所制的装饰品。玳瑁筵：即玳筵。隋·江总《今日乐相乐》："绮殿文雅道，玳筵欢趣密。"指珍贵豪华的宴席。唐太宗《帝京篇》之九："罗绮昭阳殿，芬芳玳瑁筵。"中要：中贵要人。犹中枢。诗中指有权有势的宦官。《资治通鉴唐肃宗乾元元年》"中要"胡三省注："中要，谓中人居权要者。"写赵璧"教贵嫔""伴中要"的显赫。

"臣有五贤非此弦"至"五常既叙三光耀"——五贤：五种贤人，五位贤臣。晋文公时称狐偃、赵衰、颠颉、魏武子、司空季子为五贤。拘囚：拘禁，关押。唐颜真卿《祭伯父豪州刺史文》："嫂及儿女皆被拘囚。"屠钓：屠宰与垂钓。即宰牲和钓鱼。旧指操此业者。杜甫《伤春》诗之三："贤多隐屠钓，王肯载同归。"累：牵连。两贤：两位贤人。诗中指周召（周公、召公）。三贤：诗中指张良、韩信、萧何。暴强：凶暴强横。诗人《王进岌冀州刺史制》："忠信可以服暴强，仲尼之言也。"四贤：诗中指尧时四岳。相传为共工的后裔。杜甫《寄裴施州》："尧有四岳明至理，汉二千石真分忧。"镇：威服；镇服；压服。《史记·淮阴侯列传》："齐伪诈多变，反覆之国也，南边楚，不为假王以镇之，其势不定。"宁：安宁。边徼：犹边境。唐李峤《城》："何辞一万里，边徼捍匈奴。"调(tiáo)：协调；使协调。五常：旧时五种伦常道德，即父义、母慈、兄友、弟恭、子孝。《书·泰誓下》孔颖达疏："五者人之常行。"叙：一作"序"。次序；次第。三光：日、月、星。元稹《有酒》诗之四："何三光之并照兮，奄云雨之冥冥。"耀：一作"曜"。诗人对五贤、五常作了诠释。

赵璧五弦非此贤，九九何劳设庭燎——九九：由冬至日起，历八十一日，每九天为"一九"，按次序定名为"一九""二九"至"九九"。也指"九九"中最末一个九天。唐薛能《汉庙祈雨回阳春亭有怀》："九九已从南至尽，芊芊初傍北篱新。"南至即冬至。何劳：何须烦劳，亦即用不着、不需要。《敦煌变文集》蒋鸿礼通释："何劳，同'荷劳'，承荷烦劳的意思。"庭燎：古代庭中照明的火炬。《诗·小雅》有《庭燎》篇："夜如何其，夜未央，庭燎之光。"《周礼·秋官·司烜氏》："凡邦之大事，共坟烛庭燎。"郑玄注："坟，大也。树于门外曰大烛，于门内曰庭燎，皆所以照众为明。"

全诗立意以求贤为主旨。

陈寅恪《元白诗笺证稿》评曰："此题公垂倡之，微之和之，乐天则《秦中吟》有《五弦》一篇，《新乐府》有《五弦弹》一篇……李公垂此题所咏今不可见，未知若何。元白二公则立意不同。微之此篇以求贤为说，乐天之作则以恶郑之夺雅为旨，此其大较也。微之持义固正，但稍嫌迂远。乐天就音乐而论音乐，极为切题。故鄙见以为白氏之作，较之元氏此篇，更为优胜也。"此评元白优劣，甚为公允。新乐府运动，李绅(字公垂)首唱，元稹择和，白居易复扩充之为五十首《新乐府》，这些"凡所歌行，率皆即事名篇，无复依傍"的新题乐府，蔚为有唐一代诗歌之大观，成为历代诗人习作的名著典范。

新乐府李绅所作已不可见，元稹和作十二首多不及白居易所作。究其原由，一是因为元作往往一题涵括数义，不独词义复杂，主题亦不够明确；一是因为元作造句造词颇嫌晦涩，不似白氏作品词句简单流畅，有如自然的散文，却又富诗歌之美(详见苏渊雷《元白诗选》之《导言》)。具体而言，白乐天造句遣词多以三七言参差相间杂，略似古乐府和李白、杜甫之歌行，行文自由活泼，而无拘牵滞碍之苦。元微之所赋之作，尚拘守七言古诗的形式，所以显得没有白诗的潇洒自然、明丽晓畅。元白二公此题诸篇之词句，并可与其后来所作之《琵琶歌》《琵琶引》参证，即一目了然、优劣判然。

历代对元稹《五弦弹》还有评价。对其中"风入春松正凌乱，莺含晓舌怜娇妙。呜呜暗溜咽冰泉，杀杀霜刀涩寒鞘"多所激赏。《韵语阳秋》评曰："《晋书·阮咸传》云：咸善琵琶。今有圆槽而十三弦者，世号'阮'，亦谓'阮咸'……又有所谓'五弦'者，《唐书·乐志》云：'如琵琶而小，北国所出。乐工裴神符初以手弹，太宗悦甚，后人习为掐琵琶。'则五弦之制，亦出于琵琶也。乐天有《五弦弹》诗云：'赵璧知君入骨爱，五弦一一为君调。'又云：'惟忧赵璧白发生，老死人间无此声。'想其掐弹之妙，冠古绝今，人未易企及也……元稹云：'促节频催渐繁拨，珠幢斗绝金铃掉。'亦可见五弦声韵，制作之仿佛矣。"

总之，本诗及"新题乐府"，元稹所作较之白居易所赋略逊一筹，确是不容置疑的客观事实。

缚戎人

题解

这首诗是元稹《和李校书新题乐府十二首》的第十一首。戎系古族名。古代典籍中泛指我国西部少数民族。"西方曰戎"(《礼记·王制》)，"西辟之民曰戎"(《大戴礼记·千乘》)。其实作为古代民族，戎支系众多。王国维《鬼方昆夷玁狁考》有详细考证。远在殷周时就有鬼戎、西戎、余无之戎之说。春秋时代有北戎、允戎、骊戎、犬戎、蛮戎、己氏之戎、伊洛之戎。秦国西北有狄、獂、邽、冀之戎，义渠之戎，大荔之戎等。到战国时，晋国及其以北有条戎、茅戎、大戎、林胡、楼烦之戎；燕北有山戎；陕豫交界有陆浑、扬拒之戎，等等，多以游牧为生。一说戎"随世异名，因地殊号"。商周时曰鬼方，曰昆夷，曰玁鬻。在宗周之季则曰玁狁。入春秋之后始谓之戎。

边头大将差健卒,入抄擒生快于鹘。
但逢赪面即捉来,半是边人半戎羯。
大将论功重多级,捷书飞奏何超忽?
圣朝不杀谐至仁,远从炎方示微罚。
万里虚劳肉食费,连头尽被毡裘曤。
华茵重席卧腥臊,病犬愁鹄声咽噁。
中有一人能汉语,自言家本长城窟。
少年随父戍安西,河渭瓜沙眼看没。
天宝未乱犹数载,狼星四角光蓬勃。
中原祸作边防危,果有豺狼四来伐。
蕃马膘成正翘健,蕃兵肉饱争唐突。
烟尘乱起无亭燧,主帅惊跳弃旌钺。
半夜城摧鹅雁鸣,妻啼子叫曾不歇。
阴森神庙未敢依,脆薄河冰安可越?
荆棘深处共潜身,前困蒺藜后鹁鸠。
平明蕃骑四面走,古墓深林尽株榾。
少壮为俘头被髡,老翁留居足多刖。
乌鸢满野尸狼藉,楼榭成灰墙突兀。
暗水溅溅入旧池,平沙漫漫铺明月。
戎王遣将来安慰,口不敢言心咄咄。
供进腶腶御比般,岂料穹庐揀肥腯。
五六十年消息绝,中间盟会又猖獗。
眼穿东日望尧云,肠断正朝梳汉发。
近年如此思汉者,半为老病半埋骨。
常教孙子学乡音,犹话平时好城阙。
老者傥尽少者壮,生长蕃中似蕃悖。
不知祖父皆汉民,便恐为蕃心矻矻。
缘边饱馁十万众,何不齐驱一时发?
年年但捉两三人,精卫衔芦塞溟渤!

新解

"边头大将差健卒"至"半是边人半戎羯"——边头:边地;边疆。唐·王昌龄《塞下曲》之四:"边头何惨惨,已葬霍将军。"入抄:侵入抄掠。擒生:活捉敌人。唐·戎昱《从军行》:"擒生黑山北,杀敌黄云西。"擒,《全唐诗》本作"禽"。禽,名词,指猎物。引申为动词,擒获。鹘:鸷鸟名,比喻蕃卒快捷矫健。赪(chēng)面:同"䞓",俗作"䞓"。赤色,浅色。《尔雅·释器》:"再染谓之赪。"郭璞注:"赪,浅赤。"《广韵·清韵》:"赪,赤色,俗作䞓。"李白《明堂赋》:"赪栏各落,偃蹇霄汉。"西蕃有涂面使赤之俗。边人:指边民。唐·张籍《陇头行》:"驱我边人胡中去,散放牛羊食禾黍。"一作"蕃人"。戎羯:戎,详见"题解"。羯:古族名。"五胡"(匈奴、鲜卑、羯、氐、羌)即五个少数民族之一。晋武帝死后,晋室内乱,此五个少数民族相继在中原称帝,史称"五胡"。羯族曾附属匈奴。魏晋之际,散居上党郡(今山西潞城附近各县)。东晋时,羯人石勒在黄河流域建立后赵政权,为十六国之一。说明所谓"戎人"之来源。

"大将论功重多级"至"远从炎方示微罚"——重:重视,崇尚。飞奏:飞快地表奏朝廷。元稹《叙奏》:"天子久不在都,都下多不法,百司皆牢狱……予因飞奏绝百司专禁锢。"据唐·刘悚《隋唐嘉话》卷中载,飞奏事始于唐太宗征高丽,高宗留居定州,请驿递表起居时。超忽:迅速。唐韦应物《元日寄诸弟兼呈崔都水》:"新正加我年,故岁去超忽。"圣朝:封建时代对本朝的尊称,亦作为皇帝的代称。唐岑参《寄左省杜拾遗》:"圣朝无阙事,自觉谏书稀。"谐:和谐,融洽。至仁:最大的仁德;亦指最有仁德的人。炎方:泛指南方炎热地区。白居易《夏日与闲禅师林下避暑》:"每因毒暑悲亲故,多在炎方瘴海中。"示:垂示,显示。微罚:小小惩罚。一作"惩罚"。

"万里虚劳肉食费"至"病犬愁鹘声咽喔"——虚劳:白费力气。肉食:指高官厚禄,亦泛指做官的人。《左传·庄公十年》:"肉食者鄙,未能远谋。"杜预注:"肉食,在位者。"唐陈子昂《感遇诗》之二九:"肉食谋何失,藜藿缅纵横。"连头:一个挨一个,成排。《旧唐书·懿宗本纪》:"致使三军百姓,抆血相视,连头受诛。"毡裘:指古代北方游牧民族以皮毛所制成的衣服。汉蔡琰《胡笳十八拍》:"毡裘为裳兮骨肉震惊。"暍(yè):病热中暑。《说文》:"暍,伤暑也。"《荀子·富国》:"使民夏不宛暍,冬不冻寒。"茵:这里指车垫子。华茵,华美有文彩的车垫子或衬垫、褥子。元稹《送复梦赴韦令幕》:"西曹旧事多持法,慎莫吐佗丞相茵。"重席:古人席地而坐,以坐席层叠的多少表示身分官位的高低。所以"重席"指层叠的坐席。《左传·襄公二十三年》杨伯峻注:"重席,二层席。"古代席地坐,席之层次,依其位之高低。《仪礼》中《乡饮酒礼》《乡射礼》都有"公三重,大夫再重"及"加席"的记载。腥臊:

腥臭味。《荀子·荣辱》:"鼻辨芬芳腥臊,骨体肤理辨寒暑疾养。"咽喔(wò):形容"病犬愁鹄"声音滞涩、悲切。写戍人被传置南方的病卧愁苦。

"中有一人能汉语"至"河渭瓜沙眼看没"——能汉语:能说汉话。长城窟:一作"长安窟"。窟,洞穴,窟居。《说文》无"窟"字。少年:一作"小年"。戍:戍边,守边。《说文》:"戍,守边也。"安西:唐代在西域设立的四个军事重镇。即龟兹、疏勒、于阗、焉耆(一作碎叶)。始设于唐太宗贞观二十二年(648)。几经罢复,安史之乱后陷于吐蕃。河渭瓜沙:黄河,渭水(系黄河最大支流);瓜州(今甘肃敦煌市),沙州。没:丧失。

"天宝未乱犹数载"至"果有豺狼来伐"——天宝:唐玄宗年号(742—755)。犹:一作"家",又作"前"。载:唐玄宗改年曰"载"。744年"正月,改年曰载"。756年(天宝十五载)七月,太子在灵武继位,改元至德,是为唐肃宗。翌年称至德二载,到至德三载二月,改元乾元,复以载为年。即《尔雅·释天》所谓:"载,岁也。夏曰岁,商曰祀,周曰年,唐虞曰载。"狼星:星宿名。旧说狼星出现主有兵灾。祸作:灾祸发生。天宝十五载(亦即唐肃宗李亨至德元年)正月,安禄山称帝,国号燕,"安史之乱"起。豺狼:指安史乱兵。伐:征伐,出兵攻打。《左传·庄公二十九年》:"凡师有钟鼓曰伐,无曰侵,轻曰袭。"《孟子·尽心下》:"征者,上伐下也,"征伐有罪叫讨。《书·皋陶谟》:"天讨有罪。""讨贼"不能说成"伐贼"。这几句写安史之乱起。

"蕃马膘成正翘健"至"主帅惊跳弃旌钺"——膘(biāo):形容马肥壮。翘健:特出。肉饱:指蕃兵食肉吃饱。唐突:横冲直撞。烟尘:烽烟与战场上扬起的尘土。唐高适《燕歌行》:"汉家烟尘在东北,汉将辞家破残贼。"亭燧:古时筑在边境上用以侦伺和举火报警的烽火亭(台)。主帅:统率全军的最高将领。古代少数民族或部落的统治者也称主帅。当时,颜杲卿伐安禄山兵败被执,死;哥舒翰大败,死者十之八九,并为部下迫降于安禄山。惊跳:因受惊而跳跃。旌钺:军旗与斧钺。古诗文中借以指军权。《旧唐书·王珂传》:"天子以珂为河中节度,授以旌钺。"描写唐将帅面对安史乱兵连连溃败。

"半夜城摧鹅雁鸣"至"前困蒺藜后臲卼"——摧:崩坏,毁灭。鹅雁:形容纷乱嘈杂的呼喊之声。曾:曾经。不歇:不停止。依:倚。凭藉,依靠。脆薄:不坚牢,不空靠。越:跨越,经过。潜身:隐居藏身。困:困窘,窘迫。臲卼(niè wù):动摇不定,动摇不安。写城破妻啼子叫的危殆情景。

"平明蕃骑四面走"至"老翁留居足多刖"——平明:黎明。拂晓,天刚亮时。《荀子·哀公》:"君昧爽而栉冠,平明而听朝。"李白《游太山》:"平明登日观,举手开云关。"走:疾趋,奔跑。株橛:残根断树。俘:战争中被俘获的人。髡(kūn):剃掉头发。老翁:一作"老弱"。留居:停住,居留。刖:古代酷刑之一。砍掉脚或脚趾。见《汉书·刑罚志》。写蕃骑滥伐树木,虐待俘虏,乱施刑罚。

"乌鸢满野尸狼藉"至"平沙漫漫铺明月"——乌鸢:乌鸦、老鹰。均属贪食之鸟。狼藉(jí):纵横散乱的样子。榭:建在高台上的木屋。指游观场所。《书·泰誓上》:"惟宫室台榭。"孔传:"土高曰台,有木曰榭。"突兀:亦作"突屼""突杌"。高耸的样子。唐·卢照邻《〈南阳公集〉序》:"突兀峥嵘,似灵龟之孤朴。"平沙:广阔的沙原。唐·张仲素《塞下曲》:"朔雪飘飘开雁门,平沙历乱转蓬根。"铺:引申作"遍"。遍洒。这几句写劫后一片荒废景象。

"戎王遣将来安慰"至"岂料穹庐揀肥腯"——戎王:戎族之王。咄咄:感叹,惊诧。供进:进献宫廷。白居易《六年秋重题白莲》:"本是吴州供进藕,今为伊水寄生莲。"比般:即比拨,马名。穹庐:帐篷,其上穹隆,故名。《史记》载:匈奴父子同穹庐而卧。腯:肥也。肥腯,指肥壮的牲畜。写其生活习俗。

"五六十年消息绝"至"肠断正朝梳汉发"——消息:信息,音信。汉·蔡琰《悲愤诗》:"迎问其消息,辄复非乡里。"盟会:犹会盟。本古代诸侯间的集会结盟。眼穿:犹望眼欲穿。言殷切盼望。唐·韩愈《酒中留上襄阳李相公》诗:"眼穿常讶双鱼断,耳热何辞数爵频。"尧云:犹言尧天之云,诗中指中国。肠断正朝梳汉发:原注:"延州镇李如暹,蓬子将军之子也。尝没西蕃,及归,自云:蕃法唯正岁一日,许唐人没蕃者服衣冠,如暹当此日,由是悲不自胜,遂与蕃妻,密定归计。"肠断,形容极度悲痛。白居易《长恨歌》:"行宫见月伤心色,夜雨闻铃肠断声。"正朝(zhāo):正月一日。白居易《缚戎人》:"一落蕃中四十载,遣著皮裘系毛带。唯许正朝服汉仪,敛衣整巾潜泪垂。"是极好的注脚。

"近年如此思汉者"至"犹话平时好城阙"——近年:一作"近来"。诗中指过去不远的几年。老病:年老多病。杜甫《旅夜书怀》:"名岂文章著,官应老病休。"埋骨:埋葬尸骨。白居易《题故元少尹集后》:"龙门原上土,埋骨不埋名。"常教:一作"尚教""向教"。乡音:家乡的口音。贺知章《回乡偶书》:"少小离家老大回,乡音无改鬓毛衰。"平时:太平时日。唐·李山甫《送李秀才入军》:"书生只是平时物,男子争无乱世才。"城阙:指城门两边的望楼。写年老多病,教孙子学乡音,回忆太平时日城阙建筑。

"老者傥尽少者壮"至"便恐为蕃心矻矻"——傥(tǎng):或许;假如。壮:强壮;勇猛。悖:悖逆不顺。矻矻(kū kū):勤勤恳恳的样子。

"缘边饱馁十万众"至"精卫衔芦塞溟渤"——缘边:沿边。指边境。白居易《西凉伎》:"缘边空屯十万卒,饱食温衣闲过日。"饱馁:饥饱不时。精卫:旧说有精卫鸟,虽小但欲衔石以填沧海。《山海经·北山经》:"发鸠之山,其上多柘木。有鸟焉,其状如乌,文首、白喙、赤足,名曰精卫,其鸣自詨。是炎帝之少女,名曰女娃。女娃游于东海,溺而不返,故为精卫,常衔西山之木石,以堙于东海。"南朝梁任昉《述异记》卷上也有相类记载。是古代传说中的神鸟。溟渤:即海。具体指溟海、渤海。充满讽刺意味。

【新评】

本诗写唐德宗朝事,主要抨击边将之贪功。

苏渊雷先生谓:"惩边将的贪功,达穷民的微情。"元稹题下自注:"近制西边每擒蕃酋,例皆传置南方,不加剿戮,故李君(绅)作歌以讽焉。"

元稹本诗同白居易同题乐府,均写"边将冒功之状,无辜被俘之情,曲曲传出。"(《唐宋诗醇》)《中晚唐诗叩弹集》载:"郭茂倩云:元微之病后人沿袭古题,倡和重复,乃与白乐天、李公垂辈不复更拟古题。其和公垂新题乐府,有《缚戎人》……乐天此诗(指白居易所作之《缚戎人》),却为汉人之没蕃归汉者不蒙矜察而作,又各自为意也。"

对于元白《缚戎人》,陈寅恪先生评曰:"微之幼居西北边镇之凤翔,对于当时边将之拥兵不战,虚奏邀功,必有所亲闻亲见,故此篇言之颇极愤慨。乐天于贞元时既未尝在西北边陲,自无亲所闻见,此所以不能超越微之之范围而别有增创也。至微之诗末'缘边饱饩十万众,何不齐驱一时发?年年但捉两三人,精卫衔芦塞溟渤'诸句,白氏此篇不为置和者,盖以此旨抒写于《西凉伎》篇中……"(《元白诗笺证稿》)

白居易《西凉伎》中"缘边空屯十万卒,饱食温衣闲过日。遗民肠断在凉州,将卒相看无意收。"即抒写元稹《缚戎人》末"缘边饱饩十万众……"四句之主旨。

韩退之《武关西逢配流吐蕃七绝》:"嗟尔戎人莫惨然,湖南地近保生全;我今罪重无归望,直去长安路八千。"可以同本诗参证。

元白都有《缚戎人》诗,写边兵硬被人当作蕃人的冤枉。二人还有《西凉伎》《蛮子朝》等,都是关心人道、富于人民性的诗作。

琵琶歌

《琵琶歌》咏李管儿之弹琵琶技术。李管儿为琵琶艺人,歌为管儿所作。题下原注:"寄管儿兼诲铁山。"诲,教诲。铁山,继管儿后之琵琶手。元稹写琵琶的诗,还有《琵琶》《五弦弹》。白居易也有《五弦弹》《琵琶行》,都是极写弦声之妙的名篇。

琵琶宫调八十一,旋宫三调弹不出。

玄宗偏许贺怀智,段师此艺还相匹。
自后流传指拨衰,昆仑善才徒尔为。
浼声少得似雷吼,缠弦不敢弹羊皮。
人间奇事会相续,但有卞和无有玉;
段师弟子数十人,李家管儿称上足。
管儿不作供奉儿,抛在东都双鬓丝;
逢人便请送杯盏,著尽功夫人不知。
李家兄弟皆爱酒,我是酒徒为密友;
著作曾邀连夜宿,中碾春溪华新绿。
平明船载管儿行,尽日听弹《无限曲》。
曲名"无限"知者鲜,《霓裳羽衣》偏宛转;
《凉州》大遍最豪嘈,《六幺》散曲多笼撚。
我闻此曲深赏奇,赏着奇处惊管儿;
管儿为我双泪垂,自弹此曲长自悲。
泪垂捍拨朱弦湿,冰泉呜咽流莺涩。
因兹弹作《雨霖铃》,风雨萧条鬼神泣。
一弹既罢又一弹,珠幢夜静风珊珊;
低徊慢弄关山思,坐对燕然秋月寒。
月寒一声深殿磬,骤弹曲破音繁并;
百万金铃旋玉盘,醉客满船皆暂醒。
自兹听后六七年,管儿在洛我朝天;
游想兹恩杏园里,梦寐仁风花树前。
去年御史留东台,公私蹙促颜不开;
今春制狱正撩乱,昼夜推囚心似灰。
暂辍归时寻著作,著作南园花坼萼;
胭脂耀眼桃正红,雪片满溪梅已落。
是夕青春值三五,花枝向月云含吐。
著作施樽命管儿,管儿久别今方睹。
管儿还为弹《六幺》,《六幺》依旧声迢迢;
猿鸣雪岫来三峡,鹤唳晴空闻九霄。
逡巡弹得《六幺》彻,霜刀破竹无残节;

幽关鸦轧胡雁悲,断弦砉騞层冰裂。
我为含凄叹奇绝,许作长歌始终说。
艺奇思寡尘事多,许来寒暑又经过。
如今左降在闲处,始为管儿歌此歌。
歌此歌,寄管儿:管儿管儿忧尔衰,
尔衰之后继者谁?继之无乃在铁山,
铁山已近曹穆间。
性灵甚好功犹浅,急处未得臻幽闲。
努力铁山勤学取,莫遣后来无所祖!

新解

琵琶宫调八十一,旋宫三调弹不出——贺怀智《琵琶谱》云:"琵琶有八十四调,内黄锺、太蔟、林锺宫声弹不出。"宫调(diào):作为戏曲、音乐名词,我国历代所谓七声(宫、商、角、变徵、徵、羽、变宫),任何一声为主都可以构成一种调式。凡以宫为主的调式称宫,以其他各声为主的则称调,称为"宫调"。以七声与十二律相配是十二宫、七十二调,合称八十四宫调。但实际上在音乐中并不全用。隋唐燕乐是二十八宫调;南宋词曲音乐只用七宫十一调;元北曲是六宫十一调,明清以来南曲仅五宫八调即十三调,而最常用的也就是五宫四调,通称之为九宫。诗中则称宫调八十一。旋宫:七声(亦作音)十二律配合旋相为宫,故称旋宫。自秦之后旋宫声废,唐高祖武德间(618—626)旋宫复起。《隋书·艺术传·万宝常》《旧唐书·祖孝孙传》记载,因祖孝孙修定雅乐,所以旋宫复兴。

玄宗偏许贺怀智,段师此艺还相匹——玄宗:唐玄宗李隆基。贺怀智:唐玄宗开元年间乐工,弹琵琶名手。段师:庄严寺僧,名善本,亦琵琶名手。此艺:弹琵琶技艺。相匹:相匹配。

自后流传指拨衰,昆仑善才徒尔为——衰:一作"哀"。昆仑:姓康,名昆仑,贞元年间琵琶第一手。善才:唐代琵琶师的通称。诗中则指曹保之子曹善才,亦善琵琶。

㴩声少得似雷吼,缠弦不敢弹羊皮——㴩(hòng):水大貌。少得:难得。缠:去声。羊皮:贺怀智琵琶用鹍鸡筋弦,至段善本用皮弦,下拨其声若雷。都不用羊皮。详见《乐府杂录》《酉阳杂俎》。

"人间奇事会相续"至"李家管儿称上足"——但有卞和无有玉:犹言有识玉的卞和之才而无才(玉)可识。比喻有弹琵琶的圣手而无好琵琶。上足:犹高足。是对徒弟(弟子)之美称。唐王勃有"并禅师之上足,而法门之领袖也"(《彭州九龙县龙怀寺碑》)。"李家"句引出主人公。

121

"管儿不作供奉儿"至"著尽功夫人不知"——供奉:职官名。唐玄宗时有翰林供奉,专备应制。抛:丢弃;撇开。丝:白发。言其鬓边生出白发。白居易《久不见韩侍郎戏题四韵以寄之》:"还有愁同处,春风满鬓丝。"杯盏:酒杯。诗中借指酒。元稹《酬友封话旧叙怀十二韵》:"身名判作梦,杯盏莫相逢。"著(zhuó)尽:用尽;尽力,用力。写李管儿拒绝做官,而被丢弃在东都洛阳,一天天老迈发白,逢人便请饮酒,费尽功夫人也不知道(他)。

"李家兄弟皆爱酒"至"中碾春溪华新绿"——李家兄弟:指李管儿兄弟。"李家兄弟皆爱酒"照应上句"逢人便请送杯盏"。言其爱酒、嗜酒成性。著作:著作郎。负责修撰国史、编修日历。唐高祖武德四年(621)改著作曹为著作局,著作郎依历朝历代仍为长官,属员二人。唐太宗、唐高宗朝均有更易,到高宗咸亨元年(670)复旧。不知具体指何人。中碾春(一作"清")溪华新绿:唐时人们制茶为饼,而后碾细烹食。写邀管儿连夜宿,品茶相待。新绿,本指新酿的其色呈碧绿的酒。有的以"新绿"为茶,值得商榷。

平明船载管儿行,尽日听弹《无限曲》——平明:天刚亮时,犹黎明。《荀子·哀公》:"君昧爽而栉冠,平明而听朝。"亦李白诗"平明登日观"(《游太山其三》)之平明时分。《无限曲》:确如本诗本句下句所说"曲名'无限'知者鲜",尚待考证。

"曲名'无限'知者鲜"至"《六幺》散曲多笼撚"——鲜:少。《霓裳羽衣》:即《霓裳羽衣曲》。元稹《法曲》:"明皇度曲多新态,宛转侵淫易沉著。赤白桃李取花名,《霓裳羽衣》号天落。"宛转(zhuǎn):形容声音抑扬动听。《霓裳续谱·黄昏后倚阑干》:"把玉笛《梅花》悠扬宛转,一声声吹断深更。"《凉州》:即《凉州曲(qǔ)》。乐府《近代曲》名。《新唐书·礼乐志十二》:"《凉州曲》,本西凉所献也,其声本宫调,有大遍、小遍。"贞元初,乐工康昆仑寓其声于琵琶,奏于玉宸殿,因号《玉宸宫调》。王灼《碧鸡漫志》卷三有记述。豪嘈:形容声音宏大、急骤繁杂。《六幺》:《六幺令》。唐教坊曲名,后用作词牌。又名《绿腰》。幺乃小的意思,由于此调羽弦最小、节奏繁急,故名。其词为双调九十四字,仄韵。白居易《杨柳枝词》之一:"《六幺》《水调》家家唱,《白云》《梅花》处处吹。"《事林广记》(宋·陈元靓)卷十二《音乐类·古代乐舞·六幺舞》云:"六幺,本名绿腰,后讹为六幺。一作《六幺》散序。"笼撚:弹琵琶的两种指法和神态。"笼"又作"拢",也是弹奏弦乐的一种指法。白居易《琵琶行》:"轻拢慢撚抹复挑,初为《霓裳》后《绿腰》。"《说文》无"拢"字。这几句极尽描摹弹奏琵琶指法乃至神态之能事。

"我闻此曲深赏奇"至"自弹此曲长自悲"——深:极;非常。奇:奇妙;出人意料。惊:惊奇,惊讶。长自悲:一作"长长悲"。

泪垂捍拨朱弦湿,冰泉鸣咽流莺涩——"泪垂"照应上文"双泪垂"。捍拨:

弹奏琵琶的拨子。因其质地坚硬而称。时以"象牙为捍拨"(《新唐书·礼乐志十一》),贵重而坚硬。朱弦:系用熟丝所制的琴弦。《荀子·礼论》:"朱纮而通越也。"《礼记·乐记》:"朱弦而疏越。"孔颖达疏:"此云朱弦者,明练之可知也。"唐·李世民《春日玄武门宴群臣》诗:"清尊浮绿醑,雅曲韵朱弦。"冰泉:一作"水泉"。呜咽(yè):形容低沉凄切的乐声。流莺:即莺。流,形容其声音婉转动听。涩:犹急。以其声促,故称。白居易《琵琶行》、元·揭傒斯《李宫人琵琶引》描摹琵琶声促均用"涩"字。强化听觉形象的冷涩。

因兹弹作《雨霖铃》,风雨萧条鬼神泣——兹:指示代词。此,这。《雨霖铃》:唐明皇所制曲。因幸蜀过剑阁闻风雨声而制。萧条:寂寞冷落。泣:无声哭或低声哭。有泪而无声。

"一弹既罢又一弹"至"坐对燕然秋月寒"——珠幢:张挂于舟车上饰珠的帷幕。珊珊:本玉佩声。诗中形容风雨声音。低徊:形容思绪、情感萦回。慢:用同"漫",任由。关山:关隘山岭。《乐府诗集·横吹曲辞五·木兰诗一》:"万里赴戎机,关山度若飞。"燕然:古山名,即今蒙古国的杭爱山。东汉永元元年车骑将军窦宪领兵出塞大破北匈奴,刻石勒功处。诗中泛指北方之山。

"月寒一声深殿磬"至"醉客满船皆暂醒"——骤:急,疾。破:唐宋舞乐大曲第三段。"其乐歌舞并作,繁声促节,破其悠长,转入繁碎",故名曰破。繁并:犹繁多。旋:读去声。回旋。玉盘:本玉制的盘子。如白居易《琵琶行》"嘈嘈切切错杂弹,大珠小珠落玉盘",形容琵琶乐声。

"自兹听后六七年"至"梦寐仁风花树前"——兹:指示代词。此,这。朝(cháo)天:朝见天子。王维《闻逆贼凝碧池作乐》诗:"万户伤心生野烟,百僚何日再朝天。"慈恩:慈恩寺。杏园:曲江名胜地。慈恩、杏园均在长安。仁风:诗中指恩泽如风之流布。形容帝王或地方长官的德政。颂扬之词。

去年御史留东台,公私蹙促颜不开——御史:官名。系国君亲近之职,掌文书及记事。春秋战国时列国均有御史。名目繁多,东汉以来,成为侍御史、治书侍御史、殿中侍御史、监察御史的通称。唐宋时复置御史大夫,但往往缺位,并以御史中丞代行其职。东台:官署名。唐高宗时曾改门下省为东台,后即沿称门下省。《新唐书·百官志二》:"龙朔二年,改门下省曰东台。"蹙促:逼迫。白居易《长乐亭留别》诗:"昔时蹙促为迁客,今日从容自去官。"颜:面容;脸色。

今春制狱正撩乱,昼夜推囚心似灰——制狱:断案。撩乱:杂乱;纷乱。推囚:审问罪犯。白居易《酬和元九东川路诗·〈山枇杷花〉之二》:"若使此花兼解语,推囚御史定违程。"

"暂辍归时寻著作"至"雪片满溪梅已落"——辍:中途停止。中断。南园:

泛指园圃。坼(chè)：分裂；裂开；绽放。亦作"折"。胭脂：又作"烟脂"。

是夕青春值三五，花枝向月云含吐——青春：指春天，春季。值：正值；正当。三五：十五日，月亮正圆。含吐(tǔ)：形容月亮出没，隐现。白居易《三游洞序》："云破月出，光气含吐。"

著作施樽命管儿，管儿久别今方睹——施：给予；摆列。樽：盛酒器。李白《前有樽酒行》之一："春风东来忽相过，金樽渌酒生微波。"睹：看见，看到；犹久别重逢。

"管儿还为弹《六幺》"至"鹤唳晴空闻九霄"——迢迢：乐声幽远。猿鸣：猿猴长鸣。犹猿吟、猿啼。雪岫：指积雪的峰峦。三峡：长江三峡。即四川、湖北两省境内长江上游的瞿塘峡、巫峡、西陵峡。鹤唳：鹤鸣声。九霄：高空。天之极高之处。

"逡巡弹得《六幺》彻"至"断弦砉骅层冰裂"——逡巡：从容不迫，不慌不忙。彻：本为通、透。诗中指完整优雅。霜刀：雪亮锋利的刀。杜甫《观打鱼歌》："饔子左右挥霜刀，鲙飞金盘白雪高。"残节：剩余或残存的竹节。幽关：深邃或紧闭的关隘。唐韩琮《颍亭》："颍上新亭瞰一关，几重旧址敞幽关。"鸦轧(yà)：形容关门启闭之声。胡雁：指来自北方胡地之雁。断弦：诗中指断绝的弦音，犹言馀响、馀音。砉(xū)又读(huā)骅(huō)：象声词。形容弦断之声。元稹《小胡笳引》："潺湲疑是雁鹍鶆，砉骅如闻发鸣镝。"骅，本解牛声。诗中形容弦断破裂声。层冰：犹厚冰。裂：爆裂。

我为含凄叹奇绝，许作长歌始终说——含凄：怀着悲凉和哀伤。奇绝：奇妙异常；奇妙绝伦。长歌：篇章较长的诗歌。司空图《冯燕歌》："为感词人沈下贤，长歌更与分明说。"始终：自始至终。一直。说：解说、陈述。

"艺奇思寡尘事多"至"始为管儿歌此歌"——尘事：红尘俗事、尘俗之事。唐孟浩然《游景空寺兰若》："寥寥隔尘事，疑是入鸡山。"许来：如许；这般。口语。寒暑：寒冬暑夏。指代一年。经过：经历；交往过程。左降(jiàng)：贬官。唐时多为由京官降职到州郡。白居易《舟中雨夜》："船中有病客，左降向江州。"原出《仪礼·觐礼》。歌：作动词。作歌。此歌：这首歌；这首诗。歌，作名词。

"歌此歌，寄管儿"至"铁山已近曹穆间"——衰：衰老。年迈体衰，精力不济。继者：继承的人。无乃：相当于今之"莫非""恐怕是"，表示委婉揣度语气。近：靠近；接近。李商隐《乐游园》："夕阳无限好，只是近黄昏。"曹穆：二善才姓氏。

"性灵甚好功犹浅"至"莫遣后来无所祖"——性灵：指人的思想、精神、情感等内心世界。孟郊《怨别》："沉忧损性灵，服药亦枯槁。"功：功夫，功力；本领，造诣。浅：犹言时间短、功夫不精湛。急处：诗中指关键之处。臻：至；达到。幽闲：清静闲适。学取：学得；学会。元稹《六年春遣怀》八："小于潘岳头先白，学取庄周泪莫多。"莫遣：莫使，莫让。后来：指以后成长起来的人。祖：效法；承袭；继承。全诗八十一句，先写琵琶宫调之难及当时著名的善于弹琵琶的圣手，从而引出主人翁李管儿。接着写李管儿不愿作供奉儿，所以被"抛在东都"洛阳，"著尽功夫人不知"。尽管人已"双鬓丝"，但弹琵琶的技艺仍然很高。弹《霓裳羽衣曲》宛转动听；弹《凉州大遍》急骤宏亮，或笼或撚，指法娴熟、神态幽闲；弹《雨霖铃》"风雨萧条鬼神泣"……诗人听了，由"深赏奇"，而"赏到奇处警管儿"。以至再次赏奇弹奏，"我为(管儿)含凄叹奇绝，许作长歌始终说"，因而作了这首《琵琶歌》长诗"寄管儿"。结以管儿虽衰，但还算后继有人，以勉励后继者"努力"收束。

元稹《琵琶歌》题下原注"寄管儿兼诲铁山"。所以全诗着力描摹李管儿弹奏琵琶的高超技艺，并寄望于继者铁山。如同白居易的《琵琶行》一样，诗着力于描写管儿弹琵琶的高超技艺。无论是偏宛转的《霓裳羽衣曲》，还是最豪嘈的《凉州曲》，以及多笼撚的《六幺》散曲，等等，或如"冰泉鸣咽流莺涩"，或如"风雨萧条鬼神泣"；或如"猿鸣雪岫来三峡，鹤唳晴空闻九霄"，或如"霜刀破竹无残节"；或如"幽关鸦轧胡雁悲，断弦砉騞层冰裂"……诗人调动多种修辞手段，比喻、模拟、描写、烘托，把李管儿弹琵琶描画得有声有色，给读者以美的享受、情的感染，并留下了使人涵咏回味广阔无穷的空间和意蕴。历代论者给予很高评价。

《韵语阳秋》评论曰："自周陈以上，雅郑殽杂而无别。隋文帝始分雅俗，工部雅乐八十四调，而俗乐止于二十八。琵琶非雅乐也。而元微之诗乃云'琵琶宫调八十一，旋宫三调弹不出'，何邪？按贺怀智《琵琶谱》云：'琵琶有八十四调，内黄锺、太蔟、林锺宫声调不出。'则微之之言信矣。"元稹作为一代诗家，精通音律，谙悉曲谱，确信无疑！《存馀堂诗话》云："苕溪渔隐评昔贤听琴、阮、琵琶、筝诸诗，大率一律，初无的句，互可移月。余谓不然……听琵琶，如白乐天云：'大弦嘈嘈如急雨，小弦切切如私语。嘈嘈切切错杂弹，大珠小珠落玉盘。间关莺语花底滑，幽咽流泉冰下难。'元微之云：'月寒一声深殿磬，骤弹曲破音繁并。'……自是听琵琶诗，如曰听琴，吾不信也。"

综观全诗，笔者认为，《琵琶歌》比之于白乐天的《琵琶行》，在音乐描写上，仍各具千秋，自成一格。不必过于褒彼贬此。

元稹《五弦弹》前此已解评，尚有《琵琶》七言四句，抄录如下，以供参考："学语胡儿撼玉玲，甘州破里最星星。使君自恨常多事，不得功夫夜夜听。"

本诗虽系讽喻范围之外的纪事诗作，但着意描摹"唐代乐谱舞姿"，绝非泛泛的虚拟之笔,与白居易的《霓裳羽衣歌》在当时不仅具有一定的现实意义,同时也是富有很高参考价值的文化史料。

梦游春七十韵

《梦游春》是元稹于元和五年(810)被贬为江陵士曹参军后所作的一首长诗。托梦游追忆年轻时的风流韵事。原题作《梦游春词三十六韵》,据《全唐诗》卷四二二、《才调集》卷五补齐,作"七十韵"。

昔君梦游春,梦游何所遇?
梦游深洞中,果遂平生趣。
清泠浅漫溪,画舫兰篙渡。
过尽万株桃,盘旋竹林路。
长廊抱小楼,门牖相回互。
楼下杂花丛,丛边绕鸳鹭。
池光漾彩霞,晓日初明煦。
未敢上阶行,频移曲池步。
乌龙不作声,碧玉曾相慕。
渐到帘幕间,徘徊意犹惧。
闲窥东西阁,奇玩参差布。
格子碧油糊,驼钩紫金镀。
逡巡日渐高,影向人将寤。
鹦鹉饥乱鸣,娇娃睡犹怒。
帘开侍儿起,见我遥相谕。

铺设是红茵,施张钿妆具。
潜褰翡翠帷,瞥见珊瑚树。
不见花貌人,空惊香若雾。
回身夜合偏,敛态晨霞聚。
睡脸桃破风,汗妆莲委露。
丛梳百叶髻,金蹙重台履。
批软殿头裙,玲珑合欢袴。

鲜妍脂粉薄,暗淡衣裳故。
最似红牡丹,雨来春欲暮。
梦魂良易惊,灵境难久寓。

夜夜望天河,无由重沿溯。
结念心所期,返如禅顿悟。
觉来八九年,不向花回顾。
杂沓两京春,喧阗众禽护。
我到看花时,但作怀仙句。
浮生转经历,道性尤坚固。
近作《梦仙》诗,亦知劳肺腑。
一梦何足云,良时自婚娶。

当年二纪初,嘉节三星度。
朝藻玉楹迎,高松女萝附。
韦门正全盛,出入多欢裕。
甲第涨清池,鸣驺引朱辂。
广榭舞萋蒌,长筵宾杂厝。
青春讵几日,华实潜幽蠹。
秋月照潘郎,空山怀谢傅。
红楼嗟坏壁,金谷迷荒戍。
石压破栏干,门摧旧桫柅。
虽云觉梦殊,同是终难驻。

惊绪竟何如?梦丝不成绚。
卓女《白头吟》,阿娇《金屋赋》。
重壁盛姬台,青冢明妃墓。
尽委穷尘骨,皆随流波注。
幸有古如今,何劳缣比素?

况余当盛时,早岁谐如务。
诏册冠贤良,谏垣陈好恶。
三十再登朝,一登还一仆。

宠荣非不早,遭回亦云屡。
直气在膏肓,氤氲日沉痼。
不言意不快,快意言多忤。
忤诚人所贼,性亦天之付。
乍可沉为香,不能浮作瓠。
诚为坚所守,未为明所措。
事事身已经,营营计何误。

美玉琢文珪,良金填武库。
徒谓自坚贞,安知受砻铸?
长丝羁野马,密网罗阴兔。
物外各迢迢,谁能远相锢?
时来既若飞,祸速当如骛。
曩意自未精,此行何所诉?
努力去江陵,笑言谁与晤。
江花纵可怜,奈非心所慕。
石竹逞奸黠,蔓菁夸亩数。
一种薄地生,浅深何足妒。
荷叶水上生,团团水中住。
泻水置叶中,君看不相污。

　　本诗原有序,全文已佚。今据《白居易集》卷十四《和梦游春诗一百韵并序》可补本诗序数句:"斯言也,不可使不知吾者知;知吾者亦不可使不知。乐天知吾也,吾不敢不使吾子知。"全诗可分为七个段落。

　　"昔君梦游春"至"见我遥相谕"——这是第一段,写月夜访双文约会的情景。苏仲翔先生解之为"所谓'待月西厢下'也"。昔君:《全唐诗》《才调集》作"昔岁"。溪:《全唐诗》《才调集》作"流"。兰篙:木兰树所做的篙。门牖(yǒu):门窗。回互:旋转交错。彩霞:《全唐诗》《才调集》作"霞影"。煦:温暖。曲池:曲水清池,曲折回绕的水池。乌龙:诗中指黑犬。碧玉:南朝宋汝南王妾(北周·庾信《结客少年场行》)。南朝梁元帝《采莲赋》:"碧玉小家女,来嫁汝南王。"格子:《全唐诗》《才调集》作"隔子"。逡巡:又作"逡循""逡遁",叠韵联绵字。犹豫徘徊貌。影向:又作"影响",模糊,恍惚。娇狌:黄犬。狌,原作"娃",陈寅恪《元白诗笺证稿》考证作"狂"。相谕：心照不宣也。

"铺设是红茵"至"灵境难久寓"——这是第二段，写同双文遇合事。与《会真诗》"戏调初微拒"一段情节同，可互相参照。时间不长即弃双文而去，故段末结以"灵境难久寓"。是：《全唐诗》《才调集》作"绣"。褰：揭起，撩开。翡翠帷：装饰缀有翡翠的帷帐。珊瑚树：一种装饰物，海中腔肠动物，骨骼相连，形如树枝。见：《全唐诗》《才调集》作"辨"。雾：《全唐诗》《才调集》作"露"。回身：《全唐诗》《才调集》作"身回"。夜合：形容其衣之白。敛态：《全唐诗》《才调集》作"态敛"。晨霞：形容其颜之朱。委：下垂，坠落。百叶髻：一种发式。重台履：一种莲花式的鞋。批软殿头裙：《全唐诗》《才调集》作"细软钿头裙"。细软，稀疏柔软。合欢袴：有交叉合欢纹的裤。良：作副词用，甚、很；确实，果然。灵境：指寺庙所在名山圣境。所谓"庄严妙土，吉祥福地"。寓：寄居。

"夜夜望天河"至"良时自婚娶"——这是第三段，写弃去双文后别娶官宦之女。溯：追寻源头；逆水而上。如禅顿悟：禅宗南宗主"直指人心，顿悟成佛"之说。即不假时间和阶次，直接悟入真理。八九年：指弃双文至娶韦丛间八九年。杂洽：《全唐诗》《才调集》作"杂合"。"杂洽"犹相与混同。杂合，乃集合；聚集。喧阗：又作"喧嗔""喧填"，犹喧哗、热闹。浮生：《庄子·刻意》有"其生若浮，其死若休"之句。因人生虚浮不定而谓之浮生。经历：阅历，亲身经过，亲自经受。自婚娶：《全唐诗》《才调集》作"事婚娶"。"一梦何足云，良时自婚娶"二句写抛弃双文寒素女子不足惜；择时相机向韦氏宦门求婚。

"当年二纪初"至"同是终难驻"——这是第四段，追述昔年二十四岁与韦丛新婚燕尔情形。当时韦门正是全盛之际，翁婿相得，曾几何时，韦丛早亡，"红楼嗟坏壁，金谷迷荒戍"，双文诀别，韦丛逝去，一别一死，同韦丛结婚之"觉"，与双文幽会之"梦"，觉梦虽殊，均系好景难驻！二纪初：指二十四岁同韦丛完婚。嘉节：美好的日子。三星：《诗·唐风·绸缪》"三星在天"孔传："三星，参也。"郑玄笺："三星，谓心星也。"后为男女婚期之典。诗中专指一宿而言。度：居，度过。朝蕣：本木槿别名，诗中比喻时间短暂。女萝：即松萝。《诗·小雅·頍弁》："茑与女萝，施于松柏。"《毛传》："女萝，菟丝。"多附生在松树之上，成丝状下垂。韦门正全盛：指当时韦丛之父韦夏卿为太子少保。元稹攀高附贵，抛弃双文无意之流露。欢裕：欢娱宽裕。甲第涨清池：本句至篇末三十四韵原阙，《元稹集》据《才调集》卷之五补。驺(zōu)：骑马驾车的随从。朱轳：即朱路，天子所乘之车，漆以深红色，故名。榭：《书》孔传曰："土高曰台，有木曰榭。"指建在高台上的木屋。萋萋：草木茂盛貌。长筵：宽而长的竹席。多指排为长列的宴饮席位。杂厝：即杂错，间杂，交错。讵：副词，表反诘、否定。华实：本指花与果实，诗中言华丽质朴。幽蠹：暗中损害、败坏。

潘郎：元稹自许潘安美男子。谢傅：指妻韦丛父韦氏。嗟：感叹。金谷：本地名，在河南洛阳西北。诗中指富豪盛极一时而好景不长的豪华园林。迷：沉醉；迷惘。荒戍：指偏僻荒凉的戍守之地。唐军事区划名："凡天下军有四十，府有六百三十四……戍五百九十……"楗柞：古代官署前遮拦人马用木条交叉制成的栅栏。

"惊绪竟何如"至"何劳缣比素"——这是第五段，言"昔日之事，皆同流水"。韦丛未成卓女《白头吟》而早逝，双文空买阿娇《长门赋》而被弃；双文自如盛姬之在台，韦丛则似明妃之远去，以古拟今，"无劳相比"。惊绪：犹心绪。棼丝：乱丝。绚(qú)：量词。卓女《白头吟》：汉卓文君，临邛大富商卓王孙之女，好音律，新寡家居，司马相如以琴挑之，文君夜奔，同驰归成都。因家贫，复回临邛，置酒舍卖酒，文君当垆。典出《史记·司马相如列传》。又《西京杂记》载：相如将聘茂陵人之女为妾，卓文君作《白头吟》以自绝，相如乃止。《白头吟》本乐府楚调曲名。阿娇：汉武帝陈皇后(见《汉武故事》)。《金屋赋》：即"金屋藏娇""金屋贮娇"的故事："帝以乙酉年七月七日生于猗兰殿。年四岁，立为胶东王。数岁，长公主嫖抱置膝上，问曰：'儿欲得妇不？'胶东王曰：'欲得妇。'长主指左右长御百馀人，皆云不用。末指其女问曰：'阿娇好不？'于是乃笑对曰：'好！若得阿娇作妇，当作金屋贮之也。'"后常用指娶妻或纳妾。重璧：古台名。据《穆天子传》卷六载："天子乃为之台，是曰重璧之台。"郭璞注："言台状如垒璧。"盛姬：《穆天子传》中的美人。青冢：指汉王昭君墓，在内蒙古自治区呼和浩特市南。相传当地多白草而此冢独青，故名。明妃墓：汉元帝宫人王嫱字昭君，晋代避司马昭(文帝)讳，改称明君，后人称之为明妃(参见《汉书·元帝纪》《汉书·匈奴传》《后汉书·南匈奴传》)。尽委：完全舍弃，完全丢弃。尘骨：尘污的尸骨。流波注：流水注入。缣：浅黄色双丝织细绢。素：白颜色生绢。《礼记·杂记下》"纯以素"孔疏："素，谓生帛。"

"况余当盛时"至"营营计何误"——这是第六段，追述少时仕路坎坷，遭回屡岁，官运不通，都是因为坚贞自守不肯俯仰于人，以"坚所守"自喻，不为当局所用。余：第一人称代词，我。早岁：早年。谐：和合，协调。务：操劳；事业。诏册：皇帝之文告。冠：高于。贤良：有德行与才能的人。谏垣：谏官官署。陈：上言，陈说。三十：三十岁。朝：诗中指古代高级官吏处理政务之处。一仆(pū)：有时跌倒、倒毙。邅回(zhān huí)：难行不进，徘徊不进；委曲。屡：多次，常常。直气：正气。膏肓：古代医学以心尖脂肪为膏、心脏与膈膜之间为肓。诗中指事物要害、关键。氛氲：心绪。沉痼：积久难治的病。言：言谈、说话。忤：违逆；触犯。贼：人之所恶(wù)，憎恨，厌恶；残害、伤害。乍可：宁可。沉为香：沉香，本为木名。瓠(hù)：瓠瓜，亦称葫子、瓠子，夜间开花。亦即葫芦。坚：坚持。所守：所保持。坚所守：指坚定地保持。明：明白、清楚。明所措：指当事者不能凭自己的才能任用。身已经：指婚宦种种经历。营营:纷乱错杂。计:考虑。何误:有什么不对?

"美玉琢文珪"至"君看不相污"——这是第七段,自言怀才不遇,而自守坚贞,反受挫折,思想都是由于自己往日计划不周,而今又向谁诉说? 如今被贬到江陵,有谁更相语? 正所谓"江花"虽亦可爱,原非我心之所慕,又何足以为妒? 无可奈何,也只有坚贞自守,如同荷叶与水之不相污也! 文珪:瑞玉。良金:诗中指精良的兵器。砻铸:犹磨治铸造。羁:拘系。阴兔:月亮之别称。月为阴精,传说月中有白兔,故称。物外:世外,超脱于尘世之外。锢:封闭,锢藏。骛:疾;疾驰。石竹:多年生草本植物;常植于庭院,供人观赏。奸黠:犹聪慧。蔓菁:《全唐诗》作"蔓青"。污:污染,玷污。

《梦游春七十韵》在元稹诗作中堪称上乘之作,绝非偶尔的游戏篇什。乃元稹《上令狐楚启》所谓"思深语近,韵律调新,属对无差,而风情宛然"的精心结撰者。尤其是"不见花貌人"至"雨来春欲暮"写"惊艳"的一段诗,真可谓"绘影绘声,跃跃欲出""穿插模拟,曲尽其妙!"

白居易《和梦游春诗一百韵序》指出:"微之既到江陵,又以《梦游春诗》七十韵寄予,且题其序曰:'斯言也,不可使不知吾者知,知吾者亦不可使不知。乐天知吾也,吾不敢不使吾子知。'予辱斯言,三复其旨,大抵悔既往而悟将来也……夫感不甚则悔不熟,感不至则悔不深。故广足下七十韵为一百韵,重为足下陈梦游之中所以甚感者,叙婚仕之际所以至感者,欲使曲尽其妄,周知其非,然后返乎真,归乎实。"

关于元稹与莺莺遇合,以及当时之风俗,乃至元稹对婚姻、宦途二者的取巧行径,陈寅恪先生在《元白诗笺证稿》中有精辟的论断和独到的见解,如:"微之自编诗集,以悼亡诗与艳诗分归两类。其悼亡诗既为原配韦丛而作,其艳诗则多为其少日之情人所谓崔莺莺者而作……至《梦游春》一诗,乃兼涉双文成之者……实非寻常游戏之偶作,乃心仪浣花草堂之巨制,而为元和体之上乘,且可视作此类诗最佳之代表者也……吾国文学,自来以礼法顾忌之故,不敢多言男女间关系,而于正式男女关系如夫妇者,尤少涉及。盖闺房燕昵之情意,家庭米盐之琐屑,大抵不列载于篇章,唯以笼统之词,概括言之而已。此后来沈三白《浮生六记》之闺房记乐,所以为例外创作,然其时代已距今较近矣。微之天才也。文笔极详繁切至之能事。既能于非正式男女间关系如与莺莺之因缘,详尽言之于《会真诗传》,则亦可推之于正式男女间关系如韦氏者,抒其情,写其事,缠绵哀感,遂成古今悼亡诗一体之绝唱。实由其特具写小说之繁详天才所致,殊非偶然也。"给予极高的评价。

元稹以绝代之奇才,抒写男女生死相爱、悲欢离别,其"哀艳缠绵",不仅在唐人诗作之中少见,后来的文学作品亦不多见。诗中对于当时仕女装束的描绘,绝非泛泛虚拟之辞,"而是富有高度参考价值的文化史料"。总之,《梦游春》作为长篇叙事诗,确系元和体的佳篇巨制。

古决绝词(其一)

题解

《古决绝词》,《乐府诗集》卷四一作《决绝词》。共三首,这里选第一首。决绝,犹弃世绝尘。词,文辞;言辞。非文体名。因疑双文有别好而作。《元白诗选》在"安得长苦悲"后注云:"此首代双文说。"双文,即崔莺莺,本书中《会真诗三十韵》《离思五首》《古艳诗二首》《春晚》都是写双文事。

乍可为天上牵牛织女星,
不愿为庭前红槿枝。
七月七日一相见,相见故心终不移。
那能朝开暮飞去,一任东西南北吹?
分不两相守,恨不两相思。
对面且如此,背面当可知。
春风撩乱伯劳语,况是此时抛去时。
握手苦相问,竟不言后期。
君情既决绝,妾意已参差。
借如死生别,安得长苦悲!

"乍可为天上牵牛织女星"至"一任东西南北吹"——乍可:宁可。元稹《虫豸诗·浮尘子》"乍可巢蚁睫,胡为附蟒鳞"中"乍可"作"只可"解,与本诗中意思有别。红槿:木槿。其花朝开暮谢,以之喻易变的心,即所谓"槿心"。七月七日:相传每年农历七月初七日之夕,牛郎织女在天河相会。旧时民间每于七夕妇女在庭院中进行乞巧活动(详见南朝梁宗懔《荆楚岁时记》)。杜甫《牵牛织女诗》:"牵牛在河西,织女处其东;万古永相望,七夕谁见同!"一:表示短暂、难得。故心:旧情;本意。不移:不变动,不改变。朝开暮飞去:犹变化无常。一任:听凭;任其。杜甫《鸥》:"雪暗还须浴,风生一任飘。"东西南北:本指四方。诗中泛指处处,到处;

普天之下。亦作"东西南朔"。

"分不两相守"至"况是此时抛去时"——分不两相守：没有两相守的分儿。相守，互相陪伴。相思：相互思念，彼此想念。后来多指男女相悦而不能接近所引起的思念、想念。对面：犹会面；当面。背面：离开，分手。韩愈《赠别元十八协律》其一："临当背面时，裁诗示缱绻。"可知：一本作"何如"。撩乱：杂乱；纷乱。诗中表示吹拂，扰乱。伯劳：鸟名。鸣禽，以夏秋鸣声宛转。语：本指谈话，谈论。诗中形容鸟鸣啭、鸟语风拂。抛去：犹丢弃、抛弃。

"握手苦相问"至"安得长苦悲"——苦相问：苦苦询问，苦苦逼问。不言：不说。后期：后会。唐方干《送沛县司马丞之任》："羁游故交少，远别后期难。"决绝：诗中指决计断绝交往。犹永不相见。已：一作"亦"。参差(cēn cī)：本不齐貌。诗中犹阻隔，不一致。借如：如果，假若。系假设连词。元稹《遣病》："借如今日死，一足了一生。"死生别：犹生死离别、生离死别。安：副词。表示疑问。"怎么""岂"。苦悲：痛苦悲伤。

在《会真记三十韵》《离思》《古艳诗》《春晚》诸诗中，叙及同崔莺莺(即双文)的情事，诗人元稹瓜田李下，很难讲清他同莺莺的爱情纠葛。"始乱之，终弃之"，诗人也无一丝一毫之懊丧与忏悔。在这一首诗里，总算是代双文说出了一点真情："握手苦相问，竟不言后期"是说谁呢？诗人在下两句露出了马脚："君情既决绝，妾意已参差。"元稹尽管一而再、再而三推卸责任，如今自己承认了事实：竟不言后期，又情既决绝。是他抛弃了莺莺，正如冯班所说的"微之弃双文"，而且"只是疑他(指双文)有别好，又放他(指双文)不下，忍心割舍，作此以决绝。"因为是微之抛弃了双文，所以冯班才有"至今读之，使人伤心"的感慨。

关于元稹与莺莺遇合和当时的风俗，以及元稹面对婚、宦二途的取巧行径、推诿隐藏，陈寅恪在《元白诗笺证稿》中有极为精辟的论断，在上述有关诗解评时已陆续提到。陈氏对本诗也有精到的评说："《古决绝词》其一云：'春风撩乱伯劳语，况是此时抛去时。握手苦相问，竟不言后期……'据此，双文非负微之，微之实负之，而微之所以敢言之无忌惮者，当时社会不以弃绝此类妇人如双文者为非，所谓'一梦何足云'者也……呜呼！微之之薄情多疑，无待论矣。然读者于此诗，可以决定莺莺在当时社会上之地位，微之之所以敢始乱而终弃之者，可以了然矣。"关于元稹(即所谓"张生")与双文(即"崔莺莺")的"公案"，陈寅恪先生给予的精辟论断，是大胆公允的、超出世俗的！

刘阮妻

刘阮,刘晨、阮肇。南朝宋刘义庆《幽明录》载,相传东汉永平年间,刘阮二人至天台山采药迷路,遇到二仙女,结为伉俪,蹉跎半年回到人间,时已入晋,子孙已过七代。后复入天台寻访,无复旧踪。妻,指二仙女。这首诗即取材于刘阮与二仙女故事。

元杂剧《误入桃园》(王子一撰)即敷衍其事。后以为游仙或者男女情人幽会的典故。历代诗词作品如司空图《游仙》、吕岩《七言》,后蜀·顾敻《虞美人》《甘州子》及明·陆采《明珠记》、清·孔尚任《桃花扇》等传奇杂剧均采其事。

芙蓉脂肉绿云鬟,罨画楼台青黛山。
千树桃花万年药,不知何事忆人间?

"芙蓉脂肉绿云鬟"三句————着重描写仙境之美。起句先写仙女之美丽,肌肤红润艳若荷花,白里透红;头发深绿云鬟高耸,楚楚动人。对句写仙居之美好,楼台画栋彩色斑斓,楼外青山林木碧青。第三句点明桃园仙境桃树千棵桃花盛开,不禁使人联想到"桃花流水""桃花带雨""桃花飞红""桃花潭水""桃花初也笑春风"(元姚燧[浪淘沙])、"桃花依旧笑春风"(唐崔护《题都城南庄》)诸多美好的意象。而且桃花又是灵药,如是一切的一切都有了。人则仙风绰约,居则雕梁画栋,真是世外桃源、人间仙境。如此美好的地方,如此美丽的仙女陪伴,刘晨、阮肇该是乐不思归、乐而忘返了吧?结句回答是"不知何事忆人间?"

不知何事忆人间——前三句铺写的诸般美好,刘阮想必是一切都满足了的结论,反跌直下,使人觉得"忆人间"简直不可理解、不可思议!然而结句竟然就是要"忆人间"。"芙蓉",荷花之别称,又称芙蕖、芙渠、莲花。"脂肉",犹言"肤如凝脂般柔嫩滑腻。""云鬟",高耸的环形发髻。"黛",泛指青黑色。全诗不能没有结句的这一问!

在我国古典诗歌中,无论游仙诗,还是咏史诗,多系自抒怀抱,而元稹这首诗,似在咏叹古代仙凡相爱故事,其实是怀念他昔日的情人崔莺莺。

众所周知,元稹的传奇小说《会真记》(又名《莺莺传》)关于张生与崔莺莺的爱情故事，后来由董解元和王实甫加以发展，创作出《诸宫调西厢记》和杂剧《西厢记》，成为古代文学中讲唱文学、戏剧文学的名著。元稹的《莺莺传》也是唐人小说中的杰作，在很大程度是他的自传性作品。《莺莺传》亦即"会真记"。"真"者，仙也；"会真"即遇仙。元稹还有一首长诗《梦游春七十韵》追忆昔日风流之事："昔岁梦游春，梦游何所遇？梦入深洞中，果遂平生趣。清泠浅漫流，画舫兰篙渡。过尽万株桃，盘旋竹枝路。……梦魂良以惊，灵境难久寓。……觉来八九年，不向花回顾。……我到看花时，但作怀仙句。"

这首诗就如同《莺莺传》一样，可以互相参看。所谓"怀仙句"，就是指《刘阮妻》一类诗作。元稹在当时的特定历史环境中，为了谋取功名利禄，同一位宰相的外孙女、仆射的女儿韦丛联姻，尽管爱莺莺，但最终还是抛弃了她，成了一个负心汉，一个庸俗被人唾骂的人。

另一方面，他又对莺莺不能忘情，娶了韦丛，还想着恋人莺莺，不时怀念、留恋，时感内疚，处在一种矛盾的心理状态中。正因为这样，才写了这首诗。借刘晨、阮肇故事为题材，借诗中深沉的感慨和疑问，在责人而又自责，结句对于刘、阮的惋惜、埋怨，何尝不是对自己的作为的惭愧、悔恨！

沈祖棻先生认为，尽管这首诗充满着惆怅之情，将轻意抛弃的爱情比喻为失去的仙境来怀念，将贪图世俗的功名富贵当作眷恋人间现实来追悔，而且在诗中极力描绘仙境的美好，对"忆人间"不能理解，有一种"自觉可悲可叹，可惭可惜种种复杂感情在内；但如果我们撇开诗人创作的动机，以及他在诗中的寄托，就诗论诗，则它在客观意义上，正好从反面说明了刘、阮的热爱人间，热爱现实生活。仙境纵然使人着迷，还是抵不上人间现实生活的魅力。"如果我们从"形象大于思想"这一角度去体会、去联想，虽说并不合于诗人创作的意图和本旨，倒可以从个中找出另外一种积极意义来。

同时，这首诗在结构安排方面，具有独特之处。诗人一连用前三句，极力描摹渲染人物、楼台、环境的美好，展现出一幅超凡脱俗的仙境，直到结句"不知何事忆人间"，才来了一个有力的转折，突出其创作的意图，给读者以意想不到的发问，留下了充分思索的馀地和驰骋想象的空间。

历代诗话评论此诗曰："元微之《题刘阮山》诗云：'芙蓉脂肉绿云鬟'……后元遗山云：'死恨天台老刘阮，人间何恋却归来？'正祖此意。"（《南濠诗话》）王闿运评曰："三句堆砌(指前三句)，又是一格。"（《王闿运手批唐诗选》）《唐诗选脉会通评林》各家评："周珽曰：首言女色美艳，次言舍宇山境奇丽，三言花木灵药可以长生，人多慕此洞天，恨不获一遇，既遇而辄起归念，不知尘世更有何难忘情事也。""周启琦曰：'抑扬开阖，全在尾句。'""徐子扩曰：'极美如此，犹忆人间，是可见仙境之丰也。'"评价不虚！

春　晓

题解

《春晓》，一作《春晚》。结句"二十年前晓寺情"似与《莺莺传》相关。陈寅恪先生认为诗中所写难忘的恋情，实系元稹与双文(即莺莺)缱绻之情。《会真记》载："有顷，寺钟鸣，天将晓。红娘促去。崔氏娇啼宛转，红娘又捧之而去。"诗正忆其情也。

　　半欲天明半未明，醉闻花气睡闻莺。
　　狧儿撼起钟声动，二十年前晓寺情。

新解

　　半欲天明半未明，醉闻花气睡闻莺——写两情如胶似漆，不料却又天将拂晓，幽期密约恨短；次句写醉梦温柔乡，花气馥郁，莺啼娇啭，缠绵悱恻难舍。花气：花的香气。"醉闻"句互文连属，犹言醉酒而卧，闻到花香，听见莺啼，妙语双关。

　　狧儿撼起钟声动，二十年前晓寺情——第三句写是黄色小犬撼动寺钟，划破寂静的夜空；结尾含蕴深长，难忘啊！二十年前山寺如约幽期那销魂的春日拂晓。狧儿：短嘴小黄狗，即哈巴狗。《才调集》"狧"作"娃"。美女曰"娃"。

新evaluation

　　既系《莺莺传》的张本，自然与《莺莺传》有关。尤其是结句"二十年前晓寺情"的"寺"，正是《莺莺传》中所谓："张生游于蒲，蒲之东十餘里，有僧舍曰'普救寺'。"为张生寓居所在。"晓寺情"正是诗的前三句所叙的情与事。同时也合于《莺莺传》叙张生、崔莺莺合欢之词，即"有顷，寺钟鸣，天将晓，红娘促去……及明，睹妆在肩，香在衣。"陈寅恪先生说，明乎此，则知《春晓》所写一段难忘的恋情，实即诗人元稹与双文(即莺莺)缱绻之情。说这首诗是《莺莺传》之张本，一点也不过分！结句"晓寺情"又照应题目，渲染题旨，含蓄深蕴，耐人寻味。无论是内容与形式、体裁与风格，都达到了和谐与统一。

明月三五夜

题解

　　这首诗是元稹的爱情小说《莺莺传》(又名《会真记》)中，托莺莺之名，写给张的一首约张相会的爱情诗。《莺莺传》载："是夕,红娘复至,持绛笺以授张,曰'崔(莺莺)所命也。'题其篇曰《明月三五夜》,其词曰……"即本诗。又见王实甫《西厢记》第三本第二折。"明月三五夜"即十五明月夜。崔莺莺相约,张至,崔却劝之"以礼自持,无及于乱"。

> 待月西厢下,迎风户半开。
> 拂墙花影动,疑是玉人来。

待月西厢下,迎风户半开——首句犹言我等待你在月夜西厢里,迎风的门户半掩半开。墙下花影拂动,想必是心爱的人来了。"户",本指单扇的门。《说文》云:"半门曰户。""门"字"从二户"。唐慧琳《一切经音义》一四引《字书》云:"一扇曰户,两扉曰门。"

拂墙花影动,疑是玉人来——"拂",一作"隔"。"玉人",诗中指容貌美的人,后多指称美丽的女子。这里则指张生,在崔莺莺看来,张生如同玉洁冰清的美男子。

诗没有什么难解的字词和句子,通俗易懂,却耐人寻味。《莺莺传》记载,张生深为莺莺"颜色艳异,光辉动人"而倾倒,于是对婢女红娘"私为之礼者数四,乘间遂道其衷"。后红娘为张生"行忘止,食忘饱"所感动,劝其向莺莺求婚,且劝张"不可以非语犯之""君试为喻情诗以乱之",于是张生大喜,立缀《春词》二首以授之,即《古艳诗二首》:

(一)春来频到宋家东,垂袖开怀待好风。
   莺藏柳暗无人语,惟有墙花满树红。
(二)深院无人草树光,娇莺不语趁明藏。
   等闲弄水浮花片,流出门前赚阮郎。

是夕,红娘复至,持彩笺以授张,即"待月西厢下"这首诗,题目亦即本诗题目。然而是夜,张生攀杏花逾墙而到西厢。莺莺至,却大数张生要挟之罪。但过了数日,张生临轩独寝,红娘送衾枕至,莺莺很快也到,"娇羞融冶,力不能运支(肢)体",往日之端也不复存在,竟与张生同居西厢几一月,张生赋《莺莺传》三十韵授之。

这首五言绝句不仅语言清丽,朗朗上口,而且情真意切,动人心扉。所表述的热恋中的少女娇羞之反常心态,十分真切。尤其是后两句已成唐诗中千古流传的名句,也是中国古典爱情诗中的俊语!

寄　诗

【题解】

"寄诗"是张生抛弃崔莺莺后，又要求相见时写的。元稹《莺莺传》记述，张生后来另娶高门，负了莺莺；莺莺亦另适他人。一次张生路经莺莺所居，以外兄求见。其夫告诉莺莺，莺莺"终不为出"。因为张生怨愤，莺莺才写了这首诗转张生，"竟不之见"。

　　自从消瘦减容光，万转千回懒下床。
　　不为傍人羞不起，为郎憔悴却羞郎。

　　自从消瘦减容光——开门见山，直截了当，读者不禁要问，为什么？"自从"何时"消瘦减容光"？

　　万转千回懒下床——并未回答问题，又来了个"万转千回懒下床"，容光既消瘦，睡卧懒起床，更加深了一层，所为何来？

　　不为傍人羞不起——似在回答问题，却用否定句式，意犹我容光消瘦，卧床不起，"不为傍人羞不起"，那为谁呢？

　　为郎憔悴却羞郎——结句才作了回答，"为郎憔悴却羞郎"。"郎"是谁呢？就是张生。四句诗曲曲折折、弯弯转转，才回答了问题。"容光"，仪容风采。"万转千回"，形容翻来覆去一次又一次地。"羞郎"，为郎的负心而羞惭。

　　崔莺莺借给张生回信而写的这首小诗，是对"始乱之，终弃之"的张生在道义上的委婉指控。张生这个无行文人，因为迷恋于莺莺的美貌，而不择手段、不惜一切地百计追求。在骗去了莺莺的信任，使莺莺委身于他、失去贞操之后，却又背信弃义，另攀高枝，抛弃了莺莺。后来，莺莺已经嫁人，他又厚着脸皮，以"外兄"的身份求见。莺莺的丈夫告诉她，但"终不为出""竟不之见"，而写下这首诗寄张生。

　　后数日，张生将行，莺莺又赋一首五绝，诗云："弃置今何道，当时且自亲。还将旧时意，怜取眼前人。"怨而不恨，哀而不忿！

　　《寄诗》更见婉转委曲，特别是后一联"不为傍人羞不起，为郎憔悴却羞郎"，极其凄婉而又十分坚决，绝非一般意义上的绝交和指斥，是控诉、是鞭挞！正是后人所评论的："其绝诗有不胜怨恨之意，措辞不烦，言外无尽。""此种诗令人不堪多读。"(《历朝名媛诗词》)尽管莺莺在文字上措辞简练明彻、清新秀美,浸透着一腔义愤而又深挚凄怨的诗意,正如《名媛诗归》所云:"为郎羞郎,只欲使其自愧耳!绝之之意已坚。"敢爱敢恨才是崔莺莺的令人喜爱之点!

"元微之太近甜俗,一篇而外,不可强登也。"(《读雪山房唐诗抄·七律凡例》)正是元诗特点。

莺莺诗

这首诗一作《离思》五首的首篇,合为六首。为莺莺作,抒写离情,是诗人怀念昔日与崔莺莺爱情生活的诗。

　　　　殷红浅碧旧衣裳,取次梳头暗澹妆。
　　　　夜合带烟笼晓月,牡丹经雨泣残阳。
　　　　依稀似笑还非笑,仿佛闻香不是香。
　　　　频动横波娇不语,等闲教见小儿郎。

殷红浅碧旧衣裳,取次梳头暗澹妆——写莺莺的装束打扮。莺莺就是后来《西厢记》中的崔莺莺,元稹即张生。元稹与崔莺莺相遇时,莺莺才十七岁。妙龄少女自然是精心妆扮,身穿殷红色的衣衫,浅绿色的裤子,但都是"旧的";发髻很随意,首饰也一般。而在诗人眼中心内,这却是莺莺独特的韵味和不同于常人的美,给人以质朴、自然、和谐、淡雅之美感。殷红:殷(yān),暗红色,红中带黑紫。浅碧:淡青绿色。暗:《尔雅·释言》:"䆳,暗也。"不明貌。取次:任意,随意。

夜合带烟笼晓月,牡丹经雨泣残阳——描摹莺莺的肤体和姿态。有如烟雾笼罩中的合欢花,又似雨后带水珠的牡丹花;夜合花为朝晖尽染,牡丹花在夕晖下闪动着晶莹的露珠如同垂泪,写出了肤体的红润美艳,摹尽了姿态的绰约风韵。"笼晓月""泣残阳",极尽描摹形容之能事,留给读者的是红润欲滴、娇媚迷人的朦胧之美。夜合:合欢之别称,又名"合昏"。《太平御览》称"夜合,叶晨舒而暮合,一名合昏"。带:围绕、笼罩。烟:诗中指云雾水汽。晓月:清晨朦胧的落月。泣:露滴,如同垂泪珠。残阳:傍晚落山的太阳。

依稀似笑还非笑,仿佛闻香不是香——一作"低迷隐笑原非笑,散漫清香不似香"。写莺莺的表情、神态,似笑非笑,含情脉脉,娓娓动人。写莺莺身上散发的香气,但非脂粉的香味,这种香气,似有若无,似断若续,颠倒神魂。依稀:又作依俙,叠韵联绵字,隐约不清晰;类似、仿佛。

频动横波娇不语,等闲教见小儿郎——写诗人与莺莺相会时的情景。娇不语:一作"嗔阿母"。频动横波:眼睛不断地闪动,秋波传情。横波:喻女子眼神流盼,如水横流。《文选·傅毅〈舞赋〉》李善注:"横波,言目斜视,如水之横流也。"娇不语:带羞含娇而不说话,是少女面对"小儿郎"时娇羞不语的神态。等闲:寻常,平常。教(jiāo):使。小儿郎:犹言"小后生""小孩子"。诗中指年轻时的诗人元稹,亦即后来《西厢记》中的张生。

诗描写莺莺,颇见功力。从妆扮到神态,惟妙惟肖,活灵活现,既呼之欲出,又如在目前。《归田诗话》云:"(元稹)作《莺莺传》,盖托名张生。"《莺莺诗》中所写正可谓《莺莺传》《会真诗》三十韵之缩影或蓝本。元稹《莺莺传》载:"张生发其书(按指莺莺所写之情书)于所知,由是时人多闻之。所善杨巨源好属词,因为赋《崔娘诗》一绝。""崔娘",即莺莺。《崔娘诗》云:"清润潘郎玉不知,中庭蕙草雪销初。风流才子多春思,肠断萧娘一纸书。"

有关崔莺莺的诗文颇多,传播久远,在民间因《西厢记》而家喻户晓、妇孺皆知、布于人口。其实崔莺莺与双文、张生与元稹,真人真事,诗文戏曲人物,已经合而为一,难分彼此。

离思五首(选三)

《离思》共五首。《全唐诗》题下注:"一本并前首作六首。""前首"指《莺莺诗》。《莺莺诗》在《全唐诗》中题下注:"一作《离思诗》之首篇。"

历来有主悼亡(为韦丛而作)和主风情(为双文而作)之论争。韦丛是诗人妻子,早亡;双文是诗人婚前恋爱的女子。所以又有写离情还是写悼亡之不同解释。孰是孰非,在解评中分辨。

其 一

自爱残妆晓镜中,环钗谩篸绿丝丛。
须臾日射燕脂颊,一朵红苏旋欲融。

其 二

山泉散漫绕阶流,万树桃花映小楼。
闲读道书慵未起,水晶帘下看梳头。

其 四

曾经沧海难为水,除却巫山不是云。
取次花丛懒回顾,半缘修道半缘君。

  首先不必拘泥于为韦丛作,还是为双文作。"离思",是写离情的诗。为便于解评,兹将其三、其五照录如下。其三:"红罗著压逐时新,吉了(一作"杏子")花纱嫩麴尘。第一莫嫌材地弱,些些纰缦最宜人。"其五:"寻常百种花齐发,偏摘梨花与白人。今日江头两三树,可怜和(一作"枝")叶度残春。"
  第一首是"思"情人一夜恩爱晓起后残妆慵懒的动人情态。
  自爱残妆晓镜中——回忆情人晓镜中残妆慵懒的可人情态。诗人是一位多情的种子。元稹婚前曾同名叫双文的女子恋爱。后同韦丛结婚,二人恩爱无比,到韦丛死七年间生有五子(仅养活一女)。韦丛死后不久,未娶裴氏夫人之前,元稹已纳妾安氏。所以元稹至少同四位女人有关系。元稹似乎对双文、韦丛最为爱恋,今存诗中有很多写韦丛、双文的爱情诗、风情诗和伤悼诗。我参与主编的"中国文学宝库"《唐诗精华分卷》,关于《离思诗》的"总案"中作者考证说:"元稹集中,抒写恋情,涉及到韦丛、双文二人。《离思》诗,尤其是其四'曾经沧海'一首,历来有主悼亡——为韦丛而作和主风情——为双文而作之争。孰是孰非呢?考:悼韦丛之作,微之视为'伤悼诗',列于集中卷九,约三十首,共同的特点是事真而词庄;忆双文之诗,则在外集之补遗,约十八首,总体看,都写得情意缱绻而词妖事艳,《离思》诗则归入后一类诗中,因此此诗是为双文而作。这是一证。双文是元稹婚前所恋爱的女子。《梦游春七十韵》自述情恋之事甚详,写与韦丛婚事,诗里明说:'韦门正全盛,出入多欢裕。'而写婚前遇'花貌人'(即双文)后,'觉来八九年,不向花回顾''我到看花时,但作怀仙句',恰是'取次花丛'两句的参证,也是《离思》诗为忆双文而作的另一个证据。"至于"事真而词庄"是否"庄"?这里不必争论,而以"《离思》诗为忆双文而作",笔者是认同的。
  "环钗谩簪绿丝丛"至"一朵红苏旋欲融"——作为"离思"的回忆之诗,诗人不直接去抒写,而是"自爱残妆晓镜中"的情人,残妆晓镜中的她,钗环参差不齐,绿色丝缕丛杂不整。很快日出东方映照面颊红如一朵胭脂,脸庞肌肤红润柔腻好像要立即融化消融一样,给读者展示了一幅明丽动人娇媚的风姿。环:圆形中心有孔的玉器,耳环、指环及臂环之类。钗:形似叉的金属或玉制首饰。漫:散漫、繁冗。绿丝:一作"绿云",绿色丝缕。唐·独孤及《官渡柳歌》:"千条万条色,一一胜绿丝。"燕脂:又作"胭脂"。本为一种红色颜料。五代·马缟《中华古今注·燕脂》:"盖起自纣,以红蓝花汁凝作燕脂。以燕国所生,故曰燕脂。涂之作桃花妆。"旋:顷刻、立即。融:熔化;消融。

第二首思念昔日情人在山泉萦绕、桃花掩映的小楼上,懒散地躺着读道书和在水晶帘下梳头的情状。"散漫",形容山泉萦绕流淌的样子。

"山泉散漫绕阶流"至"水晶帘下看梳头"——映:掩映。道书:道家道教图书。我们知道,读释诵经为成佛,读道炼丹为修仙,"闲读道书"暗喻"读道书而遇仙子"。慵:懒。"慵未起"是眷恋枕席而舍不得起。水晶帘:形容色泽莹澈精美如同水晶一般的帘子。首联写山泉潺潺细流环绕着一片桃林,灼红的桃色掩映着小阁楼。后联写人物慵懒地闲读道书躺着不起床,读呀读呀!我的情人却在水晶帘下打扮梳妆。通篇景色幽丽,丰神绰约,前三句是景、是枝叶,结句才是人、是花朵。这种烘托之法,一句"水晶帘下看梳头",那引人的姿质秀丽动人尽在不言中。

第四首写因为远离情人而再也没有欢爱情恋,信步花间也全无心思观赏回顾,一半是因为笃信佛道,一半是由于忘不了情人迷人的倩影。

曾经沧海难为水,除却巫山不是云——《孟子·尽心上》云:"故观于海者难为水,游于圣人之门者难为言。""沧海"深广无比,自然使别的水相形见绌;"巫山"至大至美,当然使他处的水难以上眼。"难为水"是说见到别的流水就再也难认为是真的"水"了。巫山:《文选》宋玉《高唐赋》载,楚襄王游云梦台馆,望高阳宫观,言楚怀王(先王)同巫山神女相会。神女辞别之际说:"妾在巫山之阳,高丘之阻。旦为朝云,暮为行雨。朝朝暮暮,阳台之下。"巫山有朝云峰,下瞰大江,云蒸霞蔚,如宋玉《高唐赋》所云:其朝坛"盹(duì即茂盛、繁盛)兮若松榯(shí树木直立貌)""晣(zhé即光明美好貌)兮若姣姬""上属于天,下见于渊"。隐喻与情人之间情如沧海之水和巫山之云,其深广、美好无与伦比。"曾经沧海",本喻见多识广,阅历很深,经验丰富,这里则指曾有过的美好恋情。巫山指男女幽会。不是云:言其不再是昔日缱绻的恋情了。因为如今情人不在了,再也没有什么样的女子能让自己动情了。

取次花丛懒回顾,半缘修道半缘君——取次:随意,随便,任意。缘:由于,因为。

历代对《离思》除上述主悼亡为韦丛而作和主风情为双文而作,以及以《莺莺诗》为首篇并作"六首"的分歧和异解外，评论很多，但多系贬词。《全唐诗话》卷二说："公先娶京兆韦氏，字蕙丛。韦逝，为诗悼之。"《云溪友议》谓："元稹初娶京兆韦氏，字蕙丛，官未达而苦贫……韦蕙丛逝，不胜其悲，为诗悼之。"《养一斋诗话》载："《莺莺》《离思》《白衣裳》诸作，后生习之，败行丧身。诗将为人之仇，率天下之人而祸诗者，微之此类诗是也。"《唐贤小三昧集》评："个中人语。"《王闿运手批唐诗选》于"半缘修道半缘君"句下批："所谓盗亦有道！"《消寒诗话》六六断言："元微之有绝句云：'曾经沧海难为水……'或以为风情诗，或以为悼亡也。夫风情固伤雅道；悼亡而曰'半缘君'，亦可见其性情之薄也。"（清·秦朝釪）

仁智相见。诗人未必然，读者何必不然！

笔者认为这是主风情的离思之作。特别是其四"曾经沧海难为水"一首采取比兴手法，"索物以托情"，赞颂情爱，表达了对情人的忠贞不贰与怀念深情。"难为水""不是云"，纯情语也。是偏爱之情。比喻恰切，形象生动，情感真挚动人、深沉执着。"半缘"句承上，说明"懒回顾"的因由。对于元稹之为人处世，白居易是深刻了解的。白氏在其《和答诗十首》中说元稹"身委《逍遥》篇，心付头陀经"（《和〈思归乐〉》）。尊佛奉道是"心失所爱"，悲痛无法解脱的一种感情寄托，与诗中所表达的离思之情是一致的，且"半缘修道半缘君"含蕴深沉。诗中所表达的，同清人秦朝釪所批评的元稹"性情之薄"，不可同日而语！

从艺术技巧上论，取喻既高雅，抒情又强烈，写离思词意豪壮，具有江河奔腾之势。"懒回顾""半缘君"由"沧海""巫山"的雄壮气势，一转而婉曲舒缓，使全诗转换自如、变化有致，形成一种有张有弛、跌宕起伏的旋律。同时，言离思之情而不入俗，抒悲怀之痛而不低沉，遣词用语瑰丽而不失浮艳，创造了唐人离思绝句中的绝佳境界，成为历代主风情小诗中的一枝奇葩。尤其"曾经沧海难为水，除却巫山不是云"的喻意和蕴含，千馀年来为人传诵，弥久不衰！

因为元稹早年的艳遇，知遇的是一位貌美多才的少女，晚年追忆昔日之情事，才写了《离思》五首，这也权作一解，供读者参考。

《石洲诗话》曰："诗至元、白，针线钩贯，无乎不到，所以不及前人者，太露太尽耳。"毋宁说"无乎不到""太露太尽"乃至"元轻白俗""稹多纤艳无实之语"，只有元白诗才为此不胫而走，且元稹因之而成为《诗人主客图》中所谓"广大教化主：白居易……入室三人：张祜、羊士谔、元稹"之一。

会真诗三十韵

《会真诗三十韵》是元稹五言排律艳诗的名作。

《莺莺传》中有"张生赋《会真诗三十韵》",记述其与莺莺初次幽会的情况。据施蛰存先生考证,元稹传文中不载本诗,而载了河南元稹的《续会真诗》三十韵。《续会真诗》就是《会真诗》,今元稹诗集中的《会真诗》也就是《莺莺传》中所谓的《续会真诗》。

元稹《莺莺传》记载:"张生发其书于所知("其书"指莺莺所写的情书),由是时人多闻之。所善杨巨源好属词,因为赋《崔娘诗》一绝云:'清润潘郎玉不如,中庭蕙草雪销初。风流才子多春思,肠断萧娘一纸书。'河南元稹亦续生《会真诗》三十韵,诗曰:微月透帘栊……"

宋·王楙《野客丛书》说:"唐有张君瑞遇崔氏女于蒲,崔小名莺莺。"张生名君瑞,是后人编此传奇故事而补上的。

微月透帘栊,萤光度碧空。
遥天初缥缈,低树渐葱茏。
龙吹过庭竹,鸾歌拂井桐。
罗绡垂薄雾,环佩响轻风。
绛节随金母,云心捧玉童。
更深人悄悄,晨会雨濛濛。

珠莹光文履,花明隐绣龙。
宝钗行彩凤,罗帔掩丹虹。
言自瑶华浦,将朝碧帝宫。
因游洛城北,偶向宋家东。

戏调初微拒,柔情已暗通。
低鬟蝉影动,回步玉尘蒙。
转面流花雪,登床抱绮丛。
鸳鸯交颈舞,翡翠合欢笼。

眉黛羞频聚,唇朱暖更融。
气清兰蕊馥,肤润玉肌丰。
无力慵移腕,多娇爱敛躬。
汗光珠点点,发乱绿松松。

方喜千年会，俄闻五夜穷。
留连时有限，缱绻意难终。
慢脸含愁态，芳词誓素衷。
赠环明运合，留结表心同。
啼粉流清镜，残灯绕暗虫。
华光犹冉冉，旭日渐曈曈。

警乘还归洛，吹箫亦上嵩。
衣香犹染麝，枕腻尚残红。
幂幂临塘草，飘飘思渚蓬。
素琴鸣怨鹤，清汉望归鸿。
海阔诚难渡，天高不易冲。
行云无处所，萧史在楼中。

  这首长诗系艳情之作，是追忆少时与崔莺莺幽会事。至于莺莺与双文是否一人，笔者以为不必过于拘泥。

  "微月透帘栊"至"晨会雨濛濛"——这是第一段，写相会的节序，从"绛节随金母"知正值秋季。这十二句中，前四句写天色已晚，"微月""萤光""遥天""低树"都是写夜幕降临、一片清幽。"缥缈""葱茏"均当作"朦胧""昏暗"解。中四句写人物，大有"呼之欲出"之感，在那庭竹、井桐被风吹拂声中，穿着薄雾般轻绡之衣、身佩环珮在风中直响的美人走来了。"罗绡"二句引出人物，是从写景到写人的过渡和转折。"龙吹""鸾歌"都是形容风声。后四句以"金母""玉童"比喻美人，"金母"即西王母，她出行才有绛节旌霓前后簇拥，诗中似指婢女红娘随侍而来。"云心"即云端，高空。诗中指神仙所在的仙境，是对莺莺、张生相会之地的形容。"更深"二句写美人"夜半而来，天明即去"的时间。然而按全诗叙事顺序，这里好像还谈不到天明的事，因而"晨会"二字也可能讹误。

  "珠萤光文履"至"偶向宋家东"——这是第二段，写莺莺的丰神美韵。前四句写衣履钗皱；后四句是叙述来踪去迹。言：即"她说"。诗人以洛妃比美人，说自己是从瑶华浦来，想去天宫去朝拜青帝，由于途经洛城北，不期偶然来到宋玉的东邻来了。宋家东：典出宋玉《登徒子好色赋》："臣东家之子，增之一分则太长，减之一分则太短；著粉则太白，施朱则太赤；眉如翠竹，肌如白雪；腰如束素，齿如含贝；嫣然一笑，惑阳城，迷下蔡。然此女登墙窥臣三年……"寓意莺莺之求偶于己。

后四句的形象表达给人留下极为深刻的印象。总之，意思说她本想入佛殿焚香礼拜，却不意误到西厢来了。

"戏调初微拒"至"翡翠合欢笼"——这是第三段，叙述张生调戏莺莺，始而微加拒绝，继而柔情暗通，接着"低鬟""回步"二句描述莺莺的心理活动，踌躇不决、含情作态。后四句正写幽会，"转面""登床""交颈""合欢"，调戏成功，成就了私会偷情，极尽描摹之能事。

"眉黛羞频聚"至"发乱绿松松"——这是第四段，描写二人交颈合欢时美人的羞娇、慵敛、汗流、发乱情态。虽不是赤裸裸的肉欲色情描述，但确实是俗亵难堪，元稹开此先例，后世益发变本加厉。作为色情描写的始作俑者，难怪连杜牧都痛斥元稹"淫言媟语"。词句用字也就不必详加解释了。唇朱：一作"朱唇"。蕊馥：一作"麝馥"。绿松松：一作"绿葱葱"。

"方喜千年会"至"旭日渐瞳瞳"——这是第五段，前四句正写幽会之事，后八句写二人分手离去。总之，这十二句写幽会欢娱未足，天已黎明（"五夜穷"），二人海誓山盟，"赠环""留结"互赠礼物，表示同心同命、永不相负。最终哭哭啼啼，难舍难分地分离。

"警乘还归洛"至"萧史在楼中"——这是第六段，这十二句写美人离去，即"还归洛"，比喻如洛妃而去。又写自己"亦上嵩"，如王乔之别。王乔，王子乔，传说中的仙人。《列仙传》载："王子乔者，周灵王太子晋也。好吹笙作凤凰鸣。游伊洛间，道士浮丘公接上嵩高山。三十馀年后……乘鹤驻山头，望之不可到。举手谢时人，数日而去。"（汉·刘向）《古诗十九首·生年不满百》有"仙人王子乔，难可与等期"。《文选·孙绰〈游天台山赋〉》有"王乔控鹤以冲天"。"警乘"一作"乘鹜"；"上"，又作"止"。"衣香"以下六句写美人去后，衣裳还沾染有她如麝般香气，枕上还留下她脂粉的残红痕迹。自己感到孤独如临塘之草，飘零似思渚之蓬，没有归宿之所。弹琴吧，发出的是怨鹤之鸣声；仰望清汉太空，看到的是飞逝之归鸿。最后四句写想到与美人所居之处，竟然像海阔天空实在难于飞渡，难于冲霄。而美人又如同行云飘忽，不知何去；自己又像萧史，独居高楼，得不到弄玉作为伴侣。"行云"句言莺莺不知何去，"萧史"句言自己独居楼中。传说萧史善吹箫，刘向《列仙传·萧史》载："萧史者，秦穆时人也。善吹箫，能致孔雀白鹤于庭。穆公有女，字弄玉，好之，公遂以女妻焉，日教弄玉作凤鸣。居数年，吹似凤声，凤凰来，止其屋，公为作凤台，夫妇至其上，不下数年，一旦皆随凤凰飞去。"后以萧史为如意郎君。诗中化用典故，写萧史没有得到弄玉，仍然独居楼中。"怨鹤"，即《离鹤操》，琴操名，表离怨之情。"望归鸿"，希望接到来信的意思。

题曰"会真"者,"真"犹仙人也。唐人诗多称情人或妓女为"仙"。

《会真诗三十韵》,元稹有《古今艳体》一集,未录。却把这首诗写进《莺莺传》中,才得以传诵于世。元稹的好友李绅又为这篇传奇配上了一首《莺莺歌》,成为当时流行的一种说唱文学形式。这种一歌一传的唐代传奇文学新形式,向戏剧发展,产生了道白、歌唱兼有的戏文;向小说发展,产生了词话、弹词。如:白居易作了《长恨歌》,陈鸿作了《长恨歌传》;沈亚之有《冯燕传》,司空图作了《冯燕歌》;白行简有《李娃传》,元稹作了《李娃行》(佚)。有歌就配一篇传,有传就配一首歌。这是民间说唱文学的需要。佛教文学变文也是这样,是一段讲说、一段歌赞的讲唱形式。传的部分是说白,歌的部分是唱词。

对于《会真诗三十韵》,历代诗话也有评论。《归田诗话》曰:"(元稹)作《莺莺传》,盖托名张生。复制《会真诗》三十韵,微露其意,而世不悟,乃谓诚有是人者,殆痴人前说梦也。"《说诗晬语》谓:"韦縠《才调集》选,固多明丽之篇,然如《会真诗》及'隔墙花影动'等作,亦有采入太白、摩诘之后,未免雅郑同奏矣。奈何阐扬其体,以教当世邪?"所谓"雅",本《诗经》六义之一:"教六诗:曰风,曰赋,曰比,曰兴,曰雅,曰颂。"(《周礼·春官·大师》)。宋·郑樵:"风土之音曰'风',朝廷之音曰'雅',宗庙之音曰'颂'。""雅"者,朝廷之乐歌,《诗经》分"大雅""小雅"。所谓"郑",指郑国的诗歌音乐,属民间乐调。"雅郑同奏"犹言高雅、低俗之乐一同演奏。

"元和体""长庆体"往往被混为一体。据《旧唐书》本传载:"稹聪警绝人,年少有才名,与太原白居易友善。工为诗,善状咏风态物色,当时言诗者称元、白焉。自衣冠士子,至闾阎下俚,悉传讽之,号为'元和体'。"元白"二人来往赠答,凡所为诗,有自三十、五十韵乃至百韵者。江南人士,传道讽诵,流闻阙下,里巷相传,为之纸贵。观其流离放逐之意,靡不凄婉。"足见传播之广。《新唐书》本传亦载:"稹尤长于诗,与居易名相埒,天下传讽,号'元和体'。往往播乐府。"而"长庆体"与"元和体"根本不是一码事。唐穆宗时,以元稹为祠部郎中并知制诰,因而使朝野上下舆论纷纷,以为"书命不由相府",很轻视他。然而元稹草拟的制诰,"诰辞所出,夐然与古为俦,遂盛传于代,由是极承恩顾。"(《新唐书》本传)正因元稹起草的公文不同凡响,人们不仅无话可说,而且争相模仿,从此制诰文体改革了,当时人对这种制诰文体,称之曰"长庆体",这是其本意。宋元以降,便被误认为与"元和体"同义了。

所谓"艳诗"之说,涉及到诗的分体问题。元和七年(812),元稹把其诗分为十体,事实上只有"古讽""乐讽""古体""新题乐府""律诗""律讽""悼亡""艳诗"。律诗中以七言、五言为两体；艳诗又分今体、古体两体。"艳诗"，似为元稹首先提出来的。据诗人自己的说明，是他写的那些描写妇女装束服饰、梳妆打扮的诗。但《元氏长庆集》中所收的许多艳丽的诗作，却是抒写爱情的，而非仅仅是写妇女服饰眉目者。同时，这些艳诗多是为年轻时所遇情人如崔莺莺而写的。

元稹是个轻浮的风流才子，在娶韦丛之前，他在寺院遇见崔莺莺，一见钟情，寄束逗引，莺莺夜间来，拂晓去，"恩爱"勾搭了几个月。后来，赴长安参加书判考试，遂同莺莺诀别。联姻高门，娶韦丛为妻，同莺莺的一段私情，烟消云散，丢在一边。亏他还写了那么多追忆莺莺的诗文，真不知这位是痴情男子，还是负心郎君！

况且，如诗中那"交颈"合欢、"眉黛朱唇""无力慵移""汗光""发乱"的描写，都是其他诗人从来不敢公开咏叙的男女隐私的情事，《玉台新咏》向以宫体艳诗著称，也没有如此露骨的描写。难怪杜牧痛斥之"淫言媟语"，粗俗不堪！维护礼教者，当然要说他是名教罪人！

古艳诗二首

题解

《古艳诗二首》，一作《春词》。所以有的版本又作《古艳词二首》。苏仲翔先生认为"此亦为莺莺作，曰'古艳'者，有所讳也。"

唐人传奇中，有一篇对后世颇有影响，先后被金董解元编为《西厢记诸宫调》、被元王实甫撰为《西厢记》的传奇名篇《莺莺传》，即为元稹所作。历代文人考证，《莺莺传》中的男主人公张生就是元稹。贞元十六年(800)二十二岁的元稹，赴京应试，自凤翔游蒲州，遂发生了与莺莺一见钟情的恋爱故事。《古艳诗二首》，相传即《莺莺传》中张生让红娘传递给崔莺莺的《春词二首》。所以这两首诗，又作《古艳词二首》或《春词》。

(一)

春来频到宋家东，垂袖开怀待好风。
莺藏柳暗无人语，惟有墙花满树红。

(二)

深院无人草树光，娇莺不语趁阴藏。
等闲弄水浮花片，流出门前赚阮郎。

第一首写对莺莺的热烈追求和失望之情。

春来频到宋家东,垂袖开怀待好风——首句以宋玉在《登徒子好色赋》中所描写的东邻美女比喻崔莺莺,言外之意是盼望莺莺也像东邻美女一样温顺多情,答应自己的爱情追求。对句写期待盼望莺莺答应的好消息。春来:以春天的来临比喻爱情的到来。频到:频频到来,也是比喻对莺莺的热烈追求。宋家东:宋玉家的东邻,比喻莺莺居住之地。待好风:期待、盼望着莺莺答应的好音讯。

莺藏柳暗无人语,惟有墙花满树红——写自己的失望情怀。莺藏柳暗无人语:是说莺莺如同黄莺一般躲藏在柳阴深处,藏在深闺之中。惟有墙花满树红:是说能够亲眼看到的唯有伸出墙外的几枝桃杏花。不禁使人想到宋朝大诗人陆放翁的"杨柳不遮春色断,一枝红杏出墙头"(《马上作》)。"藏"比喻莺莺"藏在深闺人未知",莺即指莺莺。一语双关,表面指黄莺鸟,实际上喻崔莺莺,也就是元稹《莺莺传》《莺莺诗》中的莺莺。"柳暗",柳树枝叶茂密深处。"墙花"是多情的,元稹是多情的,只有莺莺是无语无情的!

第二首比喻莺莺的机灵和诗人对莺莺的一片痴情、一往情深。

深院无人草树光,娇莺不语趁阴藏——诗人采用多种艺术手法,摹写深院豪宅悄无一人,到处是繁茂的草木生长。承上首"无人语",写莺莺悄悄秘秘地藏在树阴里,使人感到冷落寂寥。娇莺:本指妩媚可怜的黄莺鸟,暗指莺莺的婀娜多姿。趁阴藏:在柳荫中躲藏不出。

等闲弄水浮花片,流出门前赚阮郎——写莺莺闲时用手戏弄水中浮游飘来的花瓣;结句接着写莺莺让花瓣流出门外来"赚"自己。这里用红叶题诗、刘阮入天台典故,变化其原意,描写莺莺机警及自己对莺莺深情和痴迷。等闲:随便,寻常。弄:戏弄,玩弄。赚:诳骗,诱惑。阮郎:阮肇。相传"汉明帝永平五年,会稽郡郯县刘晨、阮肇共入天台山采药,遇两丽质仙女,被邀至家中,并招为婿""留半年,其地气候草木常如春时;迨还乡,子孙已历七世"(详见《太平御览》卷四一引南朝宋刘义庆《幽明录》)。阮郎本指阮肇,后亦借指同丽人结缘之男子或代指情人。诗中元稹以阮郎自指。

这两首诗同《莺莺传》所描述的不同。《莺莺传》主要描述一个没落贵族小姐崔莺莺,不顾封建礼教的桎梏,与士子张生由相遇、相误到相恋、幽会,终被张生遗弃的爱情悲剧故事。这两首诗则不完全相同。

《古艳诗二首》写元稹对莺莺的追求、热恋、一片真情;而女主人莺莺却是躲藏再躲藏,表现的是莺莺的机灵和诗人的失望、痴情。

在艺术手法上,《古艳诗二首》有其独特、独到之处。表面似乎在写景,而实际则在写人,自始至终使用比喻、暗喻,活用典故。第一首"春来"比喻爱情的到来。"频到"比喻对莺莺的热烈追求和爱恋。"宋家东"以宋玉的东邻指莺莺所居,是暗喻。"莺",妙语双关,表面指鸟,实际是暗指或暗喻崔莺莺,以鸟喻人。"好风",看似指风的和煦,实际在比喻佳音、好消息。"莺藏"暗喻人躲藏。"柳暗",比喻人在柳树枝叶茂密的深处。"墙花满树红",比喻"一枝红杏出墙头""一枝红杏出墙来"(后者见宋·叶绍翁《游园不值》)。

第二首以景衬情,或运用比喻,或活用典故,无不恰到好处。那"深院无人",一片"草树",使人想到"深院锁清秋"(南唐·李煜)、"庭院深深深几许"(宋·欧阳修)深宅大院空无人,到处草木繁茂,衬托比喻出莺莺"趁阴藏"给人带来的冷清寂寞之感,以及"深林人不知"的幽暗冷寂之情。后两句连用典故,一是活用唐玄宗年间天宝宫人题诗梧桐叶,随水流出宫外的典故,"弄水浮花片,流出门前";二是用"阮郎"——阮肇、刘晨同入天台山采药遇二女子成婚的事。不仅增加了传奇色彩,而且丰富了诗的内涵。《古艳诗二首》的确是元稹诗作中一朵艳丽的奇葩!正如《诗林广记》所说:"元微之诗,艳丽而有骨。"陈寅恪先生"微之自编诗集,以悼亡诗与艳情分归两类……微之以绝代之才华,抒写男女生死离别悲欢之情感,其哀艳缠绵,不仅在唐人诗中不可多见,而影响于后来之文学者尤巨。"(《元白诗笺证稿》)

赠柔之

柔之,元稹继室,河东裴氏,字柔之。

穷冬到乡国,正岁别京华。
自恨风尘眼,常看远地花。
碧幢还照曜,红粉莫咨嗟。
嫁得浮云婿,相随即是家。

元稹,元才子,风流才子。原配韦氏,继室裴氏,均系官宦世家、高门闺秀。柔之亦有才思,与元稹赠答酬唱,不失为一段佳话。柔之读了本诗,也有答诗。

穷冬到乡国，正岁别京华——元稹于大和二年(828)在浙江观察使任，加检校礼部尚书。翌年九月自越征为尚书左丞。大和四年(830)正月，牛僧孺入朝，元稹代牛僧孺为武昌节度使，出镇武昌。穷冬：深冬；隆冬。韩愈《重云李观疾赠之》："穷冬百草死，幽桂乃芬芳。"乡国：本故国。诗中似指家乡，唐·杜俨《客中作》："容颜岁岁愁边改，乡国时时梦里还。"正岁：本指古历夏历正月，亦泛指农历的正月。《周礼·天官·小宰》郑玄注："正岁，谓夏之正月，得四时之正。"京华(huá)：京城乃文物、人才荟萃之地，故称京华。系美称。唐·张九龄所谓"京华之地，衣冠所聚"。

自恨风尘眼，常看远地花——风尘：尘世，红尘。纷扰的现实生活境界，包括官场以及宦途。远地：指遥远的地方。刘禹锡《送唐舍人出镇闽中》："山川远地由来好，富贵当年别有情。"

碧幢还照曜，红粉莫咨嗟——碧幢：隋唐以来，在高级官员舟车上所张挂的用青油涂的帷幔，叫碧幢。白居易《奉和汴州令狐令公》："碧幢油菜叶，红旆火襜襜。"照曜：二字同源。照，明、耀，多用作动词；曜，日光，多用作名词。红粉：妇女用来化妆的铅粉和胭脂。诗中似喻人。所谓"红粉佳人"。咨嗟：诗中为叹息义。

嫁得浮云婿，相随即是家——浮云：飘动的云。犹言到处宦游，如同浮云。婿：《尔雅·释亲》："女子之夫为婿。"相随：亦作"相隋"。伴随；跟随。家：四海为家，到处即家的意思。

元稹与柔之，夫唱妇随，也不失为一段佳话！

元稹原配韦丛，继室裴氏字柔之，二夫人"俱有才思，时彦以为佳偶"。据《云溪友议》记载："(元稹)复自会稽拜尚书右丞(一作左丞)。到京未逾月，出镇武昌。是时，中门外构缇幕，候天使送节次。忽闻宅内恸哭，侍者曰：'夫人也。'乃传问：'旌钺将至，何长恸焉？'裴氏曰：'岁杪到家乡，先春又赴任，亲情半未相见，所以如此。'"于是，元稹"立赠柔之诗曰"，即本诗。

看了这首赠诗后，裴柔之答诗一首："侯门初拥节，御苑柳丝新。不是悲殊命，唯愁别是亲。黄莺迁古木，珠履徙清尘。想到千山外，沧江正暮春。"

柔之答诗说明"恸哭"因由，想到随元稹到武昌［大和四年(830)正月，元稹代牛僧孺为武昌节度使］，即"千山外""正暮春"的情景。时还任检校户部尚书，鄂州刺史，御史大夫。

元稹与柔之情深义重，"琴瑟相和，亦房帏之美也"。唐末范摅(自号五云溪人)所言极是。

寄赠薛涛

本诗为元稹寄赠女诗人薛涛的一首七律。

薛涛(758—832),字洪度,长安人。幼随父入蜀,父逝,遂沦为乐伎,能诗善书,捐让于名公巨卿、文人学士之间。当时一代诗才如元稹、白居易、刘禹锡、王建及韦皋等人,均与之相交,尝诗歌赠答。晚居浣花溪畔,创制深红小幅诗笺,人称"薛涛笺"。其《筹边楼》《罚赴边有怀上韦(皋)令公》,"慨当以慷,全无脂粉习气",可与王昌龄、李益等诗人并驱而争先。这首诗写于长庆元年(821),题下原注:"稹闻西蜀薛涛有辞辩,及为监察使蜀,以御史推鞫,难得见焉。严司空潜知其意,每遣薛往。泊登翰林,以诗寄之。"

　　锦江滑腻蛾眉秀,幻出文君与薛涛。
　　言语巧偷鹦鹉舌,文章分得凤皇毛。
　　纷纷词客多停笔,个个公卿欲梦刀。
　　别后相思隔烟水,菖蒲花发五云高。

　　锦江滑腻蛾眉秀,幻出文君与薛涛——首联写西蜀地灵人杰,女才子、女诗人辈出。锦江:岷江支流,在四川成都平原。左思《蜀都赋》刘逵注引三国蜀谯周《益州志》:"成都织锦既成,濯于江水,其文分明,胜于初成;他水濯之,不如江水也。"据说蜀锦濯于锦江其色艳丽,濯于他水其色暗淡,故名。杜甫《登楼》诗:"锦江春色来天地,玉垒浮云变古今。"滑腻:光滑滋润。蛾眉:美女之代称。诗中指薛涛、文君诸女子容貌的美丽动人。秀:优秀,特异。韩愈《送浮屠令纵西游序》:"令纵,释氏之秀者,又善为文。"幻出:变幻;变化。文君:卓文君。《史记·司马相如列传》记述有"相如琴挑,文君夜奔"的故事。后以之代指美女。温飞卿《锦城曲》:"巴水漾情情不尽,文君织得春机红。"

　　言语巧偷鹦鹉舌,文章分得凤皇毛——言语:说话。犹言善于辞令。巧偷:巧取。温飞卿《太子西池》诗其二:"柳占三春色,莺偷百鸟声。"犹言莺善于学各种鸟鸣。鹦鹉舌:鹦鹉学舌之语,比喻语言新巧。元稹《哭女樊四十韵》则省作"鹦舌"。文章:文辞或独立成篇的文字。犹作品,即杜甫"文章千古事"(《偶题》)之"文章"。分得:分到。诗中犹言才分、天分;或全部中的一部分。凤皇:即凤凰,为传说中的百鸟之王。雄曰凤,雌曰凰。"羽毛五色,声如箫乐"。诗中言其珍贵,喻薛涛诗文之宝贵。巧喻薛涛的言语辞令、文章诗词的精妙。

纷纷词客多停笔，个个公卿欲梦刀——纷纷：诗中犹言众多。词客：王维《偶然作》诗其六"宿世谬词客，前身应画师"所谓擅长文词的人。停笔：搁笔。停笔书写。言其因薛涛诗文绝妙而辍笔，不敢再写作。公卿：本三公九卿的简称。诗中泛指高官，亦即元稹《祭礼部庾侍郎太夫人文》中"公卿委累，贤彦骈繁"所谓"公卿"。欲：希望；想要。梦刀：典出《晋书·王濬传》："濬梦夜县三刀于卧屋梁上，须臾又益一刀，濬惊觉，意甚恶之。主簿李毅再拜贺曰：'三刀为州字，又益一者，明府其临益州乎？'及贼张弘杀益州刺史皇甫晏，果迁濬为益州刺史。"之后即以此为官吏升迁之典。唐明皇《过王濬墓》诗："叹嗟悬剑陇，谁识梦刀祥。"

别后相思隔烟水，菖蒲花发五云高——隔：阻隔；亦犹分开、分离。烟水：雾霭迷蒙的水面。孟浩然有"苍梧白云远，烟水洞庭深"（《送袁十岭南寻弟》）之句。菖蒲：有香气的多年生草本植物。全草可提取芳香油，根茎可入药。端午节常用以与艾叶扎成一束，悬于门首来避邪。五云：青、白、赤、黑、黄五种云色。古代视云色占卜吉凶丰歉。《周礼·春官》："以五云之物，辨吉凶、水旱降、丰荒之祲象。"有"青为虫，白为丧，赤为兵荒，黑为水，黄为丰"之说。古人以五云之变，辨吉凶、丰歉。尾联写别后相思之情和烟云阻隔之苦。

薛涛是元稹这位风流才子的"情人"。如原注所说，《云溪友议》亦有类似说法："安人元相国，应制科之选，历天禄畿尉，则闻西蜀乐籍有薛涛者，能篇咏，饶词辩，常悄悒于怀抱也。及为监察，求使剑门，以御史推鞫，难得见焉。及就除拾遗，府公严司空绶，知微之之欲，每遣薛氏往焉。临途诀别，不敢挈行。洎登翰林，以诗寄曰……"其所寄诗即本诗。

薛涛有《寄旧诗与元微之》，诗云："诗篇调态人皆有，细腻风光我独知。月下咏花怜暗澹，雨朝题柳为欹垂。长教碧玉藏深处，总向红牋写自随。老大不能收拾得，与君开似好男儿。"这首诗或亦作于长庆元年(821)。是对《寄赠薛涛》的答诗。委婉而情绵，"挺然声调间"。

诗文酬答是常有之事，而个中深挚的感情，只有自己知道。薛涛诗中"月下咏花""雨朝题柳"，充满深情、一片深意，绝非只为吟花弄月。元稹为官，薛涛为伎，不能名正言顺做夫妻，所以不得不长期"藏深处"。而且也只能写诗"自随"了。薛涛身世造成的爱情生活的苦闷，也只能委婉道出。一片愁情是无法"收拾得"，纵然告诉你这"好男儿"，恐怕也无济于事。

另外，薛涛有《赠远》二首，诗曰："扰弱新蒲叶又齐，春深花发塞前溪。知君未转秦关骑,日照千门掩袖啼。""芙蓉新落蜀山秋,锦字开缄到是愁。闺阁不知戎马事,月高还上望夫楼。"题作《赠远》,虽说没有明指受赠者,而"就辞意观之,最堪玩味"。薛涛现存酬答诗作之中,除此二首,尽皆泛泛之辞。然而诗以夫妇自况,却非泛泛可比。按说元稹于元和四年(809)三月,任东川监察御史,与涛在梓州(今四川三台县)同居过一段时间。七月,移务洛阳。次年二月,被贬江陵士曹参军。贬时正元稹妻韦丛丧葬的第二年,元稹在江陵府贬所纳妾安仙嫔的前一年,即张篷舟先生所谓"此或涛之所以以夫妇自况也"(详见《薛涛诗笺》)。第一首写薛涛知道元稹二月被贬,不得复为朝官,乃在"春深花发"之日。第二首计元稹得诗之时,当在"芙蓉新落"之际。时间都很吻合,分别表现了妻对夫的思念之情和诗意缠绵的夫妻之情。

元稹同薛涛这段风流韵事,再一次说明元稹就是对崔莺莺(双文)"始乱之,终弃之"的张生!

游云门

"云门",云门寺,在会稽之南三十里,晋义熙三年(407)始建,唐会昌年间(841—846)毁废。义熙为晋安帝司马德宗年号。会昌为唐武宗李炎年号。诗系元稹游云门寺时所作,是一首描写云门寺夜景的小诗。

遥泉滴滴度更迟,秋夜霜天入竹扉。
明月自随山影去,清风长送白云归。

遥泉滴滴度更迟——写夜宿云门寺中,听到远处泉水滴落的叮咚声。"遥泉滴滴"形象而生动地摹绘出寺夜的清幽宁静,唯其如是才能听到泉水滴落之声。寺院宁静清幽,夜里万籁俱寂,连远处的泉流滴水声都能听到,从听觉上表现夜静,是以泉声之响写夜之静。"度更迟",又从滴滴泉流之声联想到更漏之声,说明诗人夜深不能入寐,不寐必然有所思、有所忆、有所怀。

秋夜霜天入竹扉——写云门寺秋夜景色。由于诗人毫无睡意,他向寺中望去,皎洁的月亮清辉洒遍寺院。"秋夜霜天",缀以"入"字,传神地引出月亮。明月似霜,"明月来相照""明月逐人来",但这里写月却隐去月字,而且由于月光如水,月明星稀,竹扉挡不住月光而"入"。

明月自随山影去——承上句点出,进一步描绘在月光照耀下的山中景色。"明月"遍照才会出现"山影",而诗中却用"山影"衬托"明月"。并用"自随""去"表现"明月"是跟着"山影"变化。在诗人的感觉和想象中,好像山影不是因为明月而产生的。月亮由主体反而变为客体,由主动而变为被动;月亮似乎是为了变幻奇妙的秋夜景色而变化而存在,诚然反客为主、以主为客。句法变化造意新奇,既表现了景色的变化,也表现了时间的推移,委婉地流露出诗人流连忘返的心绪和情愫。

清风长送白云归——同样造意新奇、笔力雄浑,却是通过清风吹拂、白云飞度的描写,为月夜的山景勾画点染了高远的意境和开朗的场面。同时在"清风""白云"之间插入"长送"二字,完美表达了清风、白云这一自然景致的永恒主题。最末缀以"归"字,虽然是写云在山间飘浮,但深深包含着诗人对"清风朗月""清风徐来"和"白云千里""白云悠悠"自然美景的向往和企慕。

题作《游云门》,写夜宿云门寺的夜景。前两句着重渲染描写云门寺清幽宁静、洒遍清晖的秋夜景色;后两句则着力摹绘展现云门寺外山中的秋夜景色。造语新奇,意境静谧,写景细腻,遣词精当。全诗看似写景,无一字写诗人自身的活动,但处处有人物在活动。是通过人物的目光在描绘景物,是通过人物的移动在描写行动,也是通过人物的心灵在欣赏美景!

◎ 文

乐府古题序 丁酉

题解

乐府，本古代主管音乐的官署。早在汉初惠帝刘盈时（前194—前188）已有乐府令，但直到汉武帝时（前140年以后）定郊祀礼，始立乐府，掌管宫廷、祭祀及巡行所用的音乐，同时兼采民歌配以乐曲，当时李延年为协律尉。乐府之名即始于此。详见《汉书·礼乐志》。

元稹"乐府古题"已属诗体名。最初指乐府官署所采制的诗歌，到魏晋至唐则泛指可以入乐的诗歌及仿乐府古题的诗作。宋郭茂倩《乐府诗集》搜辑汉魏至唐五代不合乐的及模拟之乐府歌辞总成一书。宋之后，词和散曲、剧曲入乐，有时也称乐府。元稹将他和刘猛的《梦上天》《冬白纻》《将进酒》《采珠行》《董逃行》《忆远曲》《夫远征》《织妇词》《田家词》《侠客行》十首称为"乐府古题"。有的版本在此十首之前拟总题曰《和刘猛古题乐府十首》。序，即序言、序文，亦称叙。序，古已有之，如《春秋序》（杜预）、《三都赋序》（皇甫谧）。《说文解字》有叙，《汉书》有叙传。最早的序在于介绍述评一部著作或一篇文章。后来凡作者陈述作品的主旨或著述的经过，乃至对著作的介绍评述亦称序（见山西教育出版社2001年9月版《考试趣话》序言）。在《元稹集》中有《白氏长庆集序》《梦游春七十韵序》等。

丁酉，元和十二年（817）。元稹小白居易七岁，生于大历十四年己未（779），卒于大和五年辛亥（831），其间只有元和十二年为丁酉。有的版本题作《乐府有序》。而题作《乐府古诗十九首并序》者，删去"亦以明矣。况"之前多半文词。

《诗》讫于周[1]，《离骚》讫于楚[2]，是后[3]，诗之流为二十四名[4]：赋[5]、颂[6]、铭[7]、赞[8]、文[9]、诔[10]、箴[11]、诗[12]、行[13]、咏[14]、吟[15]、题[16]、怨[17]、叹[18]、章[19]、篇[20]、操[21]、引[22]、谣[23]、讴[24]、歌[25]、曲[26]、词[27]、调[28]，皆诗人六义之馀[29]、而作者之旨[30]。由操而下八名[31]，皆起于郊祭、军宾、吉凶、苦乐之际[32]。在音声者[33]，因声以度词[34]，审调以节唱[35]，句度短长之数[36]，声韵平上之差[37]，莫不由之准度[38]。而又别其在琴瑟者为操、引[39]；采民氓者为讴、谣[40]；备度曲者[41]，总得谓之歌、曲、词、调，斯皆由乐以定词，非选调以配乐也。由诗而下九名[42]，皆属事而作[43]，虽题号不同，而悉谓之为诗可也[44]。后之审乐者[45]，往往采取其词，度为歌曲，盖选词以配乐，非由乐以定词也。而纂撰者由诗而下十七名[46]，尽编为《乐录》[47]。乐府等题[48]，除《铙吹》[49]、《横吹》[50]、《郊祀》[51]、《清商》[52]等词在《乐志者》[53]，其馀《木兰》[54]、《仲卿》[55]、《四愁》[56]、《七哀》之辈[57]，亦未必尽播于管弦明矣[58]。后之文人，达乐者少[59]，不复如是配别[60]；但遇兴纪题[61]，往往兼以句读短长为歌、诗之异[62]。刘补阙云[63]：乐府肇于汉魏[64]。按仲尼学《文王操》[65]，伯牙作《流波》《水仙》等操[66]，齐犊沐作《雉朝飞》[67]，卫女作《思归引》[68]，则不于汉魏而后始，亦以明矣。况自《风》《雅》，至于乐流，莫非讽兴当时之事[69]，以贻后代之人[70]。沿袭古题[71]，唱和重复[72]。于文或有短长[73]，于义咸为赘剩[74]，尚不如寓意古题[75]，刺美见事[76]，犹有诗人引古以讽之义焉[77]。曹、刘、沈、鲍之徒[78]，时得如此，亦复稀少。近代惟诗人杜甫《悲陈陶》《哀江头》《兵车》《丽人》等[79]，凡所歌行[80]，率皆即事名篇[81]，无复倚傍[82]。予少时与友人乐天、李公垂辈[83]，谓是为当，遂不复拟赋古题[84]。昨梁州见进士刘猛、李馀各赋古乐府诗数十首[85]，其中一二十章，咸有新意，予因选而和之。其有虽用古题，全无古义者，若《出门行》不言离别[86]，《将进酒》特书列女之类是也[87]。其或颇同古义[88]，全创新词者[89]，则《田家》止述军输[90]、《捕捉》词先蝼蚁之类是也[91]。刘、李二子方将极意于斯文[92]，因为粗明古今歌诗同异之音焉[93]。

注释

〔1〕《诗》：《诗经》。诗歌总集。相传为孔子所编定。收录周初至春秋中期的民歌和朝庙乐章305篇。原称《诗》《诗三百》，后列入儒家经典，故称《诗经》。

〔2〕《离骚》：文体之一种。序中指屈原所作《离骚》。《史记·屈原贾生列传》："……屈平之作《离骚》，盖自怨生也。"《楚辞·离骚》汉王逸注："离，别也；骚，愁也……言己放逐离别，中心愁思，犹陈直径，以风谏君也。"宋·魏庆之所谓："风雅颂既亡，一变而为离骚，再变而为西汉五言，三变而为歌行杂体，四变而为沈宋律诗。"（《诗人玉屑·诗体上》）

〔3〕是后：此后，之后。

〔4〕诗之流为二十四名：流指流派、种类。二十四名，即二十四类、二十四种。名，名目，种类。

〔5〕赋：《诗经》六义之一。这里系文体名。韵文、散文结合，讲究词藻、对偶、用韵。最早以"赋"名篇的是荀子，《荀子》留存至今的赋篇有《礼》《知》《云》《蚕》《箴》五篇，均系短赋，多用四言，似诗歌又似散文；用韵又有对话（参见三秦出版社中华传统文化丛书著者所译《白话荀子》）。

〔6〕颂：《诗经》六义之一，如《周颂》《鲁颂》《商颂》一类，均属庙堂祭祀时所用的舞曲歌辞。这

里指一种文体,即以颂扬为宗旨的诗文。《文选》李善注:"颂以褒述功美,以辞为主……"颂文即四言有韵的颂体文辞。

〔7〕铭:文体之一种。古代常刻于碑版、器物,"铭兼褒赞"(《文心雕龙·铭箴》),具有称功德和警戒等性质。如元稹《禹穴碑铭》。

〔8〕赞:文体之一种。主要用于赞美人物,多用韵语。

〔9〕文:文章。所谓"唐诗宋词汉文章"。有"夫文者,言乎志者也"之说。唐·杜甫:"何时一尊酒,重与细论文。"

〔10〕诔:本悼念死者的文章。这里指祈祷文。《论语·述而篇》杨伯峻注:"诔,本应作讄,祈祷文,和哀悼死者的诔不同。"

〔11〕箴:文体之一种。以劝诫为主,如《虞箴》《州箴》。"箴者,所以攻疾防患,犹针石也。斯文之兴,盛于三代。"(《文心雕龙·箴铭》)

〔12〕诗:文体之一种。以有节奏、韵律的语言反映人生、抒发感情。最初诗可以唱咏。南朝梁·刘勰《文心雕龙·乐府》云:"凡乐辞曰诗,诗声曰歌。"

〔13〕行:古诗的体裁之一。古乐府中"有歌有谣,有吟有引,有行有曲。"(宋王灼《碧鸡漫志》)《白石诗话》:"体如行书曰行,放情曰歌,兼之曰歌行。"宋·赵德操《北窗炙輠》卷上:"凡歌始发声,谓之引……既引矣,其声稍放焉,故谓之行。行者,其声行也。"

〔14〕咏:诗体名。亦指歌诗等韵文作品。

〔15〕吟:古代诗体之一种。如《梁父吟》(《三国志·蜀书·诸葛亮传》)。宋姜夔《白石诗话》:"悲如蛩螿曰吟,通乎俚俗曰谣,委曲尽情曰曲。"

〔16〕题:奏章,又特指明清时的题本。

〔17〕怨:古代诗体之一种。宋·严羽《沧浪诗话·诗体》:"以怨名者,古词有《寒夜怨》《玉阶怨》。"

〔18〕叹:乐府诗体名。宋严羽《沧浪诗话·诗体》:"(诗体)又有以'叹'名者。""荆王喟其长吟,楚妃叹而增悲"(《文选·潘岳〈笙赋〉》)李善注:"《歌录》曰'有吟叹四曲——《王昭君》《楚妃歌》《楚王吟》《王子乔》,皆属古辞。'"

〔19〕章:臣子给君王的奏章。唐·韩愈《唐元和盛德诗》:"四方节度,整兵顿马,上章请讨,俟命起坐。"

〔20〕篇:本指竹简。后指整部著作的一个组成部分,文章有首有尾就称篇。唐·刘知几《史通·叙事》:"夫饰言者为文,编文者为句,句积而章立,章积而篇成,篇目既分,而一家之言备矣。"

〔21〕操:琴曲。《史记·宋微子世家》"《箕子操》"裴骃《集解》引应劭《风俗通》:"其道闭塞忧愁而作者,命其曲曰操。操者,言遇灾遭害,困厄穷迫,虽怨恨失意,犹守礼义,不惧不慑,乐道而不改其操也。"

〔22〕引:本乐曲体裁名,《文选·马融〈长笛赋〉》"故聆曲引者"李善注:"引,亦曲也。"古歌曲有《六引》。唐以后始为文体名,大略如序而稍为简短,如《滕王阁序》(王勃)所云"敢谒鄙诚,恭疏短引"。又为唐宋杂曲(词)的一种体裁。

〔23〕谣:《诗·魏风·园有桃》"我歌且谣"毛传:"曲合乐曰歌,徒歌曰谣。"不同乐器伴奏的歌唱,或谓民间流行的歌谣。

〔24〕讴:徒歌;汉以则指齐声同唱。《汉书·高帝纪上》颜注:"讴,齐歌也。"

〔25〕歌:诗体之一种。《文体明辨序说·乐府》:"《乐府》命题,名称不一。盖自琴曲之外,其放情长言,杂而无方者曰歌。"

〔26〕曲:本为乐曲(见《国语·周语上》)。又为一种韵文形式。含秦汉以来各种可以入乐的乐曲,如汉、唐宋的大曲、民间小调等。一般多指宋金以来的南曲、北曲。体式与词相近,但句法更灵活,多

用口语，用韵更接近口语。一支曲可以单唱，也可以几支曲合成一套唱，还可以用几套曲子写成戏曲。

〔27〕词：文体名之一。古代乐府诗体的一种。如汉武帝《秋风辞》及《木兰辞》。不同于"唐诗宋词"之词。

〔28〕调：指戏曲、歌曲的乐律、调子。又指诗的韵律、气韵。

〔29〕六义：又称"六诗"。《周礼·春官·大师》："教六诗，曰风，曰赋，曰比，曰兴，曰雅，曰颂。"郑玄注："风言贤圣治道之遗化也。赋之言铺，直铺陈今之政教善恶。比，见今之失，不敢斥言，取比类以言之。兴，见今之美，嫌于媚谀，取善事比喻劝之。雅，正也，言今之正者，以为后世法。颂之言诵也，容也，诵今之德，广以美之。"《〈诗〉大序》"诗有六义焉"孔颖达疏："风、雅、颂者，诗篇之异体；赋、比、兴者，诗文之异辞耳。大小不同而得并为六义者，赋、比、兴是诗之所用，风、雅、颂是诗之成形，用彼三事，成此三事，是故同称为义，非别有篇卷也。"近代人们认为："风是各国的歌谣，雅是周王畿的歌曲，颂是庙堂祭祀的乐歌，是《诗经》的三种体制；赋是敷陈其事，比是指物譬喻，兴是借物起兴，是《诗经》的三种表现内容的方法"。后指以《诗经》为代表的文学创作的精神和原则。

〔30〕作者之旨：作者的意思、意见、主张。

〔31〕操而下八名：指"操、引、谣、讴、歌、曲、词、调"。

〔32〕郊祭：郊祀。祭祀天地。吉凶：吉事、丧事；犹福祸。苦乐：喜忧。

〔33〕音声：乐音；音乐。

〔34〕度词：依词谱曲、歌唱。

〔35〕节：节拍，节奏。

〔36〕句度（dòu）：犹句读。古指文辞休止和停顿处。文辞语意已尽处为句，未尽处而须停顿处为读。在书面上以圈（"。"）、点（"、"）来标志。唐·韩愈《师说》："彼童子之师，授之书而习其句读者，非吾所谓传其道解其惑者也。"

〔37〕声韵：亦作"声均"。文中指诗文文词声律和文字音韵学上的声、韵、调等，如声韵和谐。

〔38〕准度（duó）：测量；衡量。

〔39〕琴瑟：乐器琴和瑟。或偏指琴瑟的一种。唐·杜甫《锦树行》："行书白帝营斗粟，琴瑟几杖柴门幽。"

〔40〕民氓：古代称百姓。

〔41〕度曲（qǔ）：制曲，作曲；或按曲谱歌唱。《新唐书·段成式传》："子安节，乾宁中，为国子司业。善乐律，能自度曲云。"杜甫《陪李梓州泛江》诗其二曰："翠眉萦度曲，云鬓俨成行。"

〔42〕由诗而下九名：指诗、行、咏、吟、题、怨、叹、章、篇。

〔43〕皆属事面作：皆为事所作。正是白居易所谓："文章合为时而著，歌诗合为事而作。"即为了反映时代与国计民生有关的事情而作。

〔44〕悉：全部；都。谓：叫做，称为。

〔45〕审乐（yuè）：审辨乐曲。所谓："审声以知音，审音以知乐，审乐以知政，而治道备矣。"（《礼记·乐记》）

〔46〕纂撰者：纂（zuǎn），编辑；汇辑；编撰。《荀子·君道》："纂论公察则民不疑。"撰（zhuàn），写作；著述。《楚辞·招魂》："结撰至思，兰芳假些。"撰者，述也。杜甫《洗兵行》："隐士休歌《紫芝曲》，词人解撰《清河颂》。"由诗而下十七名：指诗、行、咏、吟、题、怨、叹、章、篇、操、引、谣、讴、歌、曲、词、调。

〔47〕《乐录》：记载音乐的册籍。

〔48〕乐府：本起于汉代主管音乐的官署。参阅《汉书·礼乐志》。序中为诗体名。初指乐府官署采制的诗歌，后来将魏晋至唐可入乐的诗歌，乃至仿乐府古题的诗作统称乐府。

〔49〕《铙吹》：即铙歌，系军中乐歌。鼓吹乐的一部。所用乐器有笛、箫、铙、笳、鼓、羚篥等。唐

王维《送邢桂州》："铙吹喧京口，风波下洞庭。"

〔50〕《横吹》：乐府曲名。军中用乐。又称《横吹曲(qǔ)》，乐府歌曲名。汉张骞使西域得《摩诃兜勒》一曲，李延年更造新曲二十八解，作为马上吹奏的军中乐。魏晋之后，二十八解已亡。现只存歌词，为魏晋以后文人之作。《乐府诗集》有《横吹曲辞一·横吹曲》。详见《横吹曲题解》和晋·崔豹《古今注·音乐》。

〔51〕《郊祀》：《郊祀歌》。乐府歌曲名，见《汉书·礼乐志》。据说汉武帝定郊祀之礼，立乐府，以李延年为协律都尉，命司马相如等作郊祀歌十九章。用于郊祀祭祀天地。

〔52〕《清商》：清商曲。乐府歌曲名。分为《吴声歌》《神弦歌》《西曲歌》《江南弄》《上云乐》《雅歌》六类（见郭茂倩《乐府诗集》，前三类保存了一些南朝民歌。

〔53〕《乐志》：古代纪传体史书中用以综述音乐发展沿革及典章制度的篇章。如《史记·乐书》《晋书·乐志》《隋书·音乐志》《旧唐书·音乐志》等。《汉书》《新唐书》则与礼合为《礼乐志》。

〔54〕《木兰》：木兰，为民间传说人物。曾女扮男装，替父从军。故事最早见于北朝民歌《木兰辞》，其姓氏或为花，或作朱，亦作木，均无确证。

〔55〕《仲卿》：《古诗为焦仲卿妻作》长诗简作《仲卿》。写焦仲卿与主人公刘兰芝的爱情悲剧故事。详见山西人民出版社 1989 年版《汉魏晋南北朝隋诗鉴赏辞典》。

〔56〕《四愁》：即《四愁诗》。唐·吴兢《乐府古题要解·四愁七哀》："《四愁》，汉张衡所作，伤时之文也。"张衡借诗寓意，抒发心烦纡郁之情。唐·李嘉祐《暮秋迁客增思寄京华》诗："宋玉悲三秋，张衡复'四愁'。"

〔57〕《七哀》：魏晋乐府的一种诗题。起于汉代末年。如汉·王粲、三国魏·曹植、晋·张载都有同题(《七哀诗》)诗，反映当时社会动乱，抒写悲伤情愫。《文选·曹植〈七哀诗〉》唐·吕向题解曰："七哀，谓痛而哀，义而哀，感而哀，怨而哀，耳目闻见而哀，口叹而哀，鼻酸而哀也"。杜甫《垂白》诗："甘从千日醉，未许七哀诗。"陆龟蒙《次幽独君韵》："落日送万古，秋声含七哀。"

〔58〕播：传布。管弦：亦作"筦弦"。本指管乐器和弦乐器。这里指管弦乐(yuè)。明：明白。

〔59〕达乐(yuè)者：通晓乐理之人。《诗·周南·关雎序》"声成文谓之音"，唐·孔颖达疏："取彼歌谣，播为音乐，或辞是而意非，或言邪而志正，唯达乐者晓之。"

〔60〕不复：不再。如是：像这样。《礼记·哀公问》："君子言不过辞，动不过则……如是则能敬其身。"

〔61〕遇兴：遇到赏心乐事。兴，兴致，兴趣。纪题：纪，通"记"。记载；记录。题，题署；书写。题诗。杜甫《弊庐遣兴奉寄严公》诗曰："把酒宜深酌，题诗好细论。"

〔62〕句读(dòu)：古人指文辞休止或停顿之处。

〔63〕补阙：本指匡补君王的缺失。这里为官名。唐武则天垂拱元年（685）始设。《新唐书·仪卫志》："左补阙一人在左，右补阙一人在右。"左补阙属门下省，右补阙属中书省，职掌供奉讽谏。

〔64〕肇：开始；肇始。

〔65〕仲尼：孔丘字仲尼。《文王操》：乐府琴曲名。传为周文王所作。《乐府诗集·琴曲歌辞一》有《文王操》。

〔66〕伯牙：春秋时琴师，精于琴艺。据说他曾学琴于著名琴师成连先生，三年无成。后随成连至东海蓬莱山，闻海水澎湃、林鸟悲鸣之声，有所感悟，琴艺大进，并成为天下妙手。琴曲《水仙操》《高山流水》相传均为他所创作。由于伯牙琴声高妙，唯钟子期知音。子期死，伯牙遂破琴绝弦，终身不复鼓琴。详见汉蔡邕《琴操·水仙操》。《荀子·劝学》："伯牙鼓琴而六马仰秣。"杨倞注："伯牙，古之善鼓琴者，亦不知何代人。"《水仙》：系《水仙操》的简称。《流波》亦系琴曲名。

〔67〕齐犊沐：琴曲《雉朝飞》辞的作者。齐人。《雉朝飞》：琴曲名。鲍照、梁简文帝、吴均、李白、韩愈等均有歌辞。《乐府诗集·琴曲歌辞·雉朝飞操》记载：一曰《雉朝操》。扬雄《琴清英》曰："《雉朝飞操》，卫女傅母之所作也。卫侯女嫁于齐太子，中道闻太子死，问傅母曰：'何如？'傅母曰：'且往

当丧.'丧毕不肯归,终之以死。傅母悔之,取女所自操琴,于冢上鼓之。忽二雉俱出墓中,傅母抚雉曰:'女果为雉耶?'言未毕,俱飞而起,忽然不见。傅母悲痛,援琴作操,故曰《雉朝飞》."崔豹《古今注》曰:"《雉朝飞》者,犊沐子所作也……"犊沐子《雉朝飞操》云:"雉朝飞兮鸣相和,雌雄群游于山阿。我独何命兮未有家。时将暮兮可奈何,嗟嗟暮兮可奈何。"

〔68〕卫女:卫侯之女。《思归引》:琴曲名,又名《离拘操》。汉蔡邕《琴操·思归引》记载,传说春秋时邵王聘卫侯女,未至而死,太子留之,不听,拘于深宫,思归不得,遂援琴而歌:"涓涓流水,流反而淇兮;有怀于卫,靡日不思;执节不移兮,行不诡随;坎坷何故兮,离厥菑。"曲终,自缢而死。

〔69〕有的版本,"况"以前文字全部删去。讽兴(xìng):借物起兴以讽喻。元稹《授张籍秘书郎制》:"……以尔籍雅尚古文,不从流俗,切磨讽兴,有助政经。"

〔70〕贻:赠予,赠送。追封官爵用"赠",不用"贻";遗留义只作"贻",不作"赠"。

〔71〕沿袭:意为依照旧例行事。原出于《礼记·乐记》:"五帝殊时,不相沿乐;三王异世,不相袭礼。"古题:乐府古题。诗体名。初指乐府官府所采制的诗歌。后魏晋迄唐凡可以入乐的诗歌,乃至仿乐府古题的诗作统称乐府。宋·郭茂倩《乐府诗集》则搜辑汉魏至唐、五代合乐或不合乐及拟作的乐府歌辞,总成一书。有别于宋以后因词、曲而配乐的乐府。

〔72〕唱和(hè):歌唱时此唱彼和,配合呼应。原出于《诗·郑风·萚兮》:"叔兮伯兮,倡予和女。""倡"又作"唱"。《荀子·乐论》有"唱和有应,善恶相象"之谓。

〔73〕文:犹文字;文辞,词句。《国语·楚语上》"则文咏物以行之"韦昭注:"文,文辞也……"

〔74〕义:意义,意思,客观存在的。是主观的,存在于内心的。即所谓"《诗》有六义焉"(《诗大序》),意义,拟或道理。咸:皆;都。赘剩:剩馀;多馀。

〔75〕寓意:有所寄托或蕴含的意旨。具有隐含的意思。如《橘颂》"情采芬芳,比类寓意"(南朝梁·刘勰《文心雕龙·颂赞》)。

〔76〕刺美:讽刺邪恶,颂赞美好。见事:识别事势。《晋书·唐彬传》:"顺从者谓为见事,直言者谓之独迕。"

〔77〕引古以讽:引用征引古代史实或文献来讽喻(现实)。

〔78〕曹、刘、沈、鲍:曹,指三曹(曹操、曹丕、曹植)父子。刘,刘桢,三国魏文士,有文才,建安七子之一,由曹操荐举,为丞相掾属。沈,沈约,梁时人,博通群籍,善属文,仕宋、齐,官至尚书令。著有《晋书》《宋书》《齐纪》《四声谱》。《南史·陆厥传》:"汝南周颙善识声韵。约(沈约)等文皆用宫商,将平上去入四声,以此制韵,有平头、上尾、蜂腰、鹤膝。"沈约倡声病说,即做诗在声律上应避免八种弊病。迄唐始有"八病"的名目,即平头、上尾、蜂腰、鹤膝、大韵、小韵、旁钮、正钮。原为研讨声韵和谐变化,对律诗的形成具有一定的作用,其弊端在过分追求形式,雕饰烦琐,反束缚了诗歌内容的表达(详见宋梅尧臣《续金针诗格》、清纪昀《沈氏四声考》)。鲍,鲍照,南朝宋文帝时为中书舍人,后为临海王子顼参军。工诗文,著有《鲍参军集》。唐·杜甫称赞庾信、鲍照诗"清新庾开府,俊逸鲍参军"(《春日忆李白》),赞扬其诗清美新颖,不落俗套。之徒:之辈;等人;之众。无贬义。

〔79〕近代:犹近世。指过去不远的时代。不同于史学上通常所指的资本主义时代。《悲陈陶》《哀江头》《兵车》《丽人》:均系杜甫诗名篇。《兵车》《丽人》系《兵车行》《丽人行》的简称。

〔80〕歌行(xíng):古乐府诗的一体。后来由乐府发展为古诗的一体,音节、格律较灵活自由,有五言、七言、杂言,形式也多变化。姜白石《白石诗话》曰:"体如行书曰行,放情曰歌,兼之曰歌行。"明·胡震亨《唐音癸签·体凡》,明·徐师曾《文体明辨序说·乐府》均有说明。

〔81〕率:大都。即事名篇:依据诗中所写当前事物确定篇名。

〔82〕无复:不再,不会再。倚傍(bàng):取法;因袭。

〔83〕予:余,我。第一人称。少时:年幼时;年轻时。李公垂:李绅字公垂。与元稹、李德裕号称"三

俊"。元和进士。因身材矮小，世称"短"李。著作有《追昔游集》。

〔84〕遂：副词。表示动作行为将贯彻到最后，相当于"终于""竟然"。不复：不再。

〔85〕梁州：一作"南梁"。古"九州"之一。《书·禹贡》："华阳黑水惟梁州。"孔传："东据华山之南，西距黑水。"三国魏景元四年（263）置，治所屡有迁徙。南朝宋还治南郑县（在今陕西汉中市东）。隋大业三年（607）废。唐武德元年（618）复置，天宝元年（742）改置汉中郡，乾元元年（758）复为梁州，兴元元年（784）改为兴元府。治今陕西、四川一部分。

〔86〕《出门行》：文中指刘猛、李馀所赋《出门行》，内容不写离别。元稹也有长达六十八句的《出门行》一首，其中有"出门不数年，同归亦同遂"。

〔87〕《将进酒》：同上述《出门行》同属汉乐府《铙歌》十八曲之一。《乐府诗集·鼓吹曲辞一·将进酒》解题："古词曰：'将进酒，乘大白。'大略以饮酒放歌为言。" 特：特别，特地。

〔88〕颇：副词，甚。古义：古代的意思、意义。

〔89〕新词：指新作的诗词而言。唐·刘禹锡《踏歌词》："唱尽新词欢不见，红霞映树鹧鸪鸣。"

〔90〕《田家》：指《田家词》。止：仅，只，副词。杜甫《无家别》："内顾无所携，近行止一身。"述：记述，陈述。

〔91〕《捉捕》：即《捉捕歌》。共四十八句。前四句为"捉捕复捉捕，莫捉狐与兔。狐兔藏窟穴，豺狼妨道路。"蝼蚁：蝼蛄和蚂蚁。泛指微小的生物。

〔92〕方将（jiāng）：正要，将要。极意：尽意；尽心。《史记·乐书》："放弃《诗》《书》，极意声色。"斯文：此诗；此文。

〔93〕粗明：粗略地明了。古今：古代和现今。歌诗：指配有乐谱可以歌唱的乐府诗。同异：战国之际名家惠施提出的名辩论题，这里指相同与不同。即《礼记·曲礼上》所说"夫礼者，所以定亲疏、决嫌疑、别同异、明是非也"的"同异"。音：音乐。即《礼记·乐记》所谓："凡音之起，由人心生也。"郑玄注："宫、商、角、徵、羽杂比曰音。"

　　这是元稹为其所作乐府古题《梦上天》等十首所写的序。本书诗歌部分选有《将进酒》《夫远征》《织妇词》和《田家词》。

　　宋·郭茂倩叙述乐府诗的起源说："乐府之名，起于汉魏。自孝惠帝时，夏侯宽为乐府令，始以名官。至武帝，乃立乐府，采诗夜诵，有赵代秦楚之讴。则采歌谣，被声乐，其来盖亦远矣。"这段话主要说明两个问题：一是指出汉惠帝时(前194—前186)已有了乐府令的官，但设立乐府机关，采集歌谣并配上音乐，还是汉武帝时(前122年以后)的事。二是说明西汉设太乐和乐府二署，分别掌管雅乐和俗乐。汉惠帝时的乐府令是掌雅乐的太乐令。汉武帝时的乐府，是主管俗乐的乐府署。所采的赵代秦楚之讴，均系当时的俗乐。

　　过去论者都认为乐府是诗的一体，其实一切诗歌都是从乐府而出。无论三言、五言、七言、杂言，无一不渊源于乐府。乐府是诗歌之源。诗歌发展演变生动地说明，"先有五言乐府，而后有五言诗；非先有五言诗，而后产生五言乐府……"(详见萧涤非《汉魏六朝乐府文学史》)

《汉书·礼乐志》记载："至武帝定郊祀之礼,乃立乐府,采诗夜诵。有赵代秦楚之讴。"《汉书·艺文志》亦曰："自孝武立乐府而采歌谣,于是有赵代之讴,秦楚之风,皆感于哀乐,缘事而发;亦可以观风俗,知薄厚云。"汉乐府是乐府诞生之源,也就是"娩生之第一声""汉乐府所以为汉乐府之第一义也"。

乐府有雅俗之分。笔者以为:郊祀之歌为雅乐,民间之歌为俗乐。雅乐(yuè),作为古代帝王祭祀天地、祖先及朝贺、宴享所用的舞乐,譬如周代作为宗庙之乐的六舞,儒家认为其音乐"中正和平",其歌词"典雅纯正",奉之为典范的雅乐,历代帝王以之为圭臬。俗乐(yuè),古代以之泛指民间音乐、散乐(百戏)乃至外来音乐。俗乐与"雅乐"相对。雅乐、俗乐之分,虽明确始于隋文帝,唐玄宗时设教坊掌之(《文献通考·乐十九》有记述),然早在汉代,汉惠帝、尤其是汉武帝时,已分郊祀之歌和乐府采自民间的民俗之歌,雅俗之分已成事实。

至于古题乐府(或乐府古题)与新乐府也随着新乐府运动的发展,在雅俗方面判然若分。追溯历史渊源,在西汉,汉惠帝时由太乐令掌雅乐,雅俗之分已肇始,汉武帝设乐府署主管俗乐,采辑民间音乐歌谣,历昭帝、宣帝、元帝、成帝,以迄于西汉末,近百年间,"皆一仍旧贯。民间乐府,实臻全盛。"《汉书·艺文志》所著录,总计一百六十馀篇,所包括地域几及当时中国之全部,且皆出于民间,同时在政治上与贵族的郊庙乐府处于同等地位,"被诸管弦而播之廊庙",盛极百年。至于乐府之衰,乃是后事。元稹与白居易所创始的"元和体"诗和他们倡导的新乐府运动,对打破当时文坛的窒息局面功不可没,且使这一时期的文坛"放射出奇异的光彩"。

元白都有古题乐府和新题乐府,而从古题乐府到新题乐府的发展,最早的理论根据,就是这篇《乐府古题序》。元稹的古题乐府写得很成功,同白居易的古题乐府一样,已不再"沿袭古题,唱和重复",同时发展到"寓意古题,刺美见事",或者"颇同古义,全创新词"。元稹所和《古题乐府》从《梦上天》《冬白纻》《将进酒》到《估客乐》,就是采古人的精神,而决不袭其面貌的。其中虽是多用五言、七言,但颇多以三言、五言、七言间杂而成,还有以十言、十一言成句者,长短参差,灵活变化,极尽错综变化之能事。

白氏长庆集序

唐穆宗长庆四年(824)冬十二月十日,元稹为白居易编《白氏长庆集》五十卷,凡二千一百九十一首,并制序(即本文)。此序不仅介绍了白居易的生平事迹、宦途生涯、诗文创作和与自己诗章赠答、唱和的情况,而且说明了"元和诗"在禁省、观寺、邮候墙壁传抄、流布人口以及鸡林贾人求市,广为传播的情况。同时说明了编纂白居易诗文与名之曰《白氏长庆集》的因由。尤其值得称道的是对白氏诗章做出了简要概括而又恰当的总结与评价。

　　《白氏长庆集》者,太原人白居易之所作[1]。居易,字乐天。乐天始言[2],试指"之""无"二字[3],能不误。具乐天与予书。始既言,读书勤敏,与他儿异[4]。五六岁识声韵,十五志诗赋,二十七举进士[5]。贞元末,进士尚驰竞,不尚文,就中六籍尤摈落[6]。礼部侍郎高郢始用经艺为进退,乐天一举擢上第[7]。明年,拔萃甲科[8]。由是《性习相近远》《求玄珠》《斩白蛇》等赋[9],及百道判[10],新进士竞相传于京师矣[11]。会宪宗皇帝册召天下士,乐天对诏称旨,又登甲科[12]。未几,入翰林,掌制诰,比比上书言得失[13]。因为《贺雨》《秦中吟》等数十章,指言天下事,时人比之《风》《骚》焉[14]。

　　予始与乐天同校秘书之后,多以诗章相赠答[15]。会予谴掾江陵,乐天犹在翰林,寄予百韵律诗及杂体,前后数十章[16]。是后,各佐江、通[17],复相酬寄。巴蜀江楚间洎长安中少年,递相仿效,竞作新词,自谓为"元和诗"[18]。而乐天《秦中吟》《贺雨》讽喻等篇,时人罕能知者[19]。然而二十年间,禁省、观寺、邮候墙壁之上无不书[20],王公妾妇、牛童马走之口无不道[21]。至于缮写模勒,炫卖于市井[22],或持之以交酒茗者,处处皆是[23]。其甚者[24],有至于盗窃名姓,苟求自售[25],杂乱间厕[26],无可奈何！予于平水市中[27],见村校诸童竞习诗[28],召而问之,皆对曰："先生教我乐天、微之诗。"固亦不知予之为微之也[29]。又鸡林贾人求市颇切[30],自云："本国宰相每以百金换一篇。其甚伪者,宰相辄能辨别之[31]。"自篇章已来,未有如是流传之广者。

　　长庆四年,乐天自杭州刺史以右庶子诏还[32]。予时刺会稽[33],因得尽征其文,手自排缵[34],成五十卷,凡二千一百九十一首[35]。前辈多以前集、中集为名,予以为陛下明年当改元[36],长庆讫于是,因号曰《白氏长庆集》。大凡人之文各有所长,乐天之长可以为多矣[37]。是以讽喻之诗长于激[38],闲适之诗长于遣[39],感伤之诗长于切[40];五言律诗、百言而上长于赡[41];五字七言、百言而下长于情[42];赋赞箴戒之类长于当[43];碑记叙事制诰长于实[44];启表奏状长于直[45];书檄词策剖判长于尽[46]。总而言之,不亦多乎哉！至于乐天之官秩景行[47],与予之交分浅深,非叙文之要也,故不书。长庆四年冬十二月十日微之序。

〔1〕太原人:白居易生于郑州新郑县。祖籍太原,自称"太原白居易"。

〔2〕始言:开始牙牙学语说话。

〔3〕"试指"句:白居易自称:生六七月,默识"之""无"二字(见《与元九书》)。

〔4〕与他儿异:指白居易早说话、勤读书,与其他小儿不同。言其聪颖早熟。

〔5〕声韵:亦作"声均"。文中指诗文的韵律。白居易"自五、六岁,便学为诗"(顾学颉编《白居易行实系年》)。朱金城先生著《白居易年谱》:"九岁,谙识声韵。"(《与元九书》)诗赋:诗与赋。二十七举进士:有误,方从乡试。

〔6〕贞元:唐德宗年号(785—805)。尚:崇尚,尊重。驰竞:奔竞;追名逐利。文:文辞;文字。就中(zhōng):其中;个中。杜甫《丽人行》:"就中云幕椒房亲,赐名大国虢与秦。"六籍:即六经。儒家的六部经典《诗》《书》《礼》《乐》《易》《春秋》。又作《六艺》。摈落:排斥弃绝。

〔7〕朱金城《白居易年谱》:"正月……二月十四日,于中书侍郎高郢主试下,试《性习相近远赋》《玉水记方流诗》、第五道,以第四人及第,十七人中年最少。"这是贞元十六年(800)的事。白居易是年二十九岁。顾学颉编《白居易行实系年》:"以第四名中进士第。同中第者有吴丹、郑俞、杜元颖、崔玄亮等十九人。"

〔8〕明年,拔萃甲科:明年,依上文应是贞元十七年(801)。《白居易年谱》《白居易行实系年》均考证为:"贞元十八年(802),白居易三十一岁。冬,吏部侍郎郑珣瑜主试,试书判拔萃科,及第。"《系年》又载:"同及第者有元稹、崔玄亮、王起等共八人。"王拾遗《白居易生活系年》:"春,在长安,吏部侍郎郑珣瑜主持考选下,以'书判拔萃科'及第。"则考试为"贞元十九年(803),三十二岁"。

〔9〕《斩白蛇》:即《汉高皇帝亲斩白蛇赋》。

〔10〕百道判:顾学颉校点《白居易集》:"卷六十六判五十一道,卷六十七判五十道。"

〔11〕新进士:指新考中的进士。

〔12〕又登科甲:唐宪宗元和元年(806),"四月,宪宗策试制举人,应'才识兼茂明于体用科',策入第四等"(《旧唐书》本传)。《唐会要》卷七十六有类似记载。诸种记载大有相混之处。

〔13〕元和二年(807)十一月五日,白居易由集贤院召试制书等五道,授翰林学士。之后,白居易又授左拾遗(从八品上阶),仍充任翰林学士。"左拾遗属门下省,掌供奉讽谏,大事廷议,小则上封事。"于是白居易"屡陈时政,请降系囚、免租税,放宫女,绝进奉,禁掳卖良民等;宪宗多听从其言。"

〔14〕《贺雨》:作为《白氏长庆集》卷一讽喻诗之首篇,写久旱得雨,言明君要明,臣要直,劝诸事要善始善终。而《秦中吟》十首乃"贞元、元和之际,予在长安,闻见之间,有足悲者。因直歌其事……"反映了一些具有普遍性的社会现象和问题。正因为"指言天下事",故当时的人比之为《风》《骚》。

〔15〕同校秘书:贞元十九年(803),元、白同授秘书省校郎郎。诗章:诗篇。

〔16〕会:适逢;恰巧。谴掾江陵:谴,贬谪,后起引申义;掾(yuàn),官名,古代属官的通称。江陵,本地名,文中指被贬为江陵士曹参军,郡属官,唐朝王府、三都、凤翔六府、诸都督府均置,正七品上至从七品下,掌河津、舟车、桥梁、廨宇、采冶、工艺等事。百韵律诗:指《和梦游春诗一百韵》等。前后数十章:如《同李十一醉忆元九》《八月十五日夜禁中独直对月忆元九》《酬和元九东川路诗十二首》《忆元九》等。

〔17〕各佐江、通:佐,辅佐,副职。江、通,江州、通州。元和十年(815)白居易因上书请急捕杀宰相武元衡之贼……被贬为江州司马。同年二月,元稹出任通州司马。司马系州府佐官,隋初协助刺史管理州务,唐多用以安置贬谪官员。

〔18〕泊:用为连词。及,与。元和诗:元稹、白居易等诗人的主要文学活动、诗歌创作在唐宪宗元和年

间(806—820),所以称他们的诗歌乃至仿效他们的作品曰"元和诗"。《新唐书·元稹传》:"稹尤长于诗,与白居易相埒,天下传讽,号'元和体'。"(参见唐李肇《国史补》)

〔19〕罕能知者:很少有能了解的。罕,本捕鸟的长柄小网,也是一种旌旗。文中指少、少有。知,知道,了解。

〔20〕二十年间:指唐宪宗元和年间(806—820)前后的二十年左右。禁省(shěng):禁中、省中。指皇宫。观寺:寺庙庵观。邮候:即"邮堠"。指馆驿、传舍。无不书:没有不书写记载的。即白居易《与元九书》所谓:"自长安抵江西,三四千里,凡乡校佛寺逆旅行舟之中往往有题仆诗者,士庶僧徒孀妇处女之口每每有咏仆诗者。"

〔21〕牛童马走:牧童仆役。古称地位卑下之人。无不道:没有人不述说或吟诵的。

〔22〕缮写模勒(lè):抄写、誊写编录及仿照原样雕刻。炫卖:叫卖;出售。市井:古代城邑之中集中买卖货物商品的场所。

〔23〕交:交换;交易。酒茗:泛指酒茶之类。"处处皆是"后原注:"杨越间多作书模勒乐天及予杂诗。"杨、越间,指今江浙交界一带地方。而"杂诗"指"兴致不一,不拘流例,遇物即言之诗"。亦即各种形式、不拘一格的诗。

〔24〕其甚者:甚作副词。很,极;非常。

〔25〕盗窃:本偷窃,劫掠。文中指盗用(人姓名)。苟求:任意求得;妄加求取。自售:自卖。

〔26〕杂乱:多而且乱;无条理无秩序。间厕:犹掺杂,夹杂。

〔27〕平水:古集市名。原注"镜湖傍草市名"。在浙江绍兴东南,傍平水溪,附近盛产茶,名曰"平水茶"。唐时已成市。

〔28〕村校:乡村学校。童:学童。竞:作副词用。即争着。

〔29〕固:本来,原来;根本(就)。

〔30〕鸡林贾人:鸡林国商人。鸡林,即古新罗国。鸡林贾(gǔ),是古代对新罗国商人的称呼。《新唐书·白居易传》:"白居易于文章精切……鸡林行贾售其国相,率篇易一金。"下文作"百金换一篇"。求市:求购;求买。

〔31〕甚伪:指所卖白居易诗文中多处造假。篇章:篇与章,指诗文著作。特指诗篇。

〔32〕右庶子:即太子右庶子。东宫属官。西晋已置。唐初沿袭。掌侍从、献纳、启奏。

〔33〕刺会稽:会(今读kuài)稽,在今浙江绍兴县东南。隋大业初改吴州为越州,治会稽县,后改名会稽郡。长庆三年(823)冬,元稹迁浙东观察使、越州刺史。故曰"刺会稽"。

〔34〕征:搜求,征集。排缵(zuǎn):排列,编次;编辑,编撰。"缵",同"纂"。

〔35〕凡二千一百九十一首:《全唐文》作"二千二百五十一首"。

〔36〕陛下:本帝王宫殿的台阶之下。文中是对唐穆宗的尊称。古代对帝王尊称陛下。明年:指唐敬宗宝历元年(825)。

〔37〕乐天之长可以为多矣:指白居易诗篇有讽喻诗、闲适诗、感伤诗、五言、百言而上。

〔38〕激:冲击,除去。"激浊扬清"(唐·吴兢语),斥恶褒善。

〔39〕遣:抒发;排除。养性陶情,"遣兴莫过诗"(唐·杜甫语)。

〔40〕切:贴切;契合。"文不雕饰"(汉荀悦语),事明辞切。

〔41〕赡:内容丰富,感情真挚。情至意尽,"文典而赡"(宋·叶适语)。

〔42〕情:交谊,交情。"情发于中"(宋·苏轼语),真诚笃实。

〔43〕当:恰当,适当。"辞切气怡"(《新唐书·裴度传》),当人之意。

〔44〕实:确实;的确。记言叙事,"实事求是"(《汉书·河间献王传》)。

〔45〕直:正直;公正。义必公正,"直道正言"(宋·王安石语)。
〔46〕尽:完善,周到。"至矣尽矣"(《庄子·齐物论》),达到极致。
〔47〕官秩:官吏依职位或品级而定的俸禄。 景行(xíng):高尚的德行。即《诗·小雅·车辖》:"高山仰止,景行行止。"

  这是元稹为白居易诗文集《白氏长庆集》所写的序。全序分三段。
  开篇单刀直入,"《白氏长庆集》者……",首先叙述了白居易的籍贯生平、科场经历、宦游生涯,赋判诗作在京师新进士中的广泛传播。以及"比比上书言得失",及其《贺雨》《秦中吟》等数十章"指言天下事",时人比之《风》《骚》的盛况。
  第二段写始与白居易以"诗章相赠答",以及新乐府诗在元和之际二十年间"禁省、观寺、邮候墙壁之上无不书"的广泛传抄和"王公妾妇、牛童马走之口无不道"的广为流布,乃至"缮写模勒,炫卖于市井,或持之以交酒茗者,处处皆是"的情景。而更甚者,则"盗窃名姓,苟求自售",不仅充斥市中,而且村童竞习,鸡林商贾迫切求购,其国宰相"每以百金换一篇",其中甚伪者,辄能辨别之。突出描写了元白诗文自篇章以来,从未有过的流传之广。
  最后一段写长庆四年,他任越州刺史时,搜集、编次白居易诗文和号曰《白氏长庆集》的初衷。值得称道的是诗人将白居易的诗文,客观公允地归结为九类。每类以一个字即"激、遣、切、赠、情、当、实、直、尽"准确生动地概括了白氏诗章之"长"。结则特别交代了"至于乐天之官秩景行,与予之交分浅深"所以"不书"的原因。
  全序简明扼要、生动传神,十分准确地概括了白居易的生平事迹、诗文传播情况。诚然,知乐天者,莫如微之也。

◎传 奇

莺莺传

题解

《莺莺传》,见《太平广记》四百八十八杂传记类。后人以张生赋《会真诗三十韵》,又名《会真记》。"流传至今,推为美谈。于是词人韵事,传播艺林,皆推本于微之此传,而益加恢张者也。"(汪辟疆校录《唐人小说》按)

唐人小说,对元明大曲杂剧影响很大,而《莺莺传》传播影响更深更广。"唐人以诗文张之者,元微之有《续会真诗》三十韵;河中杨巨源有《崔娘诗》;亳州李绅有《莺莺歌》,皆见于本篇可考者也。宋·赵德麟令時惜其不能播之声乐,乃谱《商调蝶恋花》十阕,以述其事(见其所著《侯鲭录》)。金章宗时,董解元演之为诸宫调《西厢记》(《传是楼书目》),无龃句关目,行间全载宫调、引子、尾声,即所谓《弦索西厢记》。元·王实甫杂剧《西厢记》、关汉卿《续西厢记》;明·李日华《南西厢记》、陆天池《南西厢记》、周公鲁《翻西厢记》;至清查继佐又演之为《续西厢杂剧》。"其馀还有《续西厢》《翻西厢》《竟西厢》《后西厢》等,"辞旨猥琐,不著撰人"。尽管如是,但都是从《莺莺传》演化而来,个中不乏名作。

宋·赵令時《侯鲭录》卷五《元微之崔莺莺商调蝶恋花》词序称元微之所述题曰《传奇》。唐陈翰《异闻集》载元稹此文亦题曰《传奇》。

唐贞元中[1],有张生者[2],性温茂[3],美丰容[4],内秉坚孤[5],非礼不可入[6]。或朋从游宴[7],扰杂其间,他人皆汹汹拳拳[8],若将不及,张生容顺而已[9],终不能乱[10]。以是年二十二,未尝近女色。知者诘之[11]。谢而言曰:"登徒子非好色者[12],是有淫行耳。余真好色者,而适不我值[13]。何以言之?大凡物之尤者[14],未尝不留连于心[15],是知其非忘情者也。"诘者哂之[16]。

无几何,张生游于蒲[17]。蒲之东十馀里,有僧舍曰"普救寺"[18],张生寓焉。适有崔氏孀妇,将归长安,路出于蒲,亦止兹寺[19]。崔氏妇,郑女也。张出于郑,绪其亲,乃异派之从母[20]。是岁,浑瑊薨于蒲[21]。有中人丁文雅[22],不善于军,军人因丧而扰[23],大掠蒲人[24]。崔氏之家,财产甚厚,多奴仆。旅寓惶骇[25],不知所托[26]。先是,张与蒲将之党友善,请吏护之,遂不及于难。十馀日,廉使杜确将天子命以统戎节[27],令于军,军由是戢[28]。郑厚张之德甚,因饰馔以命张[29],中堂坐之[30]。复谓张曰:"姨之孤嫠未亡[31],提携幼稚。不幸属师徒大溃,实不保其身。弱子幼女,犹君之生也。岂可比常恩哉!今俾以仁兄礼奉见[32],冀所以报恩也。"命其子,曰欢郎,可十馀,容甚温美。次命女:"出拜尔兄,尔兄活尔。"久之,辞疾。郑怒曰:"张兄活尔之命,不然,尔且虏矣。能复远嫌乎?"久之,乃至。常服悴容[33],不加新饰,垂鬟接黛[34],双脸断红而已[35]。颜色艳异,光辉动人。张惊,为之礼。因坐郑旁,以郑之抑而见也[36],凝睇怨绝[37],若不胜其体。问其年纪,郑曰:"今天子甲子岁之七月,终于贞元庚辰,生十七年矣。"张生稍以辞导之,不对。终席而罢。张自是惑之[38],愿致其情,无由得也。

崔之婢曰红娘[39]。生私为之礼者数四[40],乘间遂道其衷[41]。婢果惊沮[42],腆然而奔[43]。张生悔之。翼日[44],婢复至。张生乃羞而谢之,不复云所求矣。婢因谓张曰:"郎之言,所不敢言,亦不敢泄。然而崔之族姻,君所详也。何不因其德而求娶焉?"张曰:"予始自孩提[45],性不苟合[46]。或时纨绮间居[47],曾莫留盼。不谓当年,终有所蔽。昨日一席间,几不自持。数日来,行忘止,食忘饱,恐不能逾旦暮。若因媒氏而娶,纳采问名[48],则三数月间,索我于枯鱼之肆矣[49]。尔其谓我何?"婢曰:"崔之贞慎自保,虽所尊不可以非语犯之[50]。下人之谋,固难入矣。然而善属文,往往沉吟章句[51],怨慕者久之[52]。君试为喻情诗以乱之[53]。不然,则无由也[54]。"张大喜,立缀《春词》二首以授之[55]。是夕,红娘复至。持彩笺以授张[56],曰:"崔所命也。"题其篇曰《明月三五夜》[57],其词曰:

待月西厢下,迎风户半开。
拂墙花影动,疑是玉人来。

张亦微喻其旨[58]。是夕[59],岁二月旬有四日矣。崔之东有杏花一树,攀援可逾。既望之夕[60],张因梯其树而逾焉。达于西厢,则户半开矣。红娘寝于床,生因惊之。红娘骇曰:"郎何以至?"张因绐之曰[61]:"崔氏之笺召我矣,尔为我告之。"无几[62],红娘复来,连曰:"至矣,至矣。"张生且喜且骇,谓必获济[63]。及崔至,则端服严容,大数张曰[64]:"兄之恩,活我之家,厚矣。是以慈母以弱子幼女见托,奈何因不令之婢[65],致淫洙之词[66]？始以护人之乱为义，而终掠乱以求之。是以乱易乱，其去几何[67]？诚欲寝其词[68]，则保人之奸，不义。明之于母，则背人之惠，不祥。将寄于婢妾，又惧不得发其真诚。是用托短章，愿自陈启[69]。犹惧兄之见难，是用鄙靡之辞[70]，以求其必至。非礼之动，能不愧心？特愿以礼自持[71]，毋及于乱[72]！"言毕，翻然而逝[73]。张自失者久之。复逾而出，于是绝望。

数夕，张君临轩犹寝[74]，忽有人觉之。惊欸而起[75]，则见红娘敛衾携枕而至[76]，抚张曰："至矣，至矣！睡何为哉！"设衾枕而去[77]。张生拭目危坐久之[78]，犹疑梦寐[79]。然修谨以俟[80]。俄而红娘捧崔氏而至[81]。至，则娇羞融冶[82]，力不能运肢体[83]，曩时端庄，不复同矣。是夕，旬有八日也[84]。斜月晶莹，幽辉半床[85]。张生飘飘然[86]，且疑神仙之徒，不谓从人间至矣。有顷[87]，寺钟鸣，天将晓，红娘促去[88]。崔氏娇啼宛转[89]，红娘又捧之而去，终夕无一言。张生辨色而兴，自疑曰："岂其梦邪[90]！"及明，睹妆在臂，香在衣，泪光荧荧然[91]，犹莹于茵席而已[92]。是后又十馀日，杳不复知。张生赋《会真诗三十韵》[93]，未毕，而红娘适至，因授之，以贻崔氏[94]。自是复容之。朝隐而出，暮隐而入，同安于曩所谓西厢者[95]，几一月矣[96]。张生常诘郑氏之情[97]。则曰："知不可奈何矣[98]。"因欲就成之。无何[99]，张生将之长安[100]，先以情喻之。崔氏宛无难辞[101]，然而愁怨之容动人矣[102]。将行之再夕[103]，不复可见，而张生遂西。

〔1〕贞元：唐德宗李适年号(785—804)。
〔2〕张生：引出主人公张生。以下分别介绍其性情、仪容、爱好。
〔3〕温茂：温和美善。
〔4〕美丰容：《太平广记》卷四八八作"美风容"。
〔5〕秉：秉持。坚孤：坚毅孤傲。
〔6〕非礼：不合礼仪制度。所谓"非礼勿视，非礼勿听，非礼勿言，非礼勿动"(《论语·颜渊篇》)。
〔7〕朋从：朋辈，朋侪。
〔8〕汹汹：喧闹声。拳拳：本意为牢握不舍，引申为恳切。
〔9〕容顺：柔顺，顺从。亦作奉承。
〔10〕乱：淫乱；迷乱。
〔11〕诘之：诘问，责问，追问。之：指示代词，代指张生。
〔12〕登徒子：省称"登徒"，复姓。子，古代男子的通称。战国楚·宋玉《登徒子好色赋》曰："其妻蓬

头挛耳，䫄唇历齿，旁行踽偻，又疥且痔，登徒子悦之，使有五子。"后称好色而不择美丑者为登徒子。

〔13〕适不我值：犹适不值我。适，恰巧、正好。值，遇见。

〔14〕大凡物之尤者：尤物，即异物，文中指绝色美女、绝代佳人。

〔15〕留连：又作"留联"。留恋不舍之意。而"流连"是耽于游乐而忘归，含贬义。

〔16〕哂(shěn)：微笑。

〔17〕"无几何，张生游于蒲"至"无由得也"：写张生游于蒲。在普救寺遇崔莺莺、救崔莺莺，为其"颜色艳异，光辉动人"，而"自是惑之"。无几何：言时间不久。

〔18〕普救寺：在今山西省永济市。

〔19〕兹寺：此寺。兹，指示代词；此，这。

〔20〕从母：姨母。

〔21〕薨：周代诸侯死亡曰薨(见《周礼·曲礼下》)。浑瑊是节度使、副元帅，故称其死为薨。

〔22〕中人：宦官。亦指有权势的朝臣官宦。

〔23〕扰：扰乱，骚扰。

〔24〕掠：掳掠，抢掠。

〔25〕旅寓：寄旅，客居。

〔26〕不知所托：无所依托，无从依托。

〔27〕戎节(jié)：兵符，引申指兵权。

〔28〕戢：安定，止息。

〔29〕饬(chì)馔：整治陈设饮食。饬，同"饧"。命张：召唤，与上文"将天子命"之命意义不同。上文"将天子命"之命为命令。

〔30〕中堂：正中的厅堂。

〔31〕孤嫠：孤寡之妇。

〔32〕俾(bǐ)：使。

〔33〕悴：忧伤。

〔34〕垂鬟接黛：一作"鬟垂黛接"。鬟，环形的发髻。黛，古代妇女用以画眉的青黑色颜料。又用以指眉毛。

〔35〕断红：《太平广记》作"销红"。

〔36〕抑：强迫。

〔37〕睇：斜视，微盼。

〔38〕惑：迷惑。

〔39〕"崔之婢曰红娘"至"于是绝望"：写张生求红娘，红娘出主意，"试以喻情诗以乱之"。于是张生以《春词》二首托红娘授之；崔莺莺又以《明月三五夜》命红娘持彩笺以授张。至既望之夕，张生逾墙达于西厢，"及崔至"，数落张生"致淫泆之词""非礼之动"，翻然而逝，以致张生"复逾墙而出，于是绝望"。

〔40〕数四：再三再四。一次又一次。

〔41〕乘间(jiàn)：乘机，利用机会。衷：内心。

〔42〕沮：颓丧。

〔43〕溃然：本指腐烂的样子。文中意思不同，故《太平广记》"溃"又作"腆"。

〔44〕翼：通"翌"，明、次。

〔45〕孩提：幼年；幼小。元稹《夜坐》："孩提万里何时见？狼藉家书满卧床。"

〔46〕苟合：苟且结合，指男女间不正当的结合。

〔47〕纨绮：谓少年。唐张说《梁园文贞公碑》有"公纨绮而孤，克广前业"之句。间居：间杂相居。

〔48〕纳采：古婚礼六礼之一，"昏礼，下达纳采……"（《仪礼·士昏礼》）男方向女方送求婚礼物。问名：古婚礼六礼之一，《仪礼·士昏礼》："宾执雁，请问名。"郑玄注："问名者，将归卜其吉凶。"贾公彦疏："问名者，问女之姓氏。"男方具书托媒问女子的姓名和出生的年月日。

〔49〕枯鱼之肆：成语。出自《庄子·外物》。枯，干；肆，市。是说自己等不到求媒人撮合与崔氏成婚那一天了。

〔50〕非语：无理的话；不正经的话。

〔51〕沉吟：低声吟咏。

〔52〕怨慕：《孟子·万章上》："孟子曰：'怨慕也。'"朱熹集注曰："怨己之不得其亲而思慕也。"泛指不得相见而思慕。

〔53〕喻情：表明情意。乱：惑乱，扰乱。

〔54〕无由：没有办法，没有门径。

〔55〕缀：连字成文。

〔56〕彩笺：精美的小幅纸张，供题诗、写信用。

〔57〕《明月三五夜》：参看本书诗歌部分解评。

〔58〕微喻：稍知。

〔59〕夕：傍晚，日暮。引申为夜。

〔60〕望：月中日月相望，故月满为望，大月十六日，小月十五日。

〔61〕绐(dài)：欺骗。

〔62〕无几：不一会。

〔63〕获济：得以成功，能够济事。

〔64〕大数(shǔ)：大加数说，大加责备。

〔65〕不令：不肖；不善。

〔66〕淫泆：一作"淫佚"。淫荡，淫乱。

〔67〕其去几何：相差多少。

〔68〕寝：平息，停止。

〔69〕陈启：陈说启禀。

〔70〕鄙靡：鄙俚柔弱。

〔71〕自持：自己持重。

〔72〕毋：不，不要，表示反对或禁止。

〔73〕翻然：迅速转变、很快改变的样子。

〔74〕"数夕，张君临轩犹寝"至"而张生遂西"：写张生与莺莺私相幽会，张生赋《会真诗三十韵》"以贻崔氏"。"自是复客之""朝隐而出，暮隐而入，同安于曩所谓西厢者，几一月矣。"不久，张生遂西之长安。临轩犹寝：《太平广记》作"临轩独寝"。

〔75〕惊欻(xū)：迅疾，忽然。

〔76〕敛衾携枕：拿着衾被枕头。

〔77〕设衾枕：《太平广记》作"并枕重衾"。

〔78〕拭目：擦亮眼睛。危坐：端坐。

〔79〕梦寐：梦，睡眠中的幻象；寐，入睡曰寐。

〔80〕谨：恭敬，恭谨。俟：等候，等待。

〔81〕捧：扶拥。

〔82〕娇羞：妩媚羞涩，妩媚含羞。融冶：光彩明媚。
〔83〕力不能运肢体：形容其娇弱艳丽之体态。
〔84〕旬：文中指十天。
〔85〕幽辉：形容斜月之昏暗。
〔86〕飘飘然：舒畅得意的样子。
〔87〕有顷：有，词头，无义；顷，少时，片刻。
〔88〕促去：督促离开，催促离去。去常用作及物动词，指离开某地。直到近代，"去"才有了"往"（到某地去）义。
〔89〕娇啼宛转：娇媚地哭泣，缠绵多情，依依动人。
〔90〕岂：难道。表示反问、揣度。
〔91〕荧荧然：微弱的样子。
〔92〕茵：这里指褥垫、床毯之类。席：坐卧铺垫之具。
〔93〕《会真诗三十韵》：见本书诗歌部分的解评。
〔94〕贻：赠与、赠送。
〔95〕曩(nǎng)：从前，以往。
〔96〕几：几乎，将近。
〔97〕诘：文中作追问、责问。
〔98〕知：《太平广记》作"我"。
〔99〕无何：不久，不多时。
〔100〕将之：即将到，即将去。
〔101〕宛：仿佛，好像，酷似。
〔102〕愁怨之容：忧愁怨愤的面容（表情）。
〔103〕再夕：又夕。再，两次。引申作又一次、第二次。

不数月[1]，复游于蒲，舍于崔氏者又累月[2]。崔氏甚工刀札[3]，善属文[4]。求索再三[5]，终不可见。张生往往自以文挑之[6]，亦不甚观览。大略崔之出人者[7]，艺必穷极[8]，而貌若不知；言则敏辩[9]，而寡于酬对[10]。待张之意甚厚，然未尝以词继之。时愁艳幽邃[11]，恒若不识，喜愠之容[12]，亦罕形见[13]。异时独夜操琴，愁弄凄恻[14]。张窃听之。求之，则终不复鼓矣[15]。以是愈惑之。张生俄以文调[16]，及期，又当西去。当去之夕，不复自言其情，愁叹于崔氏之侧。崔已阴知将诀矣[17]，恭貌怡声[18]，徐谓张曰："始乱之，终弃之[19]，固其宜矣。愚不敢恨。必也君乱之，君终之，君之惠也[20]。则没身之誓[21]，其有终矣。又何必感深于此行？然而君既不怿[22]，无以奉事。君尝谓我善鼓琴，向时羞颜[23]，所不能及。今且往矣，既君此诚。"因命拂琴，鼓《霓裳羽衣序》[24]，不数声，哀乱[25]，不复知其是由也。左右皆歔欷[26]。崔亦遽止之，投琴，泣下流连[27]，趋归郑所[28]，遂不复至[29]。明旦而张行[30]。

明年[31]，文战不胜[32]，遂止于京。因贻书于崔[33]，以广其意。崔氏缄报之辞[34]，粗载于此[35]，曰："捧览来问[36]，抚爱过深。儿女之情，悲喜交集，兼惠花胜一合[37]，口脂五寸[38]，致耀首膏唇之饰[39]。虽荷殊恩[40]，谁复为容[41]？睹物增怀，但积悲叹耳。伏承使于京中就业[42]，进修之道[43]，固在便安。但恨僻陋之人[44]，永以遐弃[45]。命也如此，知复何言！自去秋以来，常忽忽如有所失。于喧哗之下，或勉为语笑，闲宵自处，无不泪零。乃至梦寐之间，亦多叙感咽幽离之思[46]，绸缪缱绻[47]，暂若寻常。幽会未终[48]，惊魂已断。虽半衾如暖，而思之甚遥。一昨拜辞，倏逾旧岁[49]。长安行乐之地，触绪牵情。何幸不忘幽微[50]，眷念无斁[51]。鄙薄之志[52]，无以奉酬。至于始终之盟[53]，则固不忒[54]。鄙昔中表相因[55]，或同宴处。婢仆见诱，遂致私情。儿女之情，不能自固。君子有援琴之挑[56]，鄙人无投梭之拒[57]。及荐寝席，义盛意深。愚细之情[58]，永谓终托。岂其既见君子，而不能定情。致有自献之羞[59]，不复明侍巾帻[60]。没身永恨，含叹何言！倘仁人用心，俯遂幽劣[61]，虽死之日，犹生之年。如或达士略情[62]，舍小从大，以先配为丑行，谓要盟之可欺[63]。则当骨化形销[64]，丹诚不泯[65]，因风委露[66]，犹托清尘[67]。存没之情[68]，言尽于此。临纸呜咽，情不能申。千万珍重，珍重千万！玉环一枚，是儿婴年所弄，寄充君子下体所佩。玉取其坚洁不渝[69]，环取其终始不绝。兼乱丝一绚[70]，文竹茶碾子一枚[71]。此数物不足见珍。意者欲君子如玉之贞，俾志如环不解。泪痕在竹，愁绪萦丝[72]。因物达诚[73]，永以为好耳。心迩身遐，拜会无期。幽愤所钟[74]，千里神合[75]。千万珍重！春风多厉，强饭为佳。慎言自保，无以鄙为深念。"张生发其书于所知[76]，由是时人多闻之[77]。

所善杨巨源好属词[78]，因为赋《崔娘》诗一绝云[79]：

清润潘郎玉不如[80]，中庭蕙草雪消初[81]。

风流才子多春思[82]，肠断萧娘一纸书[83]。

河南元稹亦续生《会真诗三十韵》[84]，曰：

微月透帘栊，萤光度碧空。

遥天初缥缈，低树渐葱茏。

龙吹过庭竹，鸾歌拂井桐。

罗绡垂薄雾，环珮响轻风。

绛节随金母，云心捧玉童。
更深人悄悄，晨会雨濛濛。
珠莹光文履，花明隐绣龙。
瑶钗行彩凤，罗帔掩丹虹。
言自瑶华圃，将朝碧帝宫。
因游洛城北，偶向宋家东。
戏调初微拒，柔情已暗通。
低鬟蝉影动，回步玉尘蒙。
转面流花雪，登床抱绮丛。
鸳鸯交颈舞，翡翠合欢笼。
眉黛羞频聚，唇朱暖更融。
气清兰蕊馥，肤润玉肌丰。
无力慵移腕，多娇爱敛躬。
汗光珠点点，乱发绿松松。
方喜千年会，俄闻五夜穷。
留连时有限，缱绻意难终。
慢脸含愁态，芳辞誓素衷。
赠环明运合，留结表心同。
啼粉流清镜，残灯绕暗虫。
华光犹冉冉，旭日渐曈曈。
乘鹜还归洛，吹箫亦上嵩。
衣香犹染麝，枕腻尚残红。
幂幂临塘草，飘飘思渚蓬。
素琴鸣怨鹤，清汉望归鸿。
海阔诚难渡，天高不易冲。
行云无定所，萧史在楼中。

张之友闻之者莫不耸异之〔85〕，然而张亦志绝矣。

〔1〕"不数月"至"明旦而张行"：写张生"复游于蒲""求索再三，终不可见"。崔莺莺"愁艳幽邃，恒若不识，喜愠之容，亦罕形见"。"独夜操琴，愁弄凄恻"。张生求之，"终不复鼓"。当要离开的晚上，张生愁叹不绝。崔莺莺也知道将要辞别，恭顺柔声地慢慢对张生说他"始乱之，终弃之"，愚不敢恨；希望"君乱之，君终之"。

并拂琴,弹奏《霓裳羽衣曲序》,泣下流连,遂不复至。而张生第二天早上离去。

〔2〕舍:本为客舍,文中作留居。

〔3〕刀札:书写。

〔4〕属文:缀句成文(引申义)。

〔5〕求索:索取,乞求。

〔6〕挑(tiǎo):本挑拨、拨动,引申为挑逗、勾引。

〔7〕出人者:超出人的,过人之处。

〔8〕穷极:穷尽,极尽。

〔9〕敏辩:亦作"敏辨"。机敏善辩。

〔10〕酬对:对答;应对。

〔11〕愁艳:艳丽而带愁容。幽邃:幽深;深邃。

〔12〕喜愠:喜怒。

〔13〕形见(xiàn):显现;流露。

〔14〕凄恻:凄哀悲伤。

〔15〕终不复鼓:再也不敲击或弹奏。

〔16〕俄:不久,须臾,顷刻之间。 调:挑逗,调戏。

〔17〕阴知:暗中知晓。诀:诀别,辞别,告别。

〔18〕恭貌:恭顺之貌。怡声:柔声。

〔19〕始乱之,终弃之:即成语"始乱终弃"所谓开始加以玩弄,后来就遗弃了,指男子玩弄女性的邪恶行径。

〔20〕惠:恩惠,恩德。

〔21〕没身:终身,一辈子。

〔22〕怿:欢喜,快乐。

〔23〕向时:从前,往时。

〔24〕《霓裳羽衣序》:指唐代著名法曲《霓裳羽衣曲》序。

〔25〕哀乱:《太平广记》作"哀音怨乱"。

〔26〕左右:文中指在旁的人。歔欷:悲泣;抽噎,叹息。

〔27〕流连:流连不舍,依恋不舍。

〔28〕趋:《说文》:"趋,走也。"跑,疾行。

〔29〕复:又,作副词用,无数量的限制。

〔30〕明旦:明天清晨,明日天亮。

〔31〕"明年"至"由是时人多闻之":写张生"文战不胜",写信给崔莺莺。莺莺回信委婉缠绵,梦寐难忘,寄物达情,道尽珍重。痴情女子,时人多闻之。明年:第二年。

〔32〕文战:指张生赴京赶考。

〔33〕贻:赠。文中指写信。书:指书信。

〔34〕缄报:信写好后要封缄,故以缄代指书信。

〔35〕粗载:大略陈述记载。

〔36〕捧览:捧读。两手承托,古人多写作"奉"。来问:来信问候。

〔37〕惠:恩惠。引申为赐、赠。花胜:古代妇女的一种首饰,以剪彩做成。

〔38〕口脂:妇女化妆用的唇膏、口红之类。

〔39〕致：送达、给予。耀：光耀，光彩。膏唇：润滑嘴唇。文中指画唇一类化妆品，相当今天的唇膏、口红。

〔40〕荷：承受，表示感激受恩惠。殊恩：特别的恩宠。

〔41〕为容：犹言修饰容貌。

〔42〕伏承：伏，敬词；承，承受、承当。

〔43〕进修：进德修业。

〔44〕僻陋：偏僻简陋。文中犹言性情偏执，见识浅陋。

〔45〕遐弃：远远抛撇、遗弃。

〔46〕感咽(yè)：亦作"感噎"，感激得泣不成声。幽离：《太平广记》作"离忧"。

〔47〕绸缪(móu)：情意殷切。缱绻：指男女恋情深厚，难舍难分。

〔48〕幽会：本指在幽暗处聚会。文中指男女相爱而私会。或者说相爱男女的私会。

〔49〕倏(shū)：快速、极短的时间。逾：越过。

〔50〕何幸：以反问语气表示幸运。幽微：隐微。文中表人物轻微。

〔51〕眷念：犹"睠念"，想念；怀念。无致：不厌恶；不厌倦。

〔52〕鄙薄：鄙陋浅薄。汉·马融曰："浅陋鄙薄，不足观省。"（《广成颂》）

〔53〕始终之盟：自始至终、一生一世之约。

〔54〕不忒(tè)：无差错，无变更。

〔55〕中表：指与祖父、父亲的姊妹之子女或与祖母、母亲的兄弟姊妹之子女的亲戚关系。

〔56〕援琴之挑：指以弹琴来挑逗。

〔57〕投梭之拒：典出《晋书·谢鲲传》："邻家高氏女有美色，鲲尝挑之，女投梭，折其两齿。"故又作"投梭折齿"，系女子拒绝调戏的典故。

〔58〕愚细之情：《太平广记》作"愚陋之情"，愚钝浅陋的情缘。

〔59〕自献之羞：自己送上门之羞耻，言其自己在西厢同张生私下幽会。

〔60〕明侍巾栉：《太平广记》作"明侍巾帻"。

〔61〕俯遂幽劣：《太平广记》作"俯遂幽眇"。

〔62〕达士：见识高超、不同流俗之士。"达士者，达乎死生之分"（《吕氏春秋·知分》）。《后汉书·仲长统传》："至人能变，达士拔俗。"略情：把事情看得很随便。

〔63〕要盟：强迫订立盟约。

〔64〕骨化形销：指人死亡。

〔65〕丹诚不泯：赤诚之心永不泯灭。

〔66〕因风委露：依托风露。委，托付。

〔67〕清尘：本指车后扬起的尘埃。又用作对尊贵者的敬称。

〔68〕存没之情：亦作"存殁之情"，生死不渝。

〔69〕坚洁：坚贞纯洁。唐·裴铏《传奇·封陟》："封陟性虽执迷，操唯坚洁。"

〔70〕乱丝一绚(qú)：一绚紊乱的丝。比喻纷乱无常的事物。

〔71〕文竹：斑竹。

〔72〕愁绪萦丝：忧愁的心绪如同纠结的丝缕（理不清）。

〔73〕因物达诚：《太平广记》作"因物达情"。

〔74〕幽愤：郁结的怨愤。

〔75〕神合：精神会合。

〔76〕所知：相知相好的人。

〔77〕时人：当时的人；同时代的人。闻：听说。

〔78〕"所善杨巨源好属词"至"肠断萧娘一纸书"：写杨巨源为之赋《崔娘》诗一首。杨巨源：河中(今山西省永济市)人。贞元进士，官至国子司业。属(zhǔ)：本意为连接。引申为缀句成文。

〔79〕崔娘：崔莺莺。

〔80〕清润：清丽温润。潘郎：指晋潘岳，少时美容止，故称。

〔81〕中庭：厅堂之中；厅堂正中。蕙草：香草。又名薰草、零陵香。

〔82〕春思：春日的思绪与情怀。亦表示怀春思念佳人。

〔83〕萧娘：萧姓女子。《南史·梁临川靖惠王宏传》言宏怯懦如女子。文中"萧娘"为女子的泛称。

〔84〕"河南元稹亦续生《会真诗三十韵》"至"然而张亦志绝矣"：《会真诗三十韵》系艳情之作，是追忆与崔莺莺西厢幽会事。见本书诗歌部分的解评。

〔85〕闻之者：听说这件事的人。莫不：没有不。无定代词。耸异：特别异样。

稹特与张厚[1]，因征其辞[2]。张曰："大凡天之所命尤物也[3]，不妖其身，必妖于人[4]。使崔氏子遇合富贵[5]，乘娇宠[6]，不为云为雨[7]，则为蛟为螭[8]，吾不知其变化矣。昔殷之辛[9]，周之幽[10]，据万乘之国[11]，其势甚厚。然而一女子败之[12]，溃其众，屠其身[13]，至今为天下僇笑[14]。予之德不足以胜妖孽[15]，是用忍情[16]。"于时坐者皆为深叹。后岁余，崔已委身于人[17]，张亦有所娶。适经其所居，乃因其夫言于崔[18]，求以外兄见[19]。夫语之[20]，而崔终不为出。张怨念之诚[21]，动于颜色[22]。崔知之，潜赋一章[23]，词曰：

自从消瘦减容光，万转千回懒下床。

不为傍人羞不起，为郎憔悴却羞郎。

竟不之见[24]。后数日，张生将行，又赋一章以谢绝之曰：

弃置今何道[25]，当时且自亲。

还将旧来意[26]，怜取眼前人[27]。

自是，绝不复知矣[28]。

时人多许张为善补过者矣[29]。予尝于朋会之中[30]，往往及此意者[31]，夫使知者不为[32]，为之者不惑[33]。贞元岁九月[34]，执事李公垂宿于余靖安里第[35]，语及于是。公垂卓然称异[36]，遂为《莺莺歌》以传之[37]。崔氏小名莺莺，公垂以命篇[38]。歌曰[39]：

伯劳飞迟燕飞疾[40]，垂杨绽金花笑日[41]。

绿窗娇女字莺莺[42]，金雀娅鬟年十七[43]。

黄姑上天阿母在[44]，寂寞霜姿素莲质[45]。

门掩重关萧寺中[46],芳草花时不曾出。

〔1〕"稹特与张厚"至"绝不复知矣":写张生视崔莺莺为"尤物"而抛弃之。后崔莺莺嫁人,张生另娶妻。因适经莺莺所居,让其夫告诉莺莺,以外兄身份求见一面,莺莺拒绝,并赋诗一章,"竟不之见"。后数日,张生将行,莺莺又赋一章以谢绝张生。从此,再也不知莺莺消息。稹特与张厚:实际元稹就是张生,后所谓"张曰"就是元稹自己说。

〔2〕因征其辞:纯属假托,是诗人元稹为自己开脱而已。

〔3〕尤物:绝色美女、绝代佳人。

〔4〕妖:祸害,祸及。

〔5〕遇合:相遇且彼此投合、投缘。

〔6〕乘:凭借,利用。娇宠:即宠爱。

〔7〕为云为雨:指男女欢娱幽会。宋玉《高唐赋》序:"旦为朝云,暮为行雨。"

〔8〕蛟:古代传说中的一种龙,"常居深渊,能发洪水"。螭(chī):古代传说中的无角龙。

〔9〕殷之辛:殷商传至殷纣王辛,荒淫亡国。

〔10〕周之幽:西周传至周幽王(前?—前771),宠褒姒,淫乱横暴,"烽火戏诸侯",被申侯引犬戎攻杀于骊山之下。

〔11〕万乘之国:能出动兵车万乘的大国(诸侯之国)。文中泛指国家。

〔12〕一女子败之:古代君王亡国往往归罪于女子,即所谓女祸,这是一种有偏见、歧视并嫁祸女性的说法。元稹对女性"始乱之,终弃之",却把一切不是均归之于女子(莺莺或者双文)。

〔13〕溃:败逃。屠:毁坏、屠杀。

〔14〕僇(lù)笑:耻笑。

〔15〕妖孽:喻女色。

〔16〕忍情:抑制感情。

〔17〕委身于人:言女子将身体交给男人,嫁给男人。

〔18〕因其夫言于崔:通过其丈夫告诉崔(莺莺)。

〔19〕外兄:表兄。"姑之子曰外兄"。

〔20〕语之:告诉她(崔莺莺)。

〔21〕怨念之诚:怨愤而又思念之情。

〔22〕动于颜色:因受感动而表情动色。

〔23〕潜:暗地,暗中;私下。

〔24〕竟不之见:竟不见之。竟,副词,终于;竟然。

〔25〕弃置:抛弃;撇开。

〔26〕旧来:原来,本来。

〔27〕怜取:怜悯、疼惜。

〔28〕复:又。副词,没有数量的限制。

〔29〕"时人多许张为善补过者矣"至"芳草花时不曾出":诗人借"时人"及朋友李绅之口,称誉自己为"善补过者",并作《莺莺歌》以传之。元稹真不愧为"假道学者"和封建官僚的卫道者。时人:当时的人。许:称许,赞誉。

〔30〕朋会:朋辈聚会,朋友聚会。《易·兑》孔颖达疏:"同门曰朋,同志曰友。"

〔31〕及：论及。

〔32〕为：作为，做。

〔33〕惑：迷乱，惑乱。

〔34〕贞元岁九月：应为贞元十六年（800）九月。唐德宗贞元从785年至804年。贞元十六年，元稹二十二岁，于蒲州之西厢与双文（莺莺）幽会，第二年"文战不利"，遂止京师。贞元十八年（802），元稹同白乐天、李复礼、吕颖、崔玄亮等试书判拔萃科及第，时元稹二十四岁。文中隐去真实年份，有所讳也。

〔35〕执事：执事官，指各级官府内有具体职务的官员。《隋书·百官下》："曹有职务者为执事官，无职务者为散官。"唐因隋制。李公垂：李绅字公垂（772—846），元和进士，官至尚书左仆射、门下侍郎，同李德裕、元稹号曰"三俊"，有《追昔游集》。靖安里第：元稹寓所，在东都洛阳。

〔36〕卓然：卓越貌。文中犹突然之意。

〔37〕遂为《莺莺歌》：于是作《莺莺歌》，即下文"伯劳飞迟燕飞疾"八句。

〔38〕以命篇：以崔氏小名"莺莺"为诗的篇名，即《莺莺歌》。

〔39〕"歌曰"及"伯劳飞迟燕飞疾"至结句"芳草花时不曾出"：《太平广记》无。

〔40〕伯劳：鸟名。又名䴗或鵙。头部两旁及额部为黑色，颈部蓝灰色，背部棕红色。吃昆虫和小鸟。善鸣。《诗·豳风·七月》中"七月鸣䴗"毛传："䴗，伯劳也。"伯劳与下文之"燕"，后引申借指离别的亲友。《玉台新咏·歌辞》有"东飞伯劳西飞燕"之句。

〔41〕绽金：花蕾绽放。引申作"突出"。

〔42〕绿窗：绿色纱窗。文中指女子居室。字：人的表字，指在本名之外所取的与本名意思相关的另一个名字。《礼记·曲礼上》："男子二十，冠而字……女子许嫁，笄而字。"孔颖达疏："人年二十，有为人父之道，朋友等类不可复呼其名，故冠而加字。"文中指取名，取表字。

〔43〕金雀：妇女首饰，钗名。娅鬟：古时少女的一种发式。

〔44〕黄姑：牵牛星。《玉台新咏·歌辞》："黄姑织女时相见。"

〔45〕霜姿：皎洁的容貌。不能作身姿解。素莲质：白皙的肤色，犹白里透红。

〔46〕重关：指险要的关塞。犹"重门"。萧寺：《唐国史补》卷中"梁武帝造寺，令萧子云飞白大书'萧'字，至今一'萧'字存焉。"（唐李肇）后因称佛寺为萧寺。元王实甫《西厢记》第一本楔子有"可正是人值残春蒲郡东，门掩重关萧寺中"。

《莺莺传》作为小说，其流传之久、传播之广、影响之大，世人皆知。同其相关的诗，元稹集中就有《春晓》《明月三五夜》《寄诗》《莺莺诗》《离思五首》《会真诗三十韵》等。

《莺莺传》在唐人小说中，是对元明大曲杂剧影响最深最广的。其原因很多，主要原因诚如汪辟疆校录所按："一则以传出微之，文虽不高，而辞旨顽艳，颇切人情；一则社会心理，趋尚在此，观于赵令畤称'今世士大夫，无不举此为美话'。宋世已然，于今为烈；其流播之故可知矣。"

《莺莺传》中之张生究竟是何人？宋人就有疑为张籍之说。汪辟疆校录以王铚、赵德麟并为辨正，认为张生为元稹之托名，同时征诸元微之本集诗歌、年谱，均与《莺莺传》相吻合。张生，非张籍而是元稹，当无疑义。传中张生本无名字，宋王楙《野客丛书》二十九卷载"唐有张君瑞遇崔氏女于蒲,崔小名莺莺,元稹与李绅语其事,作《莺莺歌》"之说。而张生之为张君瑞,宋时或许有所依据,赵德麟《侯鲭录》卷五所载《辨正》及《商调蝶恋花》十阕,关系此传的真实情况,兹考录如下。王性之《传奇辨正》记述:尝读苏翰林赠张子野诗云:"诗人老去莺莺在。"注言张生乃张籍也。而元稹所传奇莺莺事,在贞元十六年(800)春天,又说明年张生"文战不胜",是十七年。但张籍是贞元十五年(799)登科(详见唐《登科记》),先于二年,所以张生绝非张籍。汪辟疆《辨传奇莺莺事》进而考证张生"非微之一等人,不可当也"。据记载,清源庄季裕曾说其友人杨阜公,曾得元稹所作《姨母郑氏墓志》云:"其既丧夫遭军乱,微之为保护其家备至。"则所谓《传奇》,是元稹自叙,特假他人以自避嫌。进一步考《元氏长庆集》,不录《姨母郑氏墓志》文,同时仔细斟酌元稹之序,并考于其他书,完全与庄季裕所说暗合。再说昔人做事凡有违背于义的,往往托之于鬼神、梦寐,或者假之于他人、见之于他书,后世尚可考证。元稹心有所亏,付诸翰墨时,易其姓氏为张生。依《莺莺传》所记叙之人与事,非本人所经历,"安能委曲详尽如此"?再考白乐天《微之墓志》,元稹于大和五年(831)七月二十二日卒于武昌任所,时年五十三岁。当生于大历十四年(779),到贞元十六年(800)恰好二十二岁,既同《传》所谓"是年二十二,未尝近女色"相合,又与韩愈《微之妻韦丛墓志》文"作婿韦氏时,微之始以选为校书郎",与《传》所谓后岁馀,生亦有所娶者相合。又元稹作《陆氏姊志》"予外祖父授睦州刺史郑济",白居易《微之母郑夫人志》"郑济女",唐《崔氏谱》"永宁尉鹏,亦娶郑济女",莺莺是崔鹏之女,同元稹为中表;与《传》所谓郑氏为异派之从母相合。特别是元稹作《元氏古艳诗》百馀篇,其中有《春词》二首,其间均隐有"莺"字,还有《莺莺诗》《离思诗》《杂忆诗》,与《传》所记犹如一家之说,一一吻合。至于《古决绝词》《梦游春词》前叙所遇,后言舍之以义,以及娶韦丛之年,均与《传》所叙无异。

其他如诗中多处所谓"双文",意喻两"莺"字为双文。且《古艳诗》多为元稹专因莺莺而作无疑。至于元稹《百韵诗寄乐天》所云"山岫当阶翠,墙花拂面枝。莺声爱娇小,燕翼玩逶迤"注所说"昔予赋诗云:'为见墙头拂面花。'时惟乐天知此事。"又云:"幼年与蒲中诗人杨巨源友善,日课诗。"《传》中"张生发其书于所知""所善杨巨源……为赋《崔娘》诗一绝",等等,都说明《莺莺传》为元稹所作无疑。

再说元姓与张姓二者,本同所自出。张姓本出自黄帝之后,元姓亦如此。后为拓跋氏,后魏当国之际,改姓元氏。

汪辟疆先生还从元稹之所遇合及其诸诗所云考证:"微之所遇合,虽涉于流宕自放,不中礼义,然名辈风流馀韵,照映后世,亦人间可喜事。"又说:"(微之)虽巧为避就,然意微而显,见于微之其他文辞者,彰著又如此。"白居易和元稹《梦游仙诗序》所谓"斯言也,不可使不知吾者知,知吾者亦不可使不知。乐天,知吾者也,吾不敢不使吾子知。予辱斯言,三复其旨,大抵悔既往而悟将来也。"也是说这件事,张生非张籍而是元稹,可以定论!

　　元稹对崔莺莺(双文)"始乱之,终弃之",尚念念不忘,写了诸多诗文,是思念、是张扬,还遮遮掩掩,维护其假道学面孔。而白居易在元稹死后(卒于大和五年即831年,五十三岁)花甲、古稀之年,家中仍养有妓女,直到开成四年(839)六十八岁高龄,得风痹之疾时,"乃放妓卖马",忍痛放走长期侍候身边的二妓。狎妓之举,是元白二人所嗜,抑或当时社会风气使然,笔者未加详赡考证,不敢妄下断语。

　　宋·赵令畤《商调蝶恋花》十阕,关系《莺莺传》甚切,其起首曰:"夫《传奇》者,唐元微之所述也,以不载于本集,而出于小说,或疑其非是。今观其辞,自非大手笔,孰能与于此。至今士大夫,极谈幽玄,访奇述异,无不举此以为美话。至于倡优女子,皆能调说大略。惜乎不被之以音律,故不能播之声乐,形之管弦。好事君子,极饮肆欢之际,愿欲一听其说,或举其末而忘其本;或纪其略而不及其终篇。此吾曹之所共恨者也。今于暇日,详观其文,略其烦亵,分之为十章。每章之下,属之以词;或全摭其文,或止取其意。又别为一曲,载之《传》前,先叙前篇之义。调曰商调。曲名《蝶恋花》。句句言情,篇篇见意。奉劳歌伴,先定格调,后听芜词。"赵德麟又说:"逍遥子(宋潘阆自号)曰:乐天谓'微之能道人意中语'。仆于是益知乐天之言为当也。何者?夫崔之才华婉美,词彩艳丽,则于所载缄书诗章尽之矣。如其都愉淫冶之态,则不可得而见。及观其文,飘飘然仿佛出于人目前。虽丹青摹写其形状,未知能如是工且至否?仆尝采摭其意,撰成《鼓子词》十一章示余友何东白先生。先生曰:'文则美矣,意犹有不尽者。胡不复为一章于其后,具道张之与崔,既不能以理定其情;又不能合之于义。始相遇也,如是之笃;终相失也,如是之遽。必及于此,则完矣。'余应之曰:'先生真为文者也,言必欲有终始箴诫而后已。'大抵鄙靡之词,止歌其事之可歌,不必如是之备,若夫聚散离合,亦人之常情,古今所共惜也。又况崔之始相得,而终至相失,岂得已哉?如崔已他适,而张诡计以求见,崔知张之意,而潜赋诗以谢之,其情盖有未能忘者矣。乐天曰:'天长地久有时尽,此恨绵绵无尽期。'岂独在彼者耶!"

　　由此可知,元稹攀高结贵,始乱终弃,以今日之道德观要求,在这一点上称其为"无行文人"大概不为过吧!

　　鲁迅先生在其《唐宋传奇集·稗边小缀》中肯定《莺莺传》"振撼文林,为力甚大",洵为的论。其形象鲜明生动,给历代读者留下了深刻印象,在中国文学史上具有极大的影响。

◎ 附 录

元稹年表简编

唐代宗大历十四年(779),一岁
　　元稹生。白居易八岁。

唐德宗建中元年(780),二岁
　　李绅生。唐推行"两税法"。

唐德宗贞元三年(787),九岁
　　解诗赋,长者惊其可教。

贞元九年(793),十五岁
　　明经及第。刘禹锡二十二岁。

贞元十年(794),十六岁
　　作《代曲江老人百韵》。

贞元十八年(802),二十四岁
　　与白居易、李复礼、崔玄亮、王起等试书判拔萃科同及第。元白订交。

贞元十九年(803),二十五岁
　　元白同授秘书省校书郎。游蒲州,与双文相遇,即《会真记》中女主角(《西厢记》所影射的崔莺莺)。写成《莺莺传》。

贞元二十年(804),二十六岁
　　元稹娶韦夏卿之女丛。

唐宪宗元和元年(806),二十八岁
　　与白居易在华阳观闭门累月,揣摩时事,成《策林》七十五篇。四月,应"才识兼茂明于体用科",元白同及第,元稹授左拾遗,因屡上疏直言,九月贬为河南县(今河南洛阳地方)尉。白居易罢校书郎,授盩厔县(今陕西周至)尉。

元和三年(808),三十岁
　　元稹授监察御史。白居易拜翰林学士。

元和四年(809),三十一岁
　　春,奉命赴东川按狱,弹劾节度严砺,并平八十八家冤事,还,命分司东部(洛阳)。秋,韦丛卒。
　　元稹择和李绅新题乐府十二首、白居易新乐府五十首始作于此时。

元和五年(810),三十二岁

元稹因弹奏河南尹房式不法事，被召回，罚俸，驿站受辱，被贬为江陵士曹参军。

元和八年(813)，三十五岁

徙唐州从事。李商隐生。

元和十年(815)，三十七岁

自唐州还长安，途中作《西归绝句》等。三月，出任通州司马，染疟甚久。

元和十二年(817)，三十九岁

在通州，写成《酬乐天东南行一百韵》《连昌宫词》。

元和十四年(819)，四十一岁

自通州司马迁虢州长史，不久召还，授膳部员外郎。与白居易、白行简于三月十一日相遇于峡口，停舟夷陵(今湖北宜昌)，留三日而别。

元和十五年(820)，四十二岁

元稹与监军崔潭峻(宦官)善，因托崔向朝廷献诗百馀篇，五月以元稹为祠部郎中、知制诰。

唐穆宗长庆元年(821)，四十三岁

元稹与枢密使魏弘简(宦官)相结纳，十月，自中书舍人、翰林承旨学士拜工部侍郎。

长庆二年(822)，四十四岁

二月，以工部侍郎同平章事。七月，白居易自中书舍人除杭州刺史。

长庆三年(823)，四十五岁

冬，元稹迁浙东观察使、越州刺史。十月，经杭州，元白相会，数日而别；此后二人诗简往来，唱和甚多。

长庆四年(824)，四十六岁

元稹编《白氏长庆集》成，并为之序。

唐文宗大和二年(828)，五十岁

元稹在浙东观察使任，加检校礼部尚书。

大和三年(829)，五十一岁

自越征为尚书左丞。白居易以太子宾客、分司东部。元、白于九月会于洛阳。

大和四年(830)，五十二岁

元稹代牛僧孺为武昌军节度使。

大和五年(831)，五十三岁

七月二十二日，元稹暴卒于武昌任所。明年七月，葬于咸阳。白居易在河南尹任，为元稹撰写墓志，元家馈润笔六、七十万钱，白居易全部布施修香山寺。

元稹研究主要参考文献

全唐诗　上海古籍出版社
全唐文　山西教育出版社
诗渊　书目文献出版社
元氏长庆集　明弘治元年杨循吉据宋传钞本,文学古籍刊行社
元稹集　中国古典文学基本丛书,冀勤点校,中华书局
元白诗选　苏仲翔选注,古典文学出版社
唐人小说　汪辟疆校录,上海古籍出版社
元白诗笺证稿　陈寅恪著,古典文学出版社
元稹年谱　卞孝萱著,齐鲁书社

《元稹集》名言警句

△如何一时语,俱得春风怜?(《春鸠》)(第001页)
△可怜孤松意,不与槐树同。(《松树》)(第003页)
△得食先返哺,一身常苦羸。(《大觜乌》)(第004页)
△丹霞烂成绮,景云轻若绨。(《青云驿》)(第009页)
△桑田变成海,宇县烹为斋。(《青云驿》)(第009页)
△吟此青云谕,达观终不迷。(《青云驿》)(第010页)
△秋望一滴露,声闻林外天。(《和乐天感鹤》)(第013页)
△昔公怜我直,比之秋竹竿。(《种竹并序》)(第015页)
△千乘徒虚尔,一夫安可轻!(《楚歌十首》其六)(第018页)
△烟轻琉璃叶,风亚珊瑚朵。(《红芍药》)(第020页)
△叶新阴影细,露重枝条弱。(《三月二十四日宿曾峰馆夜对桐花寄乐天》)(第021页)
△野蔬充膳甘长藿,落叶添薪仰古槐。(《遣悲怀三首》其一)(第023页)
△唯将终夜长开眼,报答平生未展眉。(《遣悲怀三首》其三)(第023页)
△抚稚再三嘱,泪珠千万垂。(《江陵三梦》其一)(第028页)
△伴客销愁长日饮,偶然乘兴便醺醺。(《六年春遣怀》其五)(第034页)
△去应缘直道,哭不为穷途。(《酬乐天东南行诗一百韵并序》)(第035页)
△摆囊看利颖,开领出明珠。(《酬乐天东南行诗一百韵并序》)(第037页)
△邯郸笑匍匐,燕蒯受揶揄。(《酬乐天东南行诗一百韵并序》)(第038页)
△远山笼宿雾,高树影朝晖。饮马鱼惊水,穿花露滴衣。(《早归》)(第053页)

185

△寥落古行宫,宫花寂寞红。白头宫女在,闲坐说玄宗。(《行宫》)(第054页)
△何处生春早?春生鸟思中。(《生春》)(第056页)
△鸿雁惊沙暖,鸳鸯爱水融。(《生春》)(第056页)
△不是花中偏爱菊,此花开尽更无花。(《菊花》)(第059页)
△四十年前马上飞,功名藏尽拥禅衣。(《智度师二首》其一)(第060页)
△花向琉璃地上生,光风炫转紫云英。(《西明寺牡丹》)(第062页)
△梦君同绕曲江头,也向慈恩院院游。(《梁州梦》)(第063页)
△嘉陵江岸驿楼中,江在楼前月在空。月色满床兼满地,江声如鼓复如风。(《江楼月》)(第065页)
△怜渠直道当时语,不著心源傍古人。(《酬孝甫见赠十首》其二)(第067页)
△梅含鸡舌兼红气,江弄琼花散绿纹。(《早春寻李校书》)(第068页)
△怅望残春万般意,满棂湖水入西江。(《岳阳楼》)(第070页)
△城中过尽无穷事,白发满头归故园。(《桐孙诗并序》)(第071页)
△春来爱有归乡梦,一半犹疑梦里行。(《西归绝句十二首》其一)(第073页)
△两纸京书临水读,小桃花树满商山。(《西归绝句十二首》其二)(第073页)
△垂死病中惊坐起,暗风吹雨入寒窗。(《闻乐天授江州司马》)(第075页)
△远信入门先有泪,妻惊女哭问何如?(《得乐天书》)(第078页)
△山水万重书断绝,念君怜我梦相闻。(《酬乐天频梦微之》)(第079页)
△暗盎有时迷酒影,浮尘向日似波流。(《酬乐天得微之诗知通州事因成四首》其一)(第080页)
△市井无钱论尺丈,田畴付火罢耘锄。(《酬乐天得微之诗知通州事因成四首》其二)(第081页)
△明朝又向江头别,月落潮平是去时。(《重赠乐天》)(第083页)
△星河似向檐前落,鼓角惊从地底回。(《以州宅夸于乐天》)(第085页)
△绕郭烟岚新雨后,满山楼阁上灯初。人声晓动千门辟,湖色宵涵万象虚。(《重夸州宅旦暮景色兼酬前篇末句》)(第087页)
△母为妾地父妾天,仰天俯地不忍言。(《将进酒》)(第089页)
△羡他虫豸解缘天,能向虚空织罗网。(《织妇词》)(第093页)
△姑春妇担去输官,输官不足归卖屋。(《田家词》)(第095页)
△连昌宫中满宫竹,岁久无人森似束。(《连昌宫词》)(第097页)
△庄园烧尽有枯井,行宫门闭树宛然。(《连昌宫词》)(第098页)
△燮理阴阳禾黍丰,调和中外无兵戎。(《连昌宫词》)(第099页)
△天宝年中花鸟使,撩花狎鸟含春思。(《上阳白发人》)(第107页)
△我悲此曲将彻骨,更想深冤复酸鼻。(《上阳白发人》)(第108页)
△呜呜暗溜咽冰泉,杀杀霜刀涩寒鞘。(《五弦弹》)(第111页)

△暗水溅溅入旧池,平沙漫漫铺明月。(《缚戎人》)(第115页)
△泪垂捍拨朱弦湿,冰泉呜咽流莺涩。(《琵琶歌》)(第120页)
△低徊慢弄关山思,坐对燕然秋月寒。(《琵琶歌》)(第120页)
△幽关鸦轧胡雁悲,断弦砉騞层冰裂。(《琵琶歌》)(第121页)
△池光漾彩霞,晓日初明煦。(《梦游春七十韵》)(第126页)
△不言意不快,快意言多忤。(《梦游春七十韵》)(第128页)
△分不两相守,恨不两相思。(《古决绝词》其一)(第132页)
△千树桃花万年药,不知何事忆人间?(《刘阮妻》)(第134页)
△狂儿撼起钟声动,二十年前晓寺情。(《春晓》)(第136页)
△待月西厢下,迎风户半开。拂墙花影动,疑是玉人来。(《明月三五夜》)(第137页)
△不为傍人羞不起,为郎憔悴却羞郎。(《寄诗》)(第138页)
△夜合带烟笼晓月,牡丹经雨泣残阳。依稀似笑还非笑,仿佛闻香不是香。(《莺莺诗》)(第139页)
△山泉散漫绕阶流,万树桃花映小楼。(《离思五首》其二)(第141页)
△曾经沧海难为水,除却巫山不是云。(《离思五首》其四)(第141页)
△更深人悄悄,晨会雨濛濛。(《会真诗三十韵》)(第144页)
△鸳鸯交颈舞,翡翠合欢笼。(《会真诗三十韵》)(第144页)
△慢脸含愁态,芳词誓素衷。赠环明运合,留结表心同。(《会真诗三十韵》)(第145页)
△莺藏柳暗无人语,惟有墙花满树红。(《古艳诗二首》)(第148页)
△等闲弄水浮花片,流出门前赚阮郎。(《古艳诗二首》)(第148页)
△自恨风尘眼,常看远地花。(《赠柔之》)(第150页)
△言语巧偷鹦鹉舌,文章分得凤皇毛。(《寄赠薛涛》)(第152页)
△明月自随山影去,清风长送白云归。(《游云门》)(第154页)
△禁省、观寺、邮候墙壁之上无不书,王公妾妇、牛童马走之口无不道。(《白氏长庆集序》)(第164页)
△讽喻之诗长于激,闲适之诗长于遣,感伤之诗长于切;五言律诗、百言而上长于赡;五字七言、百言而下长于情;赋赞箴戒之类长于当;碑记叙事制诰长于实;启表奏状长于直;书檄词策剖判长于尽。(《白氏长庆集序》)(第164页)
△留连时有限,缱绻意难终。(《莺莺传》)(第175页)
△不为云为雨,则为蛟为螭。(《莺莺传》)(第178页)
△伯劳飞迟燕飞疾,垂杨绽金花笑日。(《莺莺传》)(第178页)

图书在版编目（CIP）数据

元稹集 /（唐）元稹著；孙安邦，孙翰钺解评 . —2 版 . —太原：三晋出版社，2008.6（2024.5 重印）
（中国家庭基本藏书·名家选集卷）
ISBN 978 - 7 - 80598 - 941 - 9 - 01

Ⅰ . 元… Ⅱ . ①元…②孙…③孙… Ⅲ . ①唐诗—选集②古典散文—作品集—中国—唐代 Ⅳ . I214.232

中国版本图书馆 CIP 数据核字（2008）第 091018 号

元稹集

著　者：	（唐）元　稹	解评者：	孙安邦　孙翰钺
责任编辑：	朱慧峰	审订者：	孙安邦
封面设计：	敬人工作室	版式设计：	敬人工作室
责任校对：	朱慧峰	责任印制：	李佳音

出版发行：山西出版集团·三晋出版社
地　　址：太原市建设南路 21 号
电　　话：（0351）4956036（咨询）　　4922268（邮购）
传　　真：（0351）4922102
网　　址：www.sxskcb.com
邮　　编：030012

印刷装订：山西新华印业有限公司
（本书如有破损、缺页、装订错误，请与本社联系调换）

开　本：787mm×960mm　　1/16
字　数：230 千字
印　张：12.5
版　次：2008 年 6 月第 2 版
印　次：2024 年 5 月第 2 次印刷
书　号：ISBN 978 - 7 - 80598 - 941 - 9 -01
定　价：48.00 元

版权所有，翻印必究。本书图文未经书面授权，不得以任何方式转载或公开发表。